Best Time

白 马 时 光

# 基因迷恋（下）

艳山姜 著

百花洲文艺出版社
BAIHUAZHOU LITERATURE AND ART PRESS

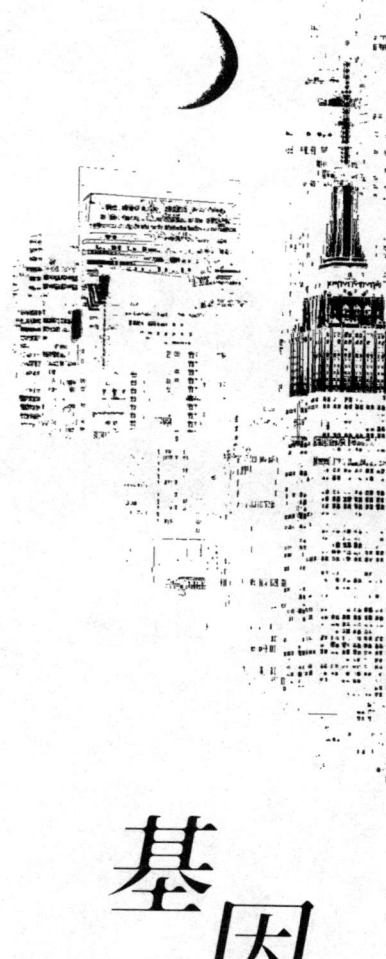

# CONTENTS 目录

## SHOOTING SCHEDULE

| | | |
|---|---|---|
| 第十一章 | 荒唐的吻 | 001 |
| 第十二章 | 爱无能 | 024 |
| 第十三章 | 特工片 | 050 |
| 第十四章 | 杀青 | 074 |
| 第十五章 | 相拥而舞 | 097 |
| 第十六章 | 命运的原点 | 122 |
| 第十七章 | 电影与现实 | 146 |
| 第十八章 | 新的秩序 | 168 |

# 基因迷恋
## JIYIN MILIAN

## 拍摄计划 SHOOTING SCHEDULE

| | | | |
|---|---|---|---|
| 🎬 | 番外一 | 昨夜星光 | 194 |
| 🎬 | 番外二 | 共享荣光 | 207 |
| 🎬 | 番外三 | 池晏视角 | 222 |
| 🎬 | 番外四 | 更好的时代 | 231 |
| 🎬 | 番外五 | 这就是夫妻 | 243 |

# 第十一章
# 荒唐的吻

　　张喆发现陈松虞即使在拍戏休息的时候，也戴着耳机，听得很入神。直到他过去找她，她才摘下了耳机。

　　他好奇地问："陈老师，你在听什么？"

　　"一首吉他曲。"陈松虞微微一笑，"突然觉得它很适合我们的电影，我已经发给了我们的作曲指导。"

　　"哎？叫什么？"

　　"《流行的云》。"

　　张喆笑道："我记住了，晚上我也去听。"

　　他摸了摸后脑勺，想起来自己是为什么事来打扰陈导演。于是他拿出了阅读器，递到陈松虞面前："陈老师，沈妄不是有一场文身的戏吗？我们之前换了好几个文身师，都不太满意。新找的那位是我朋友推荐的，据说在圈内小有名气，这是他发过来的几版设计稿，您看看有没有满意的？"

　　陈松虞接过阅读器，仔细查看。她抿着唇，没有说话。

　　张喆向来察言观色，他已经从陈松虞的神情里读出来她不满意，忙不迭道："没事，这只是初稿，我让他再参考一下我们的角色，重新出一版设计……"

　　陈松虞却说："不用了，你把设计稿发给我，我先帮你问个人。"

　　"唉，好的。"张喆答应完，又问，"陈老师，你也认识这个行业的朋友吗？"

在这个时代，文身是一门古老的、日渐式微的艺术，像隐藏在穷街陋巷深处的某种都市传说。文身师，尤其是优秀的文身师，可以说屈指可数。

"也不是在这个行业吧……只是感觉他会懂。"她将这几张图纸发给了池晏，她记得他后颈深处的文身。

尽管陈松虞从未见过那幅文身的全貌，但她鬼使神差地认为那个男人会对此有所研究。她发消息的措辞很正经，希望他有空的时候，针对这几张设计稿"提一点建议"。

池晏的消息很快传了过来。

陈松虞对张喆说："我看看他回了什么。"

"好的。"张喆一脸期待地应道，"回复得这么快，那位老师一定很专业吧！"

陈松虞低下头，看清楚屏幕上文字的那一刻，她神情一僵。

池晏：想看看我的吗？

这时，身边的张喆已经注意到陈松虞的表情之微妙。他担忧地问："怎么了陈老师，是觉得这个文身师的设计不行吗？要不我再换一个文身师？"

陈松虞说："不是，先不用换。"

她盯着手机屏幕上这短短的一行字。

池晏跟自己玩过许多次这样撩拨的小把戏，而她的态度无一例外，全都是拒绝。可是她突然觉得，这样做好像并不够有趣。于是她重新按亮屏幕，回复了两个字。

陈松虞：想看。

她想，池晏一定没有想过，自己会这样回答他。

她饶有兴致地盯着对话框，却迟迟没有新消息发过来，对方罕见地陷入了沉默。对话框上显示对方的状态反复地在"输入中"和空白之间切换。她不禁笑意更深，慢条斯理地补完了这句话。

陈松虞：你的设计图。

屏幕上的"输入中"立刻消失，状态的切换戛然而止。她笑出了声。

从张喆的角度，他只能看到陈老师对着手机屏幕露出了狐狸般的、微妙的笑容。在他的记忆里，陈老师这样沉稳的人似乎还从没露出过这种表情。

陈松虞很快就收起了手机，转头对张喆说："这个人不管用了，我们再想想别的办法。"

张喆似乎从"不管用"这三个字里，听出了一点意味深长，但他还是很配合地说："噢，好的。"

在接下来的时间里，陈松虞的手机时不时会响起，但她既不看消息，也不关机，只是任由对方源源不断地向自己发来消息。她始终气定神闲。

一回到酒店，陈松虞就将自己锁进了卧室加班。

深夜，一盏小夜灯照亮了她面前的投影。她面前是令人眼花缭乱的文身图案，各式各样的花纹，或繁复，或妖媚，盘踞在光裸的后背上，栩栩如生到令人不寒而栗。

她在暗网上找到了一部关于文身的纪录片。但因为题材太过小众，年代和创作者都已经不可考究，只能隐约查到它拍摄于十几年前。

纪录片里介绍道，尽管科技在进步，但文身艺术还保留着最古老的传统。这是因为当代还迷恋文身的人，多半不是爱其工艺，而是爱那种刻进身体里的痛苦。

不少文身师，不用机器，仍然坚守用最古老的针——又长又尖的针，一针一针刺进皮肤里。这是一种折磨，但折磨与痛苦本身，便是艺术。遗憾的是，当文身渐渐沦为一种行为艺术，自然就很难再出现什么好作品。

陈松虞蹙着眉看到了最后，只觉得全无收获。就在此时，一幅画却突然映入眼帘。

那像一只疯狂的怪兽，似人非人，怒目圆睁，每一根毛发都像刺猬的尖刺一样竖起来。它正在囫囵地嚼食一个年轻男人，两只手紧紧地攫住其雪白的后背，鲜血顺着失去头颅的脖子，不断往下流淌。

这画面极其疯狂，也太具有视觉冲击力，让人一望就如魔怔了一般，根本无法移开视线。

纪录片里的对白还萦绕在她耳边："这就是我毕生都想要完成的作品，但它实在太危险，也太邪恶。我有过许多客人，但从没有谁敢在自己的后背刺上这样一幅画。哼，世上的人果然都是懦夫……"

陈松虞看得屏息而入神，已经不再听纪录片里的老者在说些什么。她将这

003

幅画截取下来，发给张喆推荐的那位文身师。

她追加了一句：这就是我想要的风格。

文身师立刻回复了她：抱歉老师，这对我来说，实在太难了。

陈松虞：好，我知道了。

她当然不可能就这样放弃，所以她又将这幅画发给了张喆，问他能否联系到新的文身师，再不行的话，找个画家也可以。之后她还将这幅画打印了下来——她迫切地想知道，当它变成用颜料绘制的实体时，会呈现出怎样的质感。

打印机在书房。

陈松虞又回了张喆几条消息，才直起身体，打算去拿画。就在此时，她听到门外传来声音。

"咚。咚。咚。"对方不紧不慢地叩着门板，耐心十足，充满节奏韵律，像一个胡桃木鼓槌，轻轻敲击着薄薄的手鼓。声音沉而闷，却兼具某种奇特的穿透力。

现在这个时间，除了池晏，陈松虞想不到还能有谁来敲自己的门。他竟然会敲门，还真让人诧异。他不是有她的房卡吗？

陈松虞故意磨蹭了半天，才从床上爬起来，过去开门。

客厅里没开灯，池晏站在一片黑暗里。半明半暗的锋利轮廓，慢慢被卧室里的幽光照亮。

他还穿着那件柔软的黑色睡袍，头发微湿。碎发间的水珠闪闪发亮，亮得令人心惊。他的一只手垂着，正拿着那幅画。沾了水的指尖，紧紧地捏着单薄的纸，指尖捏着的边缘有一圈湿痕。

陈松虞以为他是来给自己送画的，说："多谢你了。"接着就要将它接过来。

池晏的手却往后一缩。

"你……怎么会有这幅画？"他紧紧地盯着她的眼睛，问道。

陈松虞说："这是我在网上看到的文身图，觉得很好看，就保存下来了，不知道能不能用到电影里。"

池晏的语调有一丝古怪："嗯？你还想用到电影里？"

"是啊。"陈松虞察觉到他的眼神有点不对劲，于是问，"怎么了，你也

想要吗?"

池晏说:"不用,我已经有了。"

在明白池晏在说什么的一瞬间,陈松虞的声音抬高了,她几乎称得上是错愕:"你是说,你背后的文身……"

"就是这幅画。"池晏笑道,"你是在哪里看到它的?"

陈松虞定定地看着他,仿佛在竭力地想象,如何将那幅可怕的画与面前这个男人联系起来。

"你自己看吧。"她直接拉开房门,让他进了卧室,并重新播放方才纪录片里的片段。

池晏立刻听出了画外音里那苍老却倨傲的声音。

"噢,就是这个疯老头。"他回忆道,"当时我在他的工作室里,一眼就挑中了这幅画,结果他激动得要命,连钱都不肯收了。我说呢。"

池晏看着投影,又轻哂道:"世人都是懦夫,这句话说得不错。"

陈松虞问:"你为什么会选择这幅画?"

"没有为什么,只是觉得它很适合我,不是吗?"

"是,它的确很适合你。"

池晏笑意盎然地说:"陈小姐,我们好像真的很有缘。这视频里有这么多文身,你为什么独独相中了我这幅?"

陈松虞一时语塞。的确,这实在是太巧了。池晏是误打误撞地碰到了那位文身师,又选择了这幅画,而她也是误打误撞地看到了这部纪录片。

他们之间的事情似乎都在无形之中形成了一个完美的闭环。此刻她魂牵梦萦的那幅画,竟然就藏在她面前这个男人的后背。突然有种奇怪的情绪充盈在她的内心。她仰头,情不自禁地问:"我可以看一眼吗?"

"看文身吗?"池晏低头看着她,目光含笑。

"对。"陈松虞的声音轻得像是梦呓。她投向池晏的眼神如此炙热和渴望,仿佛他是某种艺术品,值得被顶礼膜拜。

池晏突然意识到,自己是第一次站在陈小姐的卧室里。这明明只是一个普通的酒店房间,但又令他感到截然不同,因为这里……充满了她的气息。

一个女人,邀请男人踏进自己的房间,无论出于何种原因,总会让这个

005

男人有些热血上头的。他的笑意更深，故意逗她："陈小姐，你看，我明明邀请过你，却被你无情拒绝了，这让我很伤心。"

"……"

"你是不是该做些什么？"他继续往前逼近她，高大的身影几乎要将她堵进角落里。

那股蜂蜜的甜香充盈着陈松虞的感官，她仰头望着池晏英俊的脸，就像魔怔了一般，轻轻启唇，就快要说出些什么毫无原则的话——假如不是这时手机恰好振动了起来。

池晏的眼神里闪过一丝不悦的锋芒，而陈松虞已经走到床边，将手机拿了起来。她收到的新消息来自张喆：抱歉，陈老师，我已经把能联系的人都联系过了，但他们都说这作品太复杂，很难在这么短的时间之内将它完美地复刻下来。甚至没人能认出它的出处，所以我想如果这背后涉及什么版权问题，可能也会很麻烦……

陈松虞看完消息，并不觉得遗憾，反而有种隐隐的庆幸。因为这样一来，就只剩下唯一的解决办法了。

于是她不假思索地回复道：没事了，你随便找个文身师吧。我想到办法了。

没等张喆回复，她就干脆利落地将手机扔回床上，转过身，看着池晏，问："你愿意出镜吗？"

池晏挑眉："出镜？"

陈松虞说："我想拍你的文身。"

池晏微微一笑："刚才还只是想看，这么快就变成想拍了？陈小姐，我从来不知道你也这么……热情。"

陈松虞："……"

有时候她真佩服池晏这张嘴。但没有办法，自己有求于人，她只能继续硬着头皮解释道："是这样的，只有你背上的这幅文身是最完美的，其他能找到的文身师都技术有限，短时间内也完不成这么复杂的作品。所以你就当为电影牺牲一下，好不好？放心，摄影师绝不会拍到你的脸，只是拍你后背的文身而已。"

池晏没说话，似笑非笑地端详着她。他的眼神停留在她的脸上，她甚至能够感到某种无形的灼烫。这令她再度回忆起那幅画——那极其凶恶的眼神里尽是吞噬的疯狂。

陈松虞妥协地说："好吧，假如你实在不愿意的话，能不能帮我联系一下那位老文身师？"

"不用那么麻烦。"池晏却打断了她，"这么多年了，都不知道那个疯老头子死了没有。"

陈松虞察觉到了希望："所以？"

池晏说："既然是为了电影，我当然不介意献身。"

陈松虞松了一口气，选择性地忽略了"献身"这个奇怪的词。

"哦，我还有一个条件。"池晏轻笑道，"这场戏，我不要别人来拍，我只要你。"

这场文身戏，发生在沈妄十八岁生日前夕。这也是他预谋已久的成人纪念礼。

在十八岁这一年，他的身份天翻地覆。

早几年的时候，沈妄不过是石家名义上的养子，看似生活无忧，其实根本不曾涉足石东的家族事业。东爷死了之后，石东才真正开始栽培这个养子，并重用他。

沈妄也立刻展现出了自己的天赋。他聪明、心狠，最重要的是，他对自己也够狠。短短几年内，他就从一个无人问津的孤儿，变成了石东最信任的二把手。昔日最瞧不起他的弟弟石青也不敢再轻视他，反而要喊沈妄"哥哥"，被迫陪沈妄演一出假惺惺的兄友弟恭的戏份。

一日，石东难得在家，一家四口人共进晚餐。莲姨特意亲自下厨，满桌菜都是石东最爱吃的大鱼大肉，被用于庆贺的红灯笼一照，却莫名地有种诡谲的气氛。石青热情地赞美了莲姨的厨艺，又眨巴眨巴眼睛说："爸爸，我也想跟哥哥一起去文身。"

石东瞥他一眼："你的学校能允许学生有文身吗？"

"学校不允许，但也没人会真去扒衣服看嘛……"

石东"哼"了一声："少想那些不该想的。"他又语气温和地问沈妄，"你

007

打算选个怎样的文身图案？"

沈妄立刻放下了筷子，平静地说："还没有想好。"

石东道："嗯，不着急。"

这时他的余光看到莲姨笑盈盈地给石青夹了一筷子菜，他停住话头，轻轻咳嗽了一声。莲姨会意，笑道："都多大的人了，怎么还这么孩子气？"

她站起来给石东盛了满满一碗汤。石东立刻眉开眼笑地接过来，甚至在莲姨朝自己倾身时，捧着她仍然娇嫩的脸重重地偷亲了一口。

石青大喊道："我还在呢！你们能不能注意点！"

石东十分得意，声音无比洪亮地哈哈大笑。沈妄始终沉默不语，埋头吃饭，不曾多看他们一眼。

用过饭后不久，石东又突然被叫走。

莲姨送走了他之后，从外院回到卧室，对着镜子缓慢地卸妆。镜面一闪——她看到角落里坐着一个男人。

那是一个高大的青年。白色窗纱被风吹起，只隐约感到他的身影修长，窗纱落下，才露出他的英俊面庞。莲姨一惊，迅速认出了对方，惊魂未定道："你疯了？这么晚过来干什么？被人看到怎么办？"

沈妄平静地说："如果我不来，你永远都不会主动来见我。亲爱的姐姐。"

"你已经长大了。我们不可能再像从前那样随便见面。"莲姨卸下了明艳的口红妆，妩媚多情的脸，立刻变得寡淡了几分。她端详着镜子里的自己。到底已经不年轻了，岁月悄然爬上了眼角，她已是枝头残花。

"我知道你来找我做什么。"她说。

沈妄目不转睛地看着她："哦？来做什么？"

"你想刺的图案是什么？"

沈妄僵了一秒。他被说中了心事，看来不用自己说出口，她就猜到了，他的确想要刺一朵莲花，或者一个古汉语的"莲"字。

"这是不可能的。"莲姨温柔地说，"你是以怎样的身份和立场，来刺这个字呢？"

"我是你的弟弟，我们是彼此在这世上仅剩的血脉亲人。这还不够吗？"

他直起身，一步步走向莲姨。镜子里这年轻而颀长的身影也渐渐放大，带

着一种说不出的压迫感。

莲姨将手指放在唇上,轻轻"嘘"了一声。

"东哥是个很多疑的人。"她缓缓道,"我本想等你长大了,再向他坦白我们的关系,但是没想到你现在……变得如此得用。如果现在告诉他实情,反而会节外生枝。你看,人生就是这样,撒了一个谎,就注定要用无数个谎言来圆。

"也许我一开始就做错了,我不该带你回来。"她的声音还是那么温柔。美丽而哀伤的目光,像月光一样,缓缓滑过镜子里另一张年轻的脸,但是她不敢转过身,去真正看他一眼。

沈妄心想,他明明就站在姐姐身后,可是她依然躲避着自己的视线,多么讽刺。

"其实你从来就没有把我当成弟弟,是吧?你们才是真正的三口之家,而我只是个外人。或许当年你抛弃我和爸妈的时候,你就已经不把我们当一家人了,但我还是要感谢你,姐姐。如果没有你,我十一岁时就要饿死在街头了。"

他的手慢慢放在阿莲的肩头,头也低了下去。

镜子里,两张脸靠在一起。卸妆过后的阿莲,眼神里显出一丝疲惫。沈妄却还如此年轻,锋芒毕露。他们长得并不像,年纪也差了十几岁。她离家出走时,沈妄才出生不久,所以这些年来并没有人怀疑过他们的关系。

"你从来没有问过我,爸妈是怎么死的,对吧?"他贴在她耳边,轻声问。

阿莲的嘴唇碰了碰,神情晦暗。

"被砍死的。"沈妄冷静地说,"他们是被一群抢劫犯砍死的。爸爸挡在外面,妈妈把我藏在床底下,但是她自己来不及躲了。我只能趴在那里,妈妈让我闭上眼,不许看。但不管我怎么捂住耳朵,还是能听到她的惨叫和那群小混混的大笑。这些声音,我都听得清清楚楚……"

这场戏拍完,就该轮到文身的重头戏。

沈妄站在光线昏暗的文身店里,亲手撕碎了原本设计好的莲花图,然后将视线转向了墙上最惊悚、最骇人的一幅画作。

"这幅画有什么寓意吗?"他语气冷冷地问文身师。

对方回答:"我的作品灵感来自一位西班牙画家的一幅画——《农神食子》。"

"农、神、食、子。"沈妄默念着这四个字,英俊的脸上却慢慢露出了一个极其扭曲的笑容,"很好。亲人的残杀,罔顾人伦。我就要这幅画。"

接下来的事情就很简单了。文身师只需要在杨倚川的背上装模作样地画上几笔,这场戏的任务就到此结束。接着就轮到这幅文身真正的主人池晏上场。

杨倚川故意在片场拖延了半天,想看一看那幅传说中的文身,却被陈松虞无情地赶走了。因为池晏之前答应拍这场戏跟她提出了两个要求:一是要她亲自拍;二是要清场。

池晏迟到了,陈松虞等了他好一阵子,其间她打了无数个电话他都没接,好半天他才风尘仆仆地赶来,一进门,脱下大衣扔到一边的凳子上。他抬起头,环顾面前这家剧组精心复刻的文身店。

除了必要的打光、摄影和收音的机器,一切都是如此逼真。暗红的灯光,照着墙壁上诡异的花纹。肖像照、画作、雕塑,无一不透出某种古怪的氛围。仿佛这里并非一家文身店,而是一座诡异的祭坛。

"做得很像啊。"他微微一笑,语气里露出欣赏,"陈小姐,不考虑直接开个店?"

陈松虞没管他的调侃,冷淡道:"你迟到了。"她从来都是个守时的人。

"抱歉,刚才有点事。"池晏口吻有些敷衍,"反正你们之前拍的几场戏也不需要我,不是吗?"

"是的,那么我们现在可以开始了吗?"她冷冷地问,转身就走。

"当然。"

他跟着她走了进去。里面有几根火光摇曳的红蜡烛,簇拥着一张摊开的文身椅。这光线极其暧昧,令人无法不浮想联翩。他吹了一声口哨,微笑着问她:"我该怎么做?"

"趴上去,露出后背。"

"噢,裤子呢?"

陈松虞在调机器,头也不抬地冷笑道:"你想脱,我当然也不拦你——反正这部电影的分级已经够高了。"

池晏轻笑一声，慢慢地解开了衬衫的纽扣，露出自己雕塑一般的身体，像十七世纪的贝尼尼借上帝之手塑造的。他身上的每一寸线条，皆是力量与美的结合，可是上面还被雕刻出了欲望的肌理。这样一具完美的躯体，既让人想顶礼膜拜，又让人情不自禁地……想要触碰。

唯一的瑕疵，就是他的胸口下方有一道浅浅的陈年疤痕。陈松虞从镜头前移开目光，蹙眉看向池晏："这道疤？"

池晏顺着她的目光往下看："我以为你会关注些别的东西，陈小姐。"

关注什么，你的人鱼线吗？陈松虞在心里"哼"了一声，问他："怎么不做手术？"

如今整容手术非常方便和发达，像这样的疤痕，只需要几秒，就能彻底消除。

"留个纪念。"他不愿多谈。

陈松虞举起了摄影机。她并不愿意承认，手臂最初抬起的时候，有一丝细微的颤抖。是因为摄影机太沉了吗？她真希望是。很可惜这机器轻得像羽毛，沉重的是她自己，是她的手臂，是她的心脏。

往常她绝不会问池晏这种私人问题。但这一刻，她纯粹是想无意义地制造话题，刨根问底，来缓解自己的……紧张感。

一切都是为了电影。她在心里告诉自己，都是为了电影。

池晏含着笑朝她走来。他赤着健硕的上身，荷尔蒙太旺盛，在这昏暗的空间里，让人热血沸腾，脑海里甚至响起了水壶里的水被烧到沸点而发出的尖啸声。他问："你会怎么拍我？"

陈松虞几乎是很机械地回答："先拍多角度的特写，方便剪辑和后期的处理；再拍几个中景和全景备用。"

"那我们开始吧。"池晏说着，趴在文身椅上，露出了后背栩栩如生的怪兽与被它吞噬的幼子。

后来过了很长时间，都还有无数人深深地为影片中的这一幕着迷——这是公认的全片最性感的镜头。尽管始终无人知晓，这令人疯狂的后背，究竟属于谁。

当下，在摇曳的、迷离的红光里，镜头像一只情人的手，一寸寸抚过那古铜色的皮肤，抚过起伏的脊背和紧实的后腰。他的每一寸肌肉都是紧绷的，像猎豹，修长而充满力量感。

在这样的氛围里，那本该极其可怕的文身，居然也带着某种令人迷惑的、残酷的美感。獠牙、尖刺、鲜血……都完美地融入了皮肤本身的纹理里，像是从血与骨里生出的恶之花。这既是杀戮，又是新生。

这画面就是旋涡中的魔眼，它足以唤醒深埋在每个人心中的毁灭欲。一旦与之对视，就要永远堕入旋涡之中。

这场戏拍摄时间似乎没有尽头。陈松虞觉得自己的身体变得燥热，仿佛有一把火要从她的身体里烧出来。而被她的目光和她拿着的摄影机注视着的池晏的后背，也出了一层细密的汗。微微沁出的汗珠，在光线下更显晶莹，缓缓滑过了光滑饱满的后背。陈松虞忍不住拍下了这一幕。

良久之后，陈松虞终于结束了最后一个镜头。她如释重负地将摄影机放到桌上，长舒了一口气。

池晏仍然趴在文身椅上，懒洋洋地仰头问她："拍完了吗？"

"拍完了。"陈松虞发现自己现在竟然连声音都是沙哑的。

"辛苦你了。"她硬邦邦地补充道，打算先去外面倒一杯水，再处理后续事宜。

池晏轻笑一声："不辛苦。"

他不知何时已经从椅子上爬起来，站在了她身后，说："那我来要片酬了。"

一双汗涔涔的手握住了陈松虞的手臂，将她的身体转过来，面对着自己。池晏低下头，像蓄势待发的猎豹，重重地咬住她的唇。

在片场所有机器的注视下，在未燃尽的烛火里，在某种浓郁的焚香里，被一个半裸的男人拥吻。这或许是陈松虞经历的最出格的事情。

她应该拒绝他的。当池晏朝她低下头的时候，某个理智的声音试图唤醒她。假如这一刻她真的喊停，想必池晏也不会继续下去。

但是，另一个声音说，为什么要拒绝呢？这只是一个吻而已。

或许因为这一切都发生在片场，这里原本就是造梦的地方，在这里，一切都应该被允许发生，所有不可能的事都应该变成可能。此刻他们所共享的，

也不过是场虚幻的梦,是偶然错轨的列车,奇迹般地漂浮在海面上。天一亮,一切都将被打回原形。于是她欣然接受了他的邀请。

池晏将她抱起来,抱到了一张桌子上,他们仿佛在沉默中旋舞。

"哐啷"一声,有什么东西被他推倒了,摔到地上,发出了清脆的碎裂的声音。这声音像一阵巨浪,让陈松虞暂时惊醒了,她下意识地想去看他是不是破坏了什么,但池晏用力地咬了她一下。

"放心,不是摄影机。"他在她耳边轻笑道,然后指引她的手臂钩住自己的脖子。

这男人的短发竟然这样扎人。温热的气息在她的耳郭边缘,像一簇火苗,越烧越旺。从浅浅的幽蓝,变成耀眼的金红,变成一朵巨大的刺桐,碾压着她的唇,让她的世界只剩下鲜艳夺目的红。她低下头,放纵自己沉浸在这个荒唐的吻里。

他的舌尖是滚烫的,一如他们贴近的身躯。皮肤相触时的感受是极其温暖的,让人沉迷的温暖,仿佛在黑夜里滋生的日光。她从不曾在另一个人身上感受到这样危险的体温。

在某一瞬间,陈松虞的脑海中闪过一句诗:"今夜,我的嗓音是一列被截停的火车,你的名字是漫长的国境线。"

她的手指抚摸着池晏的后背,指腹缓缓抚过那幅文身。莹白的、圆润的指甲盖像夺目的珍珠,在野兽一般的脊背上滑动着。

他们的影子落在墙面上,只有月光曾见证这悄无声息的吻。

第二天早上,江左走进片场,发现陈松虞正趴在桌子上熟睡。摄影机就放在她的手肘边。他吃了一惊,蹑手蹑脚地往外走。但陈松虞一向睡眠很浅,这声音惊醒了她。她睁开眼,看到站在不远处的江左,慢悠悠地撑起身体。

"几点了?"她问。

"还早,现在才……"

随着陈松虞起身的动作,有什么东西从她的肩头滑了下去。那是一件大衣,上面还残存着淡淡的烟草味。

江左问:"陈老师,你昨晚没回酒店吗?"

"是啊。"陈松虞轻咳了一下，清了清嗓子，神情流露出一丝不自然。

回酒店当然是不可能的。以昨晚干柴烈火的程度，如果真的要回去，谁知道后面会发生些什么。所以她决定留在片场剪片子，并把池晏赶走了。她看向江左："你今天怎么来得这么早？"

江左眨了眨眼，小声道："陈老师，我今天就要杀青了，想到处拍拍照，留个纪念。"

陈松虞一怔，然后点点头："对，今天就是你的最后一场戏了。"

江左一看她的表情就明白，陈老师根本不记得这件事。心里仿佛有一根弦被扯断，留下了隐隐的刺痛。

当然，他早就知道她心里只有电影，更何况他们的拍摄如此紧张，她哪里还有空去思考别的事情呢。直到这一刻他才前所未有地清楚，原来自己在她心里，不过只是个演员而已。她在海边对他的开解，仅仅是在尽导演对演员的义务。那一份温柔，他并不独有。

他强颜欢笑，另找话题："昨天拍的那场戏很麻烦吗？你怎么忙到那么晚？"

"你要不要看一看？"

"好啊。"江左高兴地走过来。

陈松虞给他看了粗剪的拍摄素材。

这段视频并不长。

江左的脸很快就红了起来："这……这……"

陈松虞问："什么？"

江左半天也说不出一句完整的话。

他心想，这也拍得太勾人了。明明只是拍后背而已，根本没有任何限制级的镜头，居然能够让他看得口干舌燥，比最高级的艳情戏都让人脸红心跳。他一个观众，就能看得大汗淋漓，心悸不止。那拍的人呢？被拍的人呢？

"陈老师，我听说昨晚的拍摄，只有你和那个文身模特两个人在场是吗？"江左忍不住问。

"是啊。"

"那他……他是你的朋友吗？你们认识？"

实际上陈松虞之所以会给江左看这段素材，就是想知道他能不能认出这段视频里的人就是池晏——这也是池晏的要求之一。池晏希望自己匿名。江左的反应这样敏锐，难道是看出什么了吗？

"不。"她状若无事地说，"只是我临时找到的一个人，你不觉得他的文身很好看吗？"

"是很……独特，但我也觉得很害怕。"江左怔怔地望着投影，神情说不出是恐惧还是厌恶，"为什么会有人把这样的文身，留在自己的身上？"

"我也不知道。我并没有问过他这个问题。"陈松虞答完又问，"刚才为什么问我们是不是认识？你想要他的联系方式吗？"

"不不不。"江左连声否定，"我不想要！这个人一定很可怕！"

陈松虞看着江左如临大敌的神情，不禁微微一笑。这个小男孩的第六感倒是很准，池晏的确很可怕。她心想，很不幸的是，你们已经认识了。

江左又说："我只是觉得，这场戏给人的感觉，特别亲密。"

陈松虞一怔："亲密？"

"是。这个模特好像非常信任你，而你的镜头……也格外偏爱他。"江左看着陈松虞的眼睛，"陈老师，我看过你拍的所有电影，但这是你的作品第一次让我产生这样的感觉。"

江左的语气非常认真。陈松虞下意识地想要躲避他的眼神，最终她只是开玩笑一般地说："或许因为这是唯一一场我自己掌镜的戏吧。我该跟剧组的摄影师好好谈谈了。"

江左也哈哈一笑："还是直接扣他工资吧。"

他的笑容里带着几分落寞，因为他很清楚，真相并非如此。这是自己第一次在陈松虞的镜头里看到情和欲。奇怪，他从来不是多么敏锐的观众，这一刻，他却分明能够感受到，这场戏里的拍摄者和被拍摄者，是多么难舍难分，仿佛他们根本就是一体。那种亲密感，具有某种可怕的入侵性。

在这场戏出现以前，他以为陈导演不懂感情，更没有凡心。这一刻他才明白了，她并非不懂，只不过他不是那个能让她懂的人。

过了会儿，陈松虞说："一起走吗？我回去洗个澡。"

江左抱着相机："不了，我去下一个地方拍照。"

015

"好，晚点片场见。"

临走之前，陈松虞犹豫了片刻，还是拿上了池晏的大衣。她想起昨晚池晏走的时候，只穿着一件单薄的衬衫。这件大衣原本在外面，怎么会跑到她身上？总不能是他其实根本没离开吧。

然而，一走出片场，她就发现这荒谬的想法竟然是真的。一个清理机器人正在不远处的墙角打扫，她循声转过头，看到了满地凌乱的烟头。

江左也顺着她的目光看过去，惊讶地说："这是谁啊？片场不是不允许抽烟吗？"

陈松虞镇定地说："可能是附近的居民吧。"

"哦哦，有可能。"江左恍然大悟道。

陈松虞拢紧了身上的大衣："那我先走了。"

或许池晏昨晚的确走了，但是又中途折返回来。或许他就一直等在这里，直到看到最后一盏灯熄灭，才无声地走进去，给她披上大衣。贫民窟的夜漆黑一片，他一直站在黑暗里，沉默地凝视着不远处的光。

清理机器人很高效，地上很快焕然一新。那意乱情迷的罪证，也随之烟消云散。

这一天，江左到底还是没有成功地杀青，因为片场发生了一个意外——尤应梦缺席了拍摄。

不仅如此，她还彻底失联了，用各种方式都联系不上。

就在所有人都等得心急如焚的时候，她的两个助理才出现，畏畏缩缩地向陈松虞道歉："很……很对不起……陈导演……梦姐说今天要请一天假。"

张喆关切地说："尤老师怎么了？生病了吗？要不要叫医生？"

在他心里，影后一向是个很敬业的人，出现这样的状况，只能是有客观原因。

没想到她的助理却涨红了脸，半响才支支吾吾道："不……不是的。是荣先生今晚要举办宴会，让梦姐回去参加，所……所以请一天假。"

张喆怔住了，竟然是这样微不足道的理由。

可是他顾不上去思考尤应梦的反常，因为影片拍摄已经到尾声，正是关键

时候,他们根本耽搁不起。

他问:"这……这……尤老师既然家里有事,就不能提前说一声吗?一定要当天再杀个措手不及?"

两个助理年纪都不大,面对这样的质问只会道歉,说不出别的什么了。最后还是陈松虞拍了拍张喆的肩膀,示意他少安毋躁。

之后陈松虞对其中一个助理说:"帮我给她打个电话,好不好?"

对方面露犹豫:"这……"

陈松虞平静地说:"我知道她现在可能出于某种原因,接不了我们的电话,但你还是可以联络到她的吧?拍电影是很严肃的事情,我们签过合同,就算真要请假,也要尤应梦本人跟我沟通才行。"

"合同"两个字一出来,两个女孩对视了一眼,其中一人小心翼翼地拨通了电话,将手机递给陈松虞。

"喂。"电话那端很快传来了尤应梦的声音。这一贯妩媚的声音,此时却显出几分沙哑。

陈松虞单刀直入:"我知道了你要请假,我只想问你一个问题。你想去吗?"

电话那端沉默了片刻,尤应梦说:"我……不能拒绝他。"

"我没有问你能不能。"陈松虞说,"我只是在问你,你想不想去。我想听你自己的意愿。"

她的声音这样坚定,令人发自内心地想要信任。这一次,电话那端是更长久的沉默。陈松虞甚至听到了听筒对面轻轻的呼吸声,她一直耐心等待着。最后尤应梦终于开口了:"我不……"

就在此时,电话被挂断了——就在成功的前一秒。那冷冰冰的忙音,简直像是对陈松虞的某种嘲讽。同一时间,她的手机却响了。她沉着脸打开了手机,看到了一张照片。

尽管拍得极其模糊,但依然能够看出那是一男一女在拥吻。其中一人还赤着上半身,真是令人血脉偾张的胶着画面。

陈松虞冷笑一声。没想到荣吕的手伸得这么长,都威胁到她头上来了。她毫不犹豫地将这张照片发给了池晏,顺便附上一行文字。

陈松虞：荣吕今晚要设宴，你陪我去。

陈松虞很快收到了回复，还是他一贯的风格，既不问原因，也没有发表任何评价。

池晏：好。

陈松虞没来由地想到了一件事。

在尤应梦进组后的某一天，他们要拍一场偷窥视角的吻戏。她扮演的莲姨与石东在角落里接吻，不小心被沈妄撞到。这个镜头并没有很大的难度，但不知为何，拍了好几条，她的状态始终不对。

整个剧组的气氛变得很僵，不少工作人员都在偷偷瞄陈松虞，甚至怀疑她是故意要给尤应梦一个下马威。无奈之下，她只能喊了中场休息。

尤应梦过来道歉，但情绪也很不好，她并不觉得自己的表演有什么不合理。

陈松虞说："尤老师，你知道刚才的问题在哪里吗？"

对方摇了摇头。

"我感受不到你对石东的爱意。"陈松虞说。

尤应梦一脸不赞同："莲姨怎么会爱他？他们的身份地位这么悬殊，他甚至不敢娶她，只留她在身边做个情人。对这样的男人而言，女人不都是玩物吗？"

"不。"陈松虞摇了摇头，"他们是非常相爱的。只是对石东这样的人来说，爱情要让位给很多东西，比如权力、金钱……但是对莲姨而言，这个男人就是她的全世界。"

起先尤应梦的神情还带着几分迟疑，但听到最后，她好像突然想明白了什么。

"是的，我都忘了，他们的基因匹配度有90%，货真价实的90%。"尤应梦笑道，"是我之前想岔了。她到底和我是不同的，至少她还有爱情。"

下一条果然就顺利通过了。那个吻异常缠绵悱恻，甚至带着某种奋不顾身的意味。陈松虞从没见过尤应梦这样热烈的一面，这个吻甚至在某一瞬间令她感到不安。仿佛镜头里的女人，将某一段自己从未拥有过的人生，一并埋葬在了这个镜头里。

既然尤应梦不在,他们临时补拍了几个镜头,也就早早地宣告了收工。陈松虞还记得自己要去赴一场计划之外的鸿门宴。

池晏已经在片场外的飞行器里等她。

舱门开了,从里面伸出来了一只修长的手,袖口上暗红色的宝石袖扣在最后一点日光里熠熠生辉。

陈松虞有意地躲开了这只手,自己跨了上去。

池晏在她头顶轻笑一声。他依旧西装笔挺,里面的衬衫领口却大敞着,胸膛隐隐露出。这令他看起来像个放浪形骸的花花公子。这画面勾起了某些更让人脸红心跳的、旖旎万分的记忆。陈松虞匆匆看了他一眼,就立刻移开了视线。

片刻之后,池晏说:"拍得不错,不是吗?"

他的手指缓缓摩挲着手机屏幕,显然还在看那张照片。

陈松虞讥诮地说:"你这么喜欢,要不要打印下来,当成你的新竞选海报?"

池晏看了她一眼:"如果另一位当事人同意的话,我当然也没有什么意见。"

陈松虞冷笑一声:"我怎么会有意见?"

这意料之外的大胆回答,令池晏不禁挑眉。他正要说些什么,又听到她说:"荣吕还真是可笑。现在都什么年代了,一个吻而已,难道他以为只凭这张照片就能把我怎么样吗?"

池晏轻轻重复道:"一个吻而已。"

陈松虞误解了他的意思,嘲弄地扯了扯嘴角:"对了,我忘了,你是靠一张基因匹配报告,就足以颠覆整个娱乐圈的人。"

听到这句话,池晏沉默了,气氛短暂地陷入凝滞。陈松虞不自然地抿了抿唇,自己一时在气头上,才会这样无差别扫射。也许她不应该现在说这些,毕竟他们还在同一阵线。但接着就有一只有力的手,覆盖住她的手背。

池晏说:"我好像一直欠你一个道歉,陈小姐。"

陈松虞一怔,转头看向他。这一瞬间的失守,令对方成功地有机会完全掌控住她。

对方修长的指尖继续用力向下按,以一种蛮横而温柔的姿势与她十指交扣，两只手紧紧交缠在一起。

她仿佛猎物，被甜蜜的毒液麻痹身体，四肢悬空，任由柔软的蛛丝一寸寸裹挟着，成为一个乖巧的茧。但与这黑暗中的进攻截然相反的是，池晏竟然在向她道歉。

从前他对她说过的最低姿态的话，不过是"既往不咎"，但现在他竟然会道歉。

他继续说："关于那件事，我当时的做法太欠考虑，差一点就伤害到了我们的电影。我很抱歉。"

他直视着陈松虞的目光，语气也很自然，甚至有种难得的磊落。他们交扣的十指，将某种难言的灼烫，顺着血管一直传到了心脏。一时间，陈松虞望着这双狭长的眼，竟然无法判断出这究竟是一个恶魔狡猾的谎言，只为了讨自己欢心；还是他的确在……为了她而改变。

陈松虞呼吸一滞，最终眨了眨眼，尽量平静地说："哦，知错能改，善莫大焉。"

池晏翘了翘嘴角："你的反应总是让我出乎意料。"

"不然呢？难道我要为您突然良心发现，而感动到热泪盈眶吗？"

池晏没再说话，端详起陈松虞的轮廓。

"你在看什么？"她说。她想后退，但是他还握着她的手，让她动弹不得。

池晏微微一笑："我只是想到，好像从来没见到过你哭，陈小姐。"

"有点期待。"他又慢吞吞地补充道。

陈松虞："……"

他这张嘴真是见鬼了。刚才因为他郑重的道歉而产生的微妙情绪，立刻烟消云散。陈松虞冷淡地一笑，岔开了话题："荣吕为什么能偷拍到这张照片？"

不等对方回答，她就先发制人，抓住这空隙，一把挣脱出池晏的桎梏，接着又向他伸手："手机给我。"

池晏还真将手机递了过来。

屏幕的画面还停留在那张偷拍的合影上。

陈松虞端详着照片，心情早就没有半分旖旎："自从江左那件事之后，

剧组的安保已经提高了好几个级别。不可能是无人机，信号都被屏蔽了，只能是有人藏在附近。从角度和清晰度来推断距离，这张照片的拍摄地点应该是……"

池晏打断了她，轻描淡写地说出了一个地点。

"哦，你已经查过了。"她说。

"这件事是我手下的人失职，我已经罚过他们了。"

"现在说这些毫无意义。我只想知道……"陈松虞的声音慢慢变得严厉，"荣吕和你到底是什么关系？"

"没什么关系，他只是个无关紧要的蠢人。"

"一个蠢人，却能够拍下这张照片。"陈松虞不无讽刺地说，"这是意外，还是他早就安排人在盯着这个剧组？"

池晏似乎并不愿意在这个问题上多谈，他淡淡地"嗯"了一声，没再说什么。

陈松虞继续道："但我记得你最初说过……他也投资了这部电影。"

"一点小钱，哄他玩罢了。"

"那你为什么愿意陪他玩？你总不能是在跟他们玩过家家。"

"如果我说，是因为你呢？"

陈松虞错愕地看向他："什么意思？"

"我知道你喜欢尤应梦，所以找到了她的丈夫，劝说他让自己的妻子出来拍戏。当然，荣吕不是那么容易被说服的人，所以我用了一点小手段，让他以为我有求于他。就是这么简单。"池晏说话的口吻还是那样轻描淡写，低沉而冷淡，但仿佛也隐含一丝……温柔。

陈松虞沉默了片刻，之后径直将手机扔回了他的怀里。

池晏低笑一声："还有什么要问的吗，陈小姐？"

陈松虞问："你为什么知道我喜欢她？"

"不为什么，或许是一种直觉吧。"

在抵达目的地前，陈松虞搜了搜荣吕的履历表。

他拥有一个教科书般的作为帝国权贵的人生轨迹。诞生于一个贵族家庭，从小接受全国最好的教育，无论能力如何，都能跻身权力中心，占据议员中的一席之位。

　　更不用提他还有一个完美的妻子。他和妻子不仅有极高的匹配度，对方还甘心在婚后放弃事业，回归家庭。

　　这件事在当时引起过轩然大波。不少女性都为尤应梦的做法感到惋惜，极端的人甚至认为她这样做"背叛了自己的同胞"。但从社会的主流观点看来，这仍然是值得鼓励的做法。将一生都奉献给家庭的人，才是女性的楷模。

　　陈松虞想，这真是令人作呕，根本没人知道这背后的龃龉。

　　池晏漫不经心地提醒道："我们快到了。"

　　"好。"

　　陈松虞远远地看到一座城郊的小庄园。尽管其豪华程度无法与公爵府相提并论，但也奢侈得足够让媒体记者们咋舌。

　　"其实我还不知道，陈小姐，你为什么要来参加这场宴会？"池晏含笑道，"我以为你一向不喜欢这种场合。"

　　陈松虞说："他毫无理由地劫持了我的演员，我当然要找他讨个说法。"

　　"劫持？"池晏微微一笑，"很新鲜的用词。如果我没记错的话，他是你的演员的丈夫。"

　　陈松虞嗤笑道："这种婚姻，和绑架也没什么区别了。"

　　池晏一怔："也是。"

　　飞行器已经进入低空状态，前方就是庄园大门和空中警戒线。傅奇打开广播，向对方的安保人员说明了身份。对面的人却以一种客气而为难的腔调说："很抱歉，Chase先生，我们已经反复核查过今夜的来客名单，您并不在其中。请恕我们无法向您开放权限。"

　　傅奇一副油盐不进的腔调："那你应该请示你们的主管，或者让他直接过来跟我说话。"

　　广播的信号并不稳定，不断传来沙沙的杂音。

　　池晏说："算了。"

　　"先生？"傅奇迟疑地问。

　　陈松虞的手指也下意识地收紧，接着她就听到池晏说："直接撞进去吧。"

话音刚落,他们就听到广播里传来了荣吕的声音。荣吕冷冷地训斥道:"你们在做什么?"

保安小声解释:"这位先生不在宾客名单里……"

荣吕:"Chase?"

对面的广播频道被短暂地屏蔽了。池晏弯了弯嘴角,手指轻轻敲击窗沿,发出规律的声音,"嗒嗒嗒"。

不过片刻,刺眼的探照灯消失了。戒备森严的高门在他们面前缓缓打开,广播也重新连接上了。保安忙不迭地向他们道歉,语气比方才恭敬十倍不止:"对不起,实在非常抱歉,希望您能理解……"

池晏转头对陈松虞轻轻一笑:"看来撞不成了。"

他的语气听起来竟然有几分遗憾。

陈松虞古怪地看着他:"你的飞行器很结实吗?"

池晏对她眨了眨眼,伸出一根食指放在唇上比了个"嘘"的手势。

陈松虞:"……"她突然想起池晏那些神神秘秘的黑科技。说不定这平平无奇的飞行器,还真的内有乾坤。

第十二章
# 爱无能

从飞行器下来时，已经有人在外面指引他们。荣吕的家更符合一个现代富人的审美。他们经过了一座充满未来感的螺旋桥，在黄昏的落日里，银色的灯光随着前进的脚步渐次亮起，他们仿佛穿梭在一个闪闪发光的 DNA 分子片段上。一切都是对称的、简洁的，银灰色的线条传递出了一种秩序森严的冷酷之美。

池晏低下头，附在陈松虞耳边说："这些光线是人体扫描仪。"

"你怎么知道？"陈松虞不禁感到心惊，这里竟然这样机关重重。

池晏微微一笑："我卖给他的。"

陈松虞扯了扯嘴角："看来你今天没带武器，良好市民。"

良好市民……

池晏已经很久没听到这个词，他笑出声，再次凑到她耳边："不，即使我带了武器，他们也检查不出来。"

他温热的气息沿着她的耳郭，像晨雾般一触即散。

"你再不好好说话，我就要举报你了。"

"哈。"池晏短促地笑了一声，站直了身体。

荣吕很快就出现在桥的另一端。他衣着光鲜，派头十足，身后站着的一个服务生的手中托着两杯香槟。随着两人走近，荣吕亲自将一杯香槟递给了池晏，却对陈松虞视而不见。

"好久不见了，Chase。"荣吕十分亲切地说。

"你不是刚见过他的大尺度照片吗？"陈松虞嗤了一声。

池晏微微一笑。

荣吕的神色微变，他转过头，仿佛面前的女人之前是隐形的，这一刻却突然出现。

"陈导演。"他上下打量着陈松虞，故意闭口不谈那张照片，而是道，"你就穿成这样来赴宴吗？"

陈松虞低头，看了看自己身上宽大的黑色哈灵顿夹克和牛仔裤。这是她拍戏时最习惯的穿着。她说："有什么不对吗？"

荣吕说："我一向觉得，女人就该有女人的样子。"

陈松虞回："我一向觉得，在什么场合，就穿什么样的衣服。"

所以，区区荣议员的宴会，不值得她盛装出席。

荣吕听出了她的言外之意。他眯着眼睛看她，眼神阴鸷："陈导演，上次见你，还不知道你如此伶牙俐齿。不过也是，假如你不是这么能说会道，怎么会说得小梦都不愿意回家了呢？"

陈松虞心念一动，她好像隐隐知道了为什么荣吕突然要强迫妻子请假，她说："看来片场和家庭，尤老师更喜欢前者。"

"很可惜。她注定是要回家的。"荣吕笑了笑，"二位请进吧。"

宴会厅被布置得像个当代美术馆，处处都是VR装置艺术，陈松虞一眼就看出，这些尽是出自名家，价值连城。宾客们穿梭在其中，随意走动，自由交谈。人人都衣冠楚楚，脸上挂着面具般虚假的笑。

一踏入其中，陈松虞就感觉到不少隐晦的、令人不舒服的目光扫向自己和池晏。但这些落在自己身上的目光很快都散去了——显然，这些人一眼就看出了自己不是什么大人物。

陈松虞走进一个视野很好的角落，拿了一杯柑橘气泡水，暗暗地寻找尤应梦的身影。她渐渐地感到一丝焦灼，因为她始终没看到尤应梦的身影。荣吕究竟在玩什么？

她看到某个中年人站在一具深海水母的雕塑前，随口赞美了几句。没多久，荣吕就走上前，表示要将雕塑送给他。

"不不，这可不行。"中年人假意推辞道，"君子不夺人所好。"

荣吕笑容满面："这雕塑原本就是我从慈善拍卖会上得到的,您才是它最适合的主人。"

池晏含笑道："新上任的财政大臣。"

陈松虞问："噢,那个呢?"

她的目光一扫,一个大腹便便的男人正站在不远处与一个美貌的女服务生亲昵地说话。

池晏"啧"了一声："来头就更大了,他可是……"

他兴致上来了,将在场的所有人都给她介绍了一遍。这些看似其貌不扬的男人,果然都身居要职。陈松虞注意到,这些人大多挽着楚楚动人的年轻女伴,像要给粗肥的手指硬套上一个璀璨的钻戒。她转头睨了池晏一眼："难怪站了这么半天,没人来跟你打招呼。"

池晏浅浅地尝了一口香槟："因为他们都在等我过去见礼。"

"那你还不过去吗?"

眼前全是高枝,随便攀上谁,都是通天捷径。池晏在这样的场合,想必最能如鱼得水。然而此时此刻,这个男人却悠闲地站在角落,跟自己咬耳朵。这似乎并不是他的风格。

"那可不行。"池晏微笑道,"今天我只是来陪你的。"

"我不敢挡你的升迁路。"

"我心甘情愿。"

深深浅浅的光,浮在玻璃杯的表面,变得晦暗迷人,又落进池晏的眼底。像是旋涡,有种令人心悸的美。陈松虞觉得脸热,匆匆地将水杯凑到唇边。低头的一瞬,整个会客厅的光线突然变暗了,有一束光从头顶升起。

这束光好像照亮了深海里的泡沫,然后缓缓出现一个飘浮在半空中的身影,窈窕而玲珑,身体曲线极美,像一条熠熠生辉的美人鱼。

陈松虞目光一凝。是一个女人站在二楼,她穿着一条肩带细细的银色亮片裙。裙子上亮闪闪的水钻,衬得她肤白胜雪,像人鱼的眼泪,璀璨到令人心碎。那正是陈松虞踏破铁鞋无觅处的尤应梦。

一支乐队开始演奏。尤应梦毫无征兆地轻启红唇,开始唱一首歌。这显然是一次糟糕的演出,她的肢体很僵硬,歌喉也太青涩,将原本妩媚的歌曲唱得

味同嚼蜡。但她太美，只要亭亭玉立地站在那里，就已经是一幅画。

在座的男人无一不仰头望着她，不少人露出隐秘的笑容，暗自交换一个意味不明的眼神。陈松虞感到一阵恶寒，捏着酒杯的手也暗自收紧。她一脸厌恶地看向荣吕，心想，到底是怎样的男人，才会在这样的场合，像展示被拆封的礼品一样，展示自己的妻子？

他站在一群脑满肠肥的所谓的大人物里，众人都夸奖他得此娇妻，言语里不无暗示。而他只是浑不在意地听着，黑沉沉的目光望着美丽的妻子，笑得极其满足。

陈松虞看懂了这阴鸷的目光。这正是荣吕的用意，他就是要在众人面前用这样的方式折辱尤应梦。因为他享受的就是强迫她的这个过程。

一曲唱毕，那悬空的高台慢慢地降落到了地面。原来这也是一个奇技淫巧的装置。尤应梦转身要走，却被荣吕一把抓住手臂，直接拉进了怀里。他在她的耳郭低喃："你还没给客人敬酒呢。"

尤应梦的脸立刻白了，她深吸一口气，从牙缝里挤出几个字："你答应我的，就唱一首歌……"

"我改变主意了。"荣吕在众目睽睽之下，轻吻着妻子雪白的脖子，丝毫不顾虑旁人暧昧的目光，像毒蛇在自己的领地留下印迹，"你看，你的陈导演也来了。我最讨厌这种女人，装模作样，自以为是。你就是跟她在一起太久，才会忘了自己的身份。告诉我，宝贝，你是谁？"

"我是……你的妻子。"尤应梦说。起先她的声音还有一点颤抖，但又慢慢变得平静。仿佛在短短几秒钟之内，她就完成了一次自我催眠。

"这就对了。"荣吕重重地捏了一下她的腰，"乖，老老实实去敬酒，我就放你回剧组拍完最后几场戏。"

陈松虞看着尤应梦从荣吕怀里出来，像一只被束缚着脖子的鸟雀，款款走到一个面目模糊的上流人士面前。这美丽的提线木偶微笑着举起了酒杯："我敬您。"

一杯下去，旁边的人开始起哄："好酒量！再来一杯嘛！"

在这令人作呕的起哄声里，一段尘封的记忆重新回到了陈松虞眼前。她想起了十九岁的自己。

那时候她刚拍完处女作,半只脚踏进了这个圈子。在影片宣传期,李丛频频带她参加饭局,美其名曰"结识圈内大佬"。于是这个年轻貌美却青涩的女导演理所当然地成了酒桌上的主角,如一朵娇嫩的花,或者说,是某种酒桌文化里的"奖品"。

当然,没有人做得太过分。在上流社会,一切潜规则都是隐形的,一切都被包裹在文明的假象之下。正如荣吕只需要当众让尤应梦唱一首歌,就能够重新驯服她。

当年,那些男人也不过是将陈松虞团团围住,起哄让她多喝几杯,或者有意无意地触碰她的手肘和腿,或者占几句口头便宜,逼迫她赔着笑听那些充满暗示性的笑话。但这对于陈松虞来说,已经忍无可忍。

她很快就在一次酒会上公然离席,满座哗然。之后很长一段时间里,没人再邀请她,无论是饭局、聚会还是新的工作机会。伴随着这样的冷遇而来的是坊间的奚落与传闻:这个年轻的陈导演"不懂事""没格局""太自命清高"。

那时李丛还没有变成现在这样,他只是个比陈松虞大不了几岁的富家公子,所以他只是用悲哀的眼神看着她。

"你当然可以拒绝。"他说,"如果你没有野心。"

"我有野心,只是我的野心不需要用这种方式来实现。"这是陈松虞当时的回答。

"那你注定会走一条很难走的路。"

"我从没有选择过……好走的路。"

一直以来,陈松虞都知道自己做的选择是在自讨苦吃,但她始终甘之如饴。

此刻,她沉默地走上前,在众人的目光里,夺走了尤应梦手中的空酒杯。

尤应梦惊愕地看了她一眼。

陈松虞对她露出安抚的笑容,并重新斟满了一杯,走到了荣吕面前,说:"我敬你。"

她慢慢地抬高了酒杯,酒杯的边缘还印着一个妩媚的唇印。她将这杯酒一下泼到了荣吕的脸上。

霎时之间,会客厅一片死寂。所有人都无比震惊,连荣吕自己都愣在当

场。他瞠目结舌，满脸湿漉漉的，半天没有反应过来。蚂蚁也敢挑衅大象。这真荒谬，但也真勇敢。

陈松虞快意地想，这是她熟悉的寂静，是她在十九岁那年就享受过的寂静。她知道自己一定会付出代价，但她根本不在乎，她只在乎这个瞬间。她转过身，看着尤应梦："你想离开这里吗？"

在那一瞬间，尤应梦觉得自己看到了这世上最美丽的一双眼睛。她是迟疑的，但还是用尽了全身的力气点了点头。陈松虞握住她的手："那我带你走。"

她们径直向外跑。尤应梦一度险些被裹身的长裙绊倒，但那只握住她的手，如此纤细，却也如此有力，始终指引着她继续往前。她们推开那些围观的男人，撞倒服务生手中的香槟，澄澈的液体被猛烈摇晃出了气泡，在半空中泼溅出来，像是在庆祝一场突如其来的新生。

池晏凝视着陈松虞的背影。在很多年前，他看到过一个同样美丽的女人屈辱地握紧了酒杯。于是他一直以为这就是女人，她们总是如此温柔而孱弱。所以他只能让自己堕入地狱，来换取……保护一个人的资格，但他从来没有想过，原来还有另外一种可能，原来有人可以说不。

他面前的陈小姐，和那个女人一点都不像。她根本不需要他的保护，不需要任何人的保护。因为她是这样勇敢和耀眼，因为她总是站在阳光下。他站在原地，站在黑暗里，看着她以某种一往无前的姿态冲进了亮得刺眼的光明。

荣吕终于清醒了过来。他一脸愤恨地看着那两个女人的背影越来越遥远，张口就要命人拦住她们。就在此时，一只钢铁般有力的手握住了他的手腕，接着便传来一阵钻心剜骨般的剧痛。

他几乎要以为自己的骨头会被当场捏碎，他咬紧牙关，才没有当场失控地叫痛。他那被水模糊的视线往上移，看到一张英俊而冷漠的脸。

逆光之下，池晏的身影如此高大，像巨人一般。他看着荣吕，在对方眼里，他就像从地狱爬出来的恶魔。他握住荣吕的手，仿佛裹挟着地狱之火的温度，那是能够将荣吕挫骨扬灰的烈焰。

荣吕的脸色白得像纸一样，他第一次尝到了恐惧的滋味。在这几乎要窒息的痛里，他不禁扪心自问：从前自己怎么看走了眼，觉得这个男人只是公爵家的一条狗，会好拿捏？

池晏微笑着，凑到他耳边轻声道："荣议员不会以为，你找人威胁我这件事，就能这样算了吧？"

一直到坐上飞行器，尤应梦仍然觉得刚才发生的一切简直像做梦一般不真实，剧烈运动过后她的胸口还在不断地起伏。飞行器在盘旋之中升空。她凝视着窗外，那座闪闪发光的银色螺旋桥正在变得越来越小，仿佛那真的只是一个微不足道的DNA分子，一个不匹配的基因序列，正从自己的人生里慢慢淡去。她不敢相信自己竟然真的逃了出来。

接着，她听到陈松虞认真地纠正道："不是逃。我们是堂堂正正地走了出来。"

这时尤应梦才意识到，她刚才将自己的想法原封不动地说出来了。陈松虞递给她一杯温水，她接过，仍然失神地看着陈松虞，忍不住问道："你刚才……那样做，难道一点都不害怕吗？"

"怎么会害怕？我说了要给他敬酒，手滑而已。"陈松虞对尤应梦眨了眨眼，十分促狭地说，"最多让他泼回来啊。这么多人看着呢，他会泼回来吗？"

面前这张一向沉稳的脸上，难得地露出了少女一般的灵动。尤应梦被她的愉悦感染了，忍俊不禁地说："他不会的。他这个人最要面子，不会当众做些什么，只会背地里……"

"背地里搞小动作？"陈松虞微微一笑，"那他已经做过了。"

尤应梦一怔。

"他早就拿过一张隐私照片来威胁我们。但我觉得，和区区一张照片相比，还是一个大活人比较重要，对吧？"

"可是……"尤应梦的心里仍有顾虑，还想再说些什么。

"我带你去一个地方吧。"陈松虞打断了她，眼神是如此笃定。

尤应梦只能说："好。"

漫长的旅途之中，尤应梦睡着了。她很久没有睡得这么沉了，仿佛灵魂脱离了沉重的肉身，漂浮在一片平静的蔚蓝里，像个新生儿一般懵懂而纯净。直到陈松虞轻声提醒道："我们到了。"

推开飞行器的门，两个人都立刻被潮湿而喧闹的空气包围。

尤应梦睁大了眼睛。这里还是贫民窟,却不是她以为的那个入夜就死气沉沉的贫民窟。这是贫民窟的另一面,一个色彩斑斓的市集,一座歌舞升平的不夜城。狭窄的小巷里挤满了商铺,破败的墙壁上残存着鲜艳的壁画。货物挨挨挤挤地陈列着,又被一层层叠起来,好似一座饱经风霜的通天神塔。

"丁零——"晚风吹拂风铃。这里人人都是快乐的,皮肤黝黑的本地人脸上,也罕见地挂着笑容。仿佛有某种令人快乐的因子,隐秘地在空气里扩散开来。尤应梦站在原地,看到陈松虞走到一个露天小摊前,兴致勃勃地弯下腰。

"快过来看。"陈松虞对尤应梦说,"我给你买一双鞋。"

这时尤应梦才意识到,自己在刚才的奔跑中早就踢掉了脚上原本穿着的高跟鞋。此刻她光着脚站在地上,踩着满地的尘土,一股冷意从光裸的脚底袭来。但随之而来的是一种更畅快的感觉,她终于不用再被禁锢在那双窄窄的、不合脚的鞋子里,整日踮起脚尖,像一只楚楚可怜的家养天鹅。脱掉了鞋跟有十厘米高的鞋子,她发现原来陈松虞比自己高,自己甚至需要抬头仰望对方。

最后尤应梦穿上了一双深红色的平底布鞋,踩着很柔软。当然,做工也很粗糙,她这辈子都没穿过这样廉价的鞋,但这似乎也是她拥有过的最轻盈的一双鞋。她们在闹市里闲逛了一阵,陈松虞说:"再往前走就是红灯区。"

"红灯区?"

"对,就是那个传说中的红灯区,想去看看吗?"

"……好。"

陈松虞又随手买了两条丝巾,将彼此的脸遮住,只露出一双眼睛。在花花绿绿的霓虹灯的照耀下,两人的眼神都如此水光潋滟。她们经过了人声鼎沸的赌场。赌场充斥着各种各样的人,空气还是那样污浊。

尤应梦曾经跟丈夫来过赌场,但绝非这样鱼龙混杂的地方。她想要赶快离开,却发现身边的女导演停下了脚步。

"我曾经在这里,看到一个人死在我面前。"陈松虞低声道。

尤应梦一怔,听到自己下意识的吸气声。

陈松虞还在继续讲述自己的故事,对她来说,这是一次故地重游。她曾经差一点就死在这里。

对尤应梦来说,关于那个女荷官和疯子赌徒的故事,完全像是另一个世界才会发生的事情。她越听越心惊,这些事情是她根本无法想象的。她更不能想象的是,站在她面前的女导演明明经历过这些,竟然还能如此镇定和平静,不过,这平静里或许还有一丝悲哀。

陈松虞说:"当时我就站在这个位置,看到那个女荷官死在我面前。可是我什么都帮不了她。也是从那一刻开始,我就发誓,如果还有下一次,我一定要做点什么。哪怕只是……拉人一把,我不想再袖手旁观。"

她的声音混杂在赌场嘈杂的音乐里。有人在高声叫骂,有人在疯狂加注。老虎机那令人目眩神迷的灯光,渐次落到了陈松虞的脸上。但头巾包裹下露出的那双眼睛,还是如此清澈。

那双眼看向尤应梦,对方还在震惊和失语之中。陈松虞的眼角弯了弯,半真半假地开玩笑道:"好了,回忆到此为止。尤老师,我们去下一个'景点'吧。"

记忆的下一站,应该是一家廉价的女士百货商店。在陈松虞试图逃出贫民窟的那一天,是这家店里冷冷清清的美妆柜台救了她一命。她只远远地看了百货商店一眼,就笑出了声:"看来今天没法打卡了。"

因为狭窄的店里竟然站满了人——没想到入夜之后,这家店的生意会这么火爆。陈松虞心念一动,突然又对尤应梦说:"你等我一下。"

接着尤应梦就看到她十分费劲地挤入重围,淹没在那一大帮女人里。

闪闪发亮的橱窗,照着无数相似的、浓妆艳抹的脸。尤应梦试图在这群人里寻找陈松虞的身影,视线却被这些贫民窟的女人吸引。她们正在旁若无人地装扮着自己,有的弯着身子,挤在化妆镜前描着唇线;有的扬起脖子,拿了好几条裙子在身上比画。

尤应梦感觉自己很羡慕这些女人,尽管她们活在社会最底层,她们的妆容也如此拙劣,但她们活得很自由。她们身上有一种无法描述的、原始的生命力。

过了好半天,陈松虞从沙丁鱼罐头般拥挤的人群里挤了出来。她的额头上渗出了一层薄薄的汗,她一边气喘吁吁,一边将一只手背在身后,像变魔术一般递给尤应梦一整包卸妆湿巾。

"你刚才那么费劲地挤进去,就是为了这个?"尤应梦问。

陈松虞笑了笑:"我觉得你会需要。"

尤应梦将卸妆湿巾接过来："你说得对，我的确需要它。我早就想把这愚蠢的妆容卸掉了。"

她起初抬手的姿势仍然是妩媚的，接着抹去妆容的动作却罕见地粗暴起来。她迫不及待地卸掉了脸上的一切屏障。

当然，这并非愚蠢的妆容，而是极其精致的妆容，她曾像个人偶一样在镜子前坐了好几个小时，直到荣吕满意地点头，才算大功告成。这妆容太精致，太完美，像一张面具，像湿透了的画皮，始终紧紧扣在她脸上，令她窒息。

但是这一刻，站在贫民窟黑暗的角落里，她终于远离了那些所谓的男性凝视，能够畅快地呼吸，用自己最真实的面貌。

"谢谢你，松虞。"她说。

她们接着来到二楼的一个露天咖啡馆。这再次令尤应梦感到意外，她从没想到贫民窟里竟然有这样惬意的地方。从露台望出去，密集的窄巷，繁华的集市，彩色的经幡……一切都尽收眼底。头顶网格般密集的小灯泡，像一大丛满天星，在晚风中缓缓浮动。

服务生认识陈松虞，热切地向她打招呼，又微笑着问："老样子吗？"

陈松虞说："对。"之后她将酒水单递给了影后。

尤应梦问："你常来吗？"

陈松虞露出怀念的神情："拍戏收工早的时候，我经常来这里改剧本。就坐在这里，吹吹风，看着夜幕降临，附近高楼里的灯慢慢亮起来。"

这是非常浪漫的描述，尤应梦的神色却变得有些探究。

"干吗这样看着我？"陈松虞注意到对方的眼神，"很奇怪吗？"

尤应梦点了点头："对你来说，是有点奇怪。我以为你不会这样……享受生活。"

陈松虞"扑哧"一声笑出来："那可能我是变了很多吧。"

"其实我以前也很不喜欢贫民窟。我觉得这里太脏、太乱，太没有秩序。"她慢慢地说，"但现在我很羡慕生活在这里的他们有着顽强的生命力和那种不顾一切的勇气。"

"不顾一切的……勇气？"尤应梦重复道。

"你看，对于这里的人而言，真正的秩序只有一条，就是活下去，所以他们活得很简单。爱很简单，恨也很简单。今天能够说的话，就一定不要等到明天再说。谁知道明天自己是不是还活着呢？"

——谁知道明天自己是不是还活着呢。

尤应梦怔住了，她仿佛明白了什么。她们似乎又回到了片场，她是困惑的演员，陈松虞依然是那个循循善诱的导演。她终于下定了决心，抬起头看向陈松虞，鼓足勇气地说："松虞，你听我说，我有一件事想告诉你，是一个很重要的……秘密。"

尤应梦话音刚落，灯突然熄灭了，整个贫民窟陷入了一片漆黑。一个服务生喊道："例行停电！请客人们少安毋躁！"

原本的寂静被周围的闲聊声打破，这些常住民都已对此见怪不怪。

陈松虞从未经历过这种事情，她多半在黄昏的时候过来，很少会在外面待到这么晚。不过她想，尤应梦要比自己害怕许多。她下意识地想要给予对方一点安慰。

她没想到的是，自己放在身侧的手刚抬起来，就被黑暗里另一只看不见的手抓住了。十指相扣的一瞬间，对方罕见地展现出了一丝温柔。宽大的手掌包裹住了她的手，那掌心像从黑暗罅隙里长出的青绿苔藓一般柔软而潮湿。对方的食指还在轻轻挠陈松虞的掌心，犹如一根轻飘飘的羽毛的触碰。

"嘘。抓住你了。"池晏在她耳边轻笑道。他的手指还在轻轻挠陈松虞的掌心，指腹微妙地擦过她细腻的皮肤，沿着掌心的纹路，顺着浅浅的凹凸不平，逐渐画出一条清晰的命运线。

陈松虞并不知道，池晏不是才赶来，他已经站在二楼的台阶旁看了她许久。他并不关心她们在说什么。之所以迟迟没有上前，是因为他很满足于……站在远处凝望着她。他看到陈小姐坐在露台边，头顶摇摇晃晃的小灯泡在她脸上投下繁星一般的光影。晚风吹拂着她脸颊旁的碎发，她像一株在灯光里漂浮起来的睡莲。这场景有种难言的静谧。

但猝不及防地，所有的灯都熄灭了。在一片黑暗和惊呼声里，他突然产生了某种奇怪的恐慌，那个原本近在咫尺的人似乎被黑暗吞噬了。她消失了，他将要失去她——或者说，心里的另一个声音在告诉自己，其实他从未抓住过她。他总是站在远处,看着那个瘦削的身影跑向更刺眼的光明。

于是他在黑暗中慢慢地向她靠近,直到这高大的阴影终于能够附在陈松虞耳边,轻声道:"抓住你了。"

他自己都没能听出这声音里滚烫的、压抑的、隐忍的情绪。陈松虞更没听出,她只是淡淡地哂笑了一声。

坐在对面的尤应梦一怔:"谁来了?"

池晏趁机挤进了陈松虞坐的那张小沙发里。他人高马大,立刻侵占了一大半柔软的沙发。陈松虞不得不往角落里缩了缩,但她还是感到自己的身体在随着他的动作进一步下陷,深陷进沙发,更深陷进因他而起的旋涡里。

他的拇指短暂地摩挲过她光裸的手臂,像擦出火星的短短烟蒂。

池晏低声说:"陈小姐不欢迎我吗?"

陈松虞笑道:"只是觉得这张桌子有点小。"

池晏说:"我倒觉得刚刚好。"

他刚才握过她的手的那只手又轻轻抬了起来,握住了桌上的香薰蜡烛。他灵巧的手指像变魔术般地拿出了一个打火机,缓缓点燃了蜡烛的芯线。

烛光一闪,随之而来的是某种甜蜜的气息。这是浓烈的、娇艳的、近似呢喃的水生莲花香气,又混合着某种无花果树的微苦气息。微弱而跳跃的火光照亮了香薰蜡烛上睡莲的剪影,也照亮了面前这张英俊而锋利的脸。

尤应梦长舒一口气:"Chase,原来是你。"

池晏身体向后仰,懒洋洋地靠在沙发上,他一度想伸手去揽陈松虞的肩,刚试探性地抬起手,就被她无情地挡开了。

他低笑一声。

只可惜沙发太窄,两人肩并着肩,无论做什么动作,另一方都能感受得清清楚楚。仿佛无形之中有种细微的振动从手臂和手肘,水波一般地向外扩散。

陈松虞问:"你的事情做完了?"

"嗯。"池晏淡淡道。

"来得倒是很及时。"陈松虞心里还惦记着尤应梦刚才说要对自己讲的话,可惜被打断了。当着他的面,尤应梦想必不会再提。

池晏若无其事地笑道:"我也不知道这里会突然停电。你总不会觉得我是掐准了时间过来的吧?我可没有那么神通广大。"

"是吗,我一向觉得你无所不能。"

"没想到你对我竟然有这样高的评价,我很荣幸。"

尤应梦察觉到这两人对话里的火药味,但她并不明白这火药味究竟从何而来。想起刚刚发生的事情,她郑重地说:"方才多谢你帮忙,Chase。我走的时候……看到你了。如果没有你帮忙,或许我们未必能这么轻易离开。"

池晏笑道:"举手之劳。"

陈松虞转头看了他一眼,心想,还真是厚脸皮,他竟然就这样接受了。沉默片刻后,她说:"不,尤老师,应该是他要多谢你。"

尤应梦困惑道:"谢我?为什么?"

这时一个服务生走过来,送上了他们方才点的饮品,并因为突然的停电再一次向他们道歉。

"没关系。"陈松虞温和地说,"停电什么时候恢复?"

对方抱歉地说:"这个,我们也不太确定,通常不会持续太久。在这期间我们会照常提供服务,如果您有需要,随时……"

"好。"陈松虞说,"我旁边的这位先生,今天要请这里所有的人喝酒。"

对方吃了一惊:"您说什么?"

"字面意思。"陈松虞扯了扯嘴角,睨了池晏一眼,"池先生刚刚大赚了一笔,不会在乎这点小钱吧。"

服务生心中一喜,却见那位男士根本毫无反应,只是垂着头,沉默地把玩着手中的打火机。

"咔嚓。咔嚓。"火光时隐时现,照着他刀锋般的侧脸。他给人带来的压迫感太强,服务生不敢说话,更不知道该如何是好,只好尴尬地站在原地。

陈松虞问:"我说错了吗?"

池晏终于笑了笑:"当然没错,陈小姐怎么会有错。"

只是……她对其他人向来这样温和有礼。唯独对他,永远这样不假辞色。池晏转头对服务生说:"今夜所有的账单,都记在我名下。"

这个好消息很快就在座无虚席的咖啡馆里扩散开,大家都知道有一位神秘的客人要埋了今夜所有的单,欢呼声立刻此起彼伏。明明停了电,黑夜却像被一簇火点燃了,气氛变得热闹非凡,服务生开始不断穿行于顾客之间,他们手中端着餐盘,像高速旋转的陀螺一般来来往往。

陈松虞坐在原地,咬着一根细长的吸管。她也是刚想明白这一切。直到池晏方才自黑暗中出现,直到她亲眼看到这个男人脸上志得意满的笑容,她才终于反应过来今日池晏为什么要跟自己去赴宴。

他不可能真的只为了陪她,更不可能只为了给她剧组里的演员撑腰。他早就另有图谋。从头到尾,这个男人都是一个耐心的猎手,始终安静地蛰伏在一旁,等待着最佳的开战时机。而她竟然如此凑巧地将这个机会送到了他面前。

尤应梦仍然有些不明所以地看着面前的两个人,仿佛在猜一个哑谜。

陈松虞察觉到她的困惑,于是收敛了脸上的讥诮,身体微微前倾,轻声向尤应梦解释道:"你还记得吗?之前荣吕偷拍了一张照片,涉及我和他的……隐私。"

听到"隐私"二字,池晏微微转头,似笑非笑地看了她一眼。

尤应梦并没有注意到这微妙的变化,她只是一脸厌恶地说:"的确,这是他的惯用伎俩。"

陈松虞说:"想必他这样做的初衷是为了你。他察觉到了拍这部电影对你的改变,所以想用这种方式来控制一切。"

"我很抱歉……"

"不,尤老师,你听我说,一张照片而已,没什么大不了的。"陈松虞温和地打断,"喜欢玩这些不入流招数的人,往往内心非常狭隘和愚蠢。"

她顿了顿,又继续道:"所以这反而给了我们 Chase 先生一个很不错的借口。"

尤应梦不解:"……借口?"

"荣吕忘记了自己的身份。他作为一个 K 星的议员,为什么要去偷拍 S 星总督的候选人——还偏偏是对帝国态度最友好的那位候选人?是对公爵有什么不满,还是想要借此来激化 S 星和 K 星之间的矛盾?"陈松虞转过头,瞟了池晏一眼,"我想,你刚才是这么对他说的吧?"

池晏看着陈松虞,微弱的火光将他的轮廓照得更深邃。他没有承认,也没有否认，笑道："看来我们真的很心有灵犀。"

"不敢当。"

陈松虞没再问他究竟从荣吕那里得到了什么，那与她无关。事到如今，真相已经很清楚。电影也好，尤应梦也好，都只是一个诱人入瓮的饵。荣吕那里一定有什么是池晏想要的，所以池晏一直在等待……对方跳进来，主动将破绽送到他面前。荣吕败就败在他根本不知道对手是谁，就已经暴露了自己的底牌。

尤应梦神情复杂地看着面前的两人，低声道："原来是这样……我从来没有想过这些。"

尽管她已经嫁给荣吕这么久，可是在她眼里，权力是一个吃人的词，是一只看不见的手，可以轻易让自己无处可逃。

陈松虞说："虽然我不知道荣吕从前对你说过什么，但是你不用在乎他说的话。很多时候，看似强硬的威胁，都只是虚张声势而已。他们这样的人，为了利益，一切都可以变成谈判的筹码。"

尤应梦看着对面的女导演，摇曳的火光将对方的双眼照得如此明亮，她觉得自己好像重新认识了面前这个人。今夜，对方一直在间接地告诉自己，去做一个自由的人。她现在才明白陈松虞身上的勇气究竟来自何处，并非一腔孤勇，而是对方将这一切看得太清楚。

陈松虞继续对她说："没关系，慢慢来，我们还有很多时间。想必在这部电影拍完之前，荣吕都不会再来骚扰你了。"

池晏突然道："那拍完之后呢？"

陈松虞："……"这人还真是会破坏气氛。她不动声色地用手肘撞了撞他，对尤应梦说："拍完之后，你有事就找他。反正他这个人最喜欢敲竹杠，有好处的事情，他不会不做。"

池晏扯了扯嘴角："在你眼里，我就是这种人？"

陈松虞反唇相讥："你不是吗？"

尤应梦看着面前如冤家一般的两人，忍不住笑了出来："你放心，松虞，我知道该怎么做了。"

她慢慢扶着桌子站了起来："我该回去了，回头等你有空了记得来找我。

别忘了，我们还有一件事要谈。"

陈松虞心念一动，原来对方还没忘。陈松虞仰头看着尤应梦，她能感受到眼前的人有什么不同了。

尤应梦之前试图说出那个秘密的时候，声线都不稳，手指更是紧张地拧在一起，显然内心经历了极大的挣扎。但现在她的语气笃定，眼神也云淡风轻，她好像又变回那个百媚横生的影后。

"好，我找个人送你回去。"陈松虞说，"你先好好休息。"

尤应梦轻轻点头，又转头看向池晏："Chase，多谢你的酒。"

池晏没说什么，只是微笑着举杯向她致意。就在此时，突然有人惊呼一声："来电了！"

所有人同时转身，望向露台之外广阔的天地。高楼里的灯渐次亮了起来，有如神明降世，烟花在他们眼前"砰"的一下炸开，黑夜也在一瞬间变成白昼。再没有比这更好的方式，来庆祝一个人的新生。

尤应梦离开之后，池晏站了起来，慢条斯理地坐到陈松虞的对面。他身体前倾，目光灼灼地望着她。

陈松虞笑了笑："你还不走？"

池晏说："我想跟你再喝一杯酒。"

他修长的手指轻轻抚摸着杯口，像是在勾勒情人的唇线。这动作太缓慢，太缱绻，仿佛有某种难言的暗示。

"很可惜，我不喝酒。"陈松虞说。她想，尤应梦其实也是个聪明人。

尤应梦之所以提前走，是因为她凭借女人的直觉察觉到了陈松虞和池晏之间暗流涌动的气氛——她知道陈松虞和池晏还有事要谈。

陈松虞招了招手，对服务生说："请给我们一壶水烟。"

池晏挑眉："你竟然还知道水烟。"

陈松虞道："想尝试很久了。但之前都是来这里工作，不太方便。"

"噢，很荣幸我是你的第一次。"池晏懒洋洋地说，还是一贯的暧昧语气。

陈松虞却冷不丁地问道："那你呢？"

她十分认真地看着他的眼睛，对方却罕见地陷入了沉默，过了片刻，他轻声道："你很在意？"

陈松虞微微一笑："不在意，只是随口一问罢了。"

"那我回答你，我……"

突然出现的服务生打断了池晏的回答，水烟壶被端了上来。这是一个金灿灿的黄铜烟壶，外形古老而优美，外表雕刻着繁复的花纹，仿佛一座公主与蛇共舞的雕塑。服务生熟练地为他们摆弄烟管，同时问道："一支烟管够吗？"

陈松虞说："两支。"

"好的。"服务生的眼神流露出几分诧异。毕竟在当地的传统里，情侣共用一支烟管是很寻常的事。

"请慢用。"

陈松虞握住那细长的烟管，深吸一口。她尝到一种奇特而愉悦的味道——混合着鲜烟叶、干水果肉的清香和蜂蜜的甜。她没有停下来，而是继续吸进肺里，直到终于听到了水烟壶里的冒泡声，才松开了烟管，长长地吐出了一口烟圈。

霎那间，白雾包裹住了她，一种难以名状的、香甜的眩晕感从舌尖慢慢地扩散开来，自上而下地侵占她的身体。她感到整个人都变得很轻盈，不禁换了个更舒服的姿势靠在沙发上。她想，这真像一个吻，一个令人沉迷的吻。

池晏问道："如何？"

陈松虞懒洋洋地说："你自己试一试不就知道了吗？"

池晏伸手要拿陈松虞方才用过的那支烟管。她的手指却轻轻点了点，制止他的动作，她说："用你的。"

他顺势握住了她的手，粗糙的指腹摩挲着她的手背，这本该是很缱绻的暗示，但他的动作足够有力，陈松虞只能被迫与他一起抬起手，亲手将自己用过的长长的烟管送到他的薄唇边。

"何必浪费。"池晏说。

陈松虞感受到了他眼神的温度，还有他的掌心裹着她的手背，像滚烫的浪潮，令她无法挣脱。他们共用同一支烟管，真像在间接接吻。他所做的一切都如此具有暗示性，他向来是个目的性太强的男人。

陈松虞开口："我再问你一次，你和荣吕到底是什么关系？你之所以找尤应梦来拍这部电影，真的只是因为我吗？"

池晏握住她的手微微一动——也或许是她的错觉。他的神情波澜不惊："他手上有我要的东西。"

"你终于说实话了。"她说。

"我从前也没有骗过你。"

"你的确没有骗过我，只是你的话，永远只会说一半。"陈松虞笑道，"很聪明的做法，不是吗？"

"我不是聪明人，也从来不喜欢跟聪明人打交道。"

"不喜欢"这三个字说出来的时候，陈松虞感受到那只按住她的手更用力了，用力到几乎令她有一丝疼痛，但疼痛也使她更清醒。

"没关系，这并不妨碍我们的合作关系。你看，我们的确是完美的合作伙伴，就好像今晚，我解救了一对夫妻中可怜的妻子，而你恰好能从丈夫那里得到些什么……虽然大家的动机不同，却有着完全一致的奋斗目标。

"所以，我们应该保持这样的合作关系，不需要掺杂太多的私人感情。"她继续说，"那张照片，希望你可以彻底销毁。就当它从没有发生过。"

她缓慢而坚定地从他的手掌中抽回自己的手。这一次，他没能留住她。

在陈松虞的指尖即将滑走的一瞬间，池晏重新握住了她的手。这一次他更用力，带着她的身体也不由自主地向前倾。他们撞到了旁边的水烟壶，黄铜发出了清脆的响声，像鸟雀的啼鸣。

"完美的合作伙伴。"他说，"你就是这样定义我们的关系吗？"

"这是事实。"

池晏的手扣住了陈松虞纤细的手腕，这是一个牢牢的掌控姿势。他说："我不这么觉得。"

他粗糙的虎口停留在她的脉搏上，他能隐隐感受到她的脉搏在稳健地跳动，他想到了奔腾不息的河流，仿佛有一种蓬勃的生命力，令他心生向往。

他的手继续往上移，掌心的茧轻轻地触碰着她的手臂，沿着她肌肤的纹理，仿佛在描摹一幅看不见的文身。他多么希望在这光洁的皮肤上留下痕迹，只是想象一下，就能令他血脉偾张，直到一口白烟突然喷到了他的脸上。

池晏一怔。他看到面前的女人手中握着细长的烟管，她在对自己微笑。她的姿态如此优雅，修长的脖子上还缠着深红的丝巾，这场面像一幅古老的阿拉伯画卷。渺渺的烟霭里,她的脸像一轮圆月,在浮云里若隐若现。但最美的始终是她的眼睛,此刻眼波流转,目含春水,有着平日难得一见的风情。她何曾对他这样微笑。

池晏的指尖不自觉地一顿,这短暂的迟疑,让陈松虞得以挣脱了他的桎梏。

狡猾的陈小姐。

陈松虞缓缓地坐直了身子,隔着一张桌子,又向他吐出一口形状漂亮的烟圈:"你看,我学得很快。"

池晏的喉结滚了滚,说:"是,你一向很聪明。"

"你过奖了,Chase。"陈松虞以一种异常放松的语气说,"我并不聪明,只不过不怕比别人多吃一点亏。我永远都知道,什么才是最适合自己的选择。"

池晏注意到她的手握住的是那支还没被碰过的新烟管。以及,她又在叫他Chase。他想,她这样避他如蛇蝎?

"叫我池晏。"他说。

"嘘。"陈松虞眨了眨眼,将食指抵在唇上,"这个名字是你的秘密,对吧?"

"我的事对你来说都不是秘密。"池晏的回答毫不迟疑。

陈松虞微笑着摇了摇头:"Chase,你不需要对我做这样的承诺,我们只是合作拍一部电影而已。这一切很快就会结束了。"

"那么,我可以投资你的下一部电影。"池晏的声音很沉稳,"甚至投资你今后要拍的全部电影。你知道我名下有一家电影公司,我们可以将这样的合作关系继续下去。"

"然后呢?"

"没有然后。"池晏说,"完美的合作关系,如你所言。"

陈松虞笑了笑:"先拍完这部电影再说吧。我和你很不同的地方,在于我并不是一个喜欢做计划的人。"

她的语气尽管温和,但也很坚持。缭绕的、令人迷醉的白烟,又将她包裹了起来。池晏明白此刻多说无益,他一边喝酒,一边看着她。无论陈松虞用哪一支烟管,一旦她放下手,他就会缓缓地握住同一支,好像他们在乐此不疲地玩着同一个游戏。

烟管口有鲜烟叶和蜂蜜的香甜，还有她的唇留下的余温。池晏无声地咀嚼这刻骨铭心的滋味，将它深深地吸进肺里。

"我不会放手。"最后他轻声道。

他想，无论是那张照片，还是你。

回到酒店后，陈松虞才发现水烟的后劲比自己想象中的要大得多。她竭力克制自己的晕晕乎乎，尤其不想在池晏面前表现出来，而给他任何乘虚而入的机会。

然而当电梯上行的时候，那种眩晕感被放大到了极致。开门的瞬间，她险些一个踉跄摔到地毯上。好在她反应很快，平衡感也不错，立刻扶着墙壁站直了。池晏停在半空中的手只好又收了回去。

陈松虞低头去拿房卡，还是有一点恍惚。她想，有的东西就是这样，不想要的时候，它经常出现在你面前；真正需要它的时候，却在哪里都找不到。挎包的链条互相碰撞，在空荡荡的走廊上回荡出清脆的响声。

一只手从身后伸了过来，两根修长的手指夹着另一张薄薄的房卡，直接打开了房门，动作十分自然。那手臂挡在她面前，仿佛她被那人揽在了怀里。

池晏等待许久，才终于等来这个机会。

"要我扶你进去吗？"他在她身后说，声音含笑。

陈松虞想，这真不公平。他抽了那么多烟，还一直在喝酒，却丝毫没受到影响。于是她回答："要我给你小费吗？"

池晏说："我对你永远免费。"

"免费的东西才是最贵的。"陈松虞轻声道。

就在这时，他们听到了一个细微的声音，两人同时转头——以这样纠缠的、容易让人误解的姿势。

尤应梦出现在走廊的另一侧。陈松虞一激灵，清醒了几分。她从对方的眼神里就已经看出来，对方一定误解了什么。她往前站了几步，离池晏远了一点，从牙缝里挤出几个字："你故意的吧？"

池晏微笑道："什么故意？"

"你早就发现有其他人。"

"这难道不是事实吗?"

陈松虞冷笑一声:"是你精心安排的事实。"

果然,尤应梦迟疑地问道:"你们俩……住一起?"

"是的。"

"不是。"

两个人的声音同时响起来。

陈松虞:"……"

她将池晏手中的房卡直接扔进了垃圾桶,又转头对尤应梦说:"尤老师,你不是说有事要对我说吗?现在可以吗?"

"当然可以。"

"那就打扰了。"陈松虞毫不迟疑地跨过走廊,没有回头。

房门合上的前一刻,她的余光看到池晏还停留在走廊上。他专注的目光深深地映入她的眼底,像无尽的深潭。他似笑非笑地对她做了个口型:"好梦。"

陈松虞当作没有看见,她转过身,发现尤应梦十分体贴地给自己倒了一杯温水。

"抱歉,尤老师,这么晚还来打扰你。"陈松虞说。

"其实我也睡不着,一直在等你回来。"尤应梦提议道,"要不要去阳台坐一坐?"

"太好了,我刚才水烟抽多了,现在非常需要新鲜空气。"

两人很默契地没有提方才走廊上的事情,尤应梦的确是个心细如发的女人。

在露台吹过冷风,又连喝了好几杯水,陈松虞觉得自己清醒了不少。她仰头看着天空,漆黑的云层,让天空显得如此晦暗。原来今夜并没有星星——之前自己见到的绚烂夜景不过是水烟制造的幻觉。

尤应梦说:"看来明天会下雨。"

陈松虞扶着阳台的围栏,身体慢慢往外倾:"那正好,我们明天要拍雨戏。"

"嗯。真幸运。"尤应梦笑了笑,又补了一句,"可惜这部电影不能永远拍下去。"

陈松虞一怔，记忆里似乎有人曾经对她说过同样的话，但她一时间想不起是谁。

"没关系。"她说，"即使这部拍完了，还会有下一部。"

尤应梦轻声道："我还会有下一部吗？"

"当然。"陈松虞笃定地说，"只要你愿意，你永远是我的女主角。"

对方感激地看着她，良久才露出一个美丽的笑容。再开口时，换了话题。

"你还记得荣吕家有一座银色的桥吗？"尤应梦问陈松虞。

陈松虞不明就里地点了点头。

尤应梦笑了笑："那个设计很特别吧？所有第一次去他家的人，都会记住那座桥。它的设计灵感来自基因序列。"

那是一座银色的螺旋桥，仿佛是闪闪发光的DNA分子片段。陈松虞隐隐地察觉到这和尤应梦要说的秘密有关，因此她很坦诚地说："但我觉得很无趣。我并不是很能理解……这个时代的基因崇拜。"

"我就知道你会这么说，松虞。"

尤应梦说完，不自觉地握紧了手中的玻璃杯，寒意像水一样浸透她的身体。心底有一个声音告诉她，这是最后一次机会，一旦说出来，她就再也不能回头。陈松虞的回答也在无形之中再一次坚定了她的决心。

尤应梦鼓足勇气："人都是这样，越得不到什么，就越想要得到什么。你知道吗，荣吕的基因有缺陷，他这辈子都不可能跟任何人有高于60%的基因匹配度，他的基因匹配测试结果永远都会是不合格——所以他才不肯放过我。"

陈松虞一怔，她意识到尤应梦说出的，是一个非常、非常重要的秘密。这不仅事关荣吕，还事关基因。尤应梦自嘲地笑道："没想到吧？其实我一开始也不相信，这世界上居然还有这种怪病，但我有一次……不小心打开了他的保险箱，看到了他的诊断记录。白纸黑字，我不能不信。

"后来我用尽办法，偷偷查了违禁资料，才终于弄明白这是一种非常罕见的基因缺陷，只发生在全国不到0.1%的人身上。以目前的医学水平还无法治愈，甚至医学检测的准确率，也只有不到60%。

"但荣吕找过最好的基因科学家，所以他确诊了。"

陈松虞突然想到了一件事。

在她二十岁出头的时候，因为她的基因匹配检测结果一直不及格，所以父亲和胡主任曾经秘密地给她安排过好几次全面体检。她像个可怜的小白鼠，频繁地出入检测中心的实验室。

有一次体检安排和她的课程有冲突，她实在不厌其烦，想去找他们理论，却无意中偷听到父亲和胡主任的对话。她至今还记得胡主任那奇怪的悲恸语气："确诊率很低……无法确认……"

而父亲难以置信地说："怎么可能？我和她妈妈明明……"

他们说话的声音不大，又隔着门，她只能听到只言片语。最后胡主任说："我们只能期待奇迹发生。"

也是从那一年开始，父亲对她的基因匹配结果格外上心。他不断地满怀希望又感到绝望，她也逐渐在他头上看到白头发。

现在陈松虞才明白为什么，原来他们怀疑她的基因有缺陷，只是选择了对她隐瞒。大概正如尤应梦所言，基因缺陷绝对是个秘密。这是基因检测中心的秘密，更是帝国的秘密。因为它会挑战现有的基因匹配制度，帝国用这个制度控制了 K 星所有人。大家都像是木偶，被一个莫须有的数字所操纵。

假如有人生来就注定找不到自己的伴侣，那他们怎么办？

0.1% 不是一个小数字，它足以挑战这项制度的合理性。所以，这必定是一个秘密。真正不到 0.1% 的患者，如果不是像荣吕这样有权有势，多半只能稀里糊涂地自认倒霉。而像荣吕这样的人，他们的权势本身就凌驾于制度之上。

只是，当年胡主任出于恻隐之心，以及某种微妙的愧疚，才将他所以为的真相告诉了她的父亲。没想到反而弄巧成拙，令她的父亲产生了误解。那么这些年来，父亲究竟是以怎样的心情押着自己一次次地来到基因检测中心？绝望？愤怒？还是……悔恨？

她无从知晓，或许现在也不适合思考这件事。

陈松虞沉默了片刻，才问："这种病……有正式的名字吗？"

"没有。"尤应梦摇了摇头，"这种基因缺陷非常罕见，确诊率也不高，所以更像一个都市传说。"

"的确，我以前拍过一部与基因有关的电影，曾经为此查阅了几乎所有与之相关的公开资料，但是没有任何一行字提到过这种基因缺陷。"

尤应梦笑了笑："我知道，《基因迷恋》，我很喜欢它，这也是为什么我想将这件事告诉你。我想只有你能够……理解。"

"我理解。"

"哦，这种病有一个坊间流传的外号，叫作'爱无能症'。"

"爱无能症。"陈松虞下意识地默念着这个名字。

尤应梦嘲讽地一笑："很贴切吧？因为具备这种基因缺陷的人，往往也会很聪明，很理智，但是极度以自我为中心，根本就没有任何同理心，甚至没有情绪。

"也是从那时候我才知道，荣吕根本就不爱我。他在骗我，或许也在骗他自己。那不是爱，只是占有欲，因为他根本没有任何能力去爱任何人。"

陈松虞说："谢谢你告诉我这些。"

"不，是我要谢谢你，松虞。"尤应梦说，"从前我总是觉得，我知道他这么多秘密，他一定不可能放过我的。但我从来没有想过，其实……这才是我的筹码，我决定和他离婚。"

陈松虞仍然站在原地，望着阳台外深不见底的黑夜，又试图在黑夜里，凝望贫民窟尽头的海。她不禁想象，此刻那黑色的巨浪是如何翻涌着，发出滔天的咆哮，仿佛要吞噬这个世界。但她什么都看不见，也听不见，她只能听到自己的心声。波涛翻滚，好似有种难以名状的浪潮也拍打着她的心脏。这就是秘密的力量。

无知者才无畏。知道得越多，越有可能跌入万丈深渊，但总要有人站出来，总要有人打破它。

陈松虞转过身，十分郑重地对尤应梦说："如果你需要我为你做什么事，我一定会尽己所能。"

走廊的另一边，在空荡无人的酒店房间里，池晏收到了一通匿名电话。

"池先生，我们彻查了陈松虞的基因检测报告。这的确是她的原始报告，找不出疑点。至于您提出的问题，为什么她检测出的基因匹配度始终低于

60%……"对方小心翼翼地说,"我们也找到了答案。"

池晏从对方微妙的停顿里,预感到答案也许会很糟糕,但他还是平静地开口:"说。"

电话那一端的声音继续道:"基因检测中心的秘密报告里显示,陈松虞曾经在二十一岁到二十二岁期间,多次接受过科学家会诊,诊断结果是,她有非常高的概率,患有一种罕见的基因缺陷……"

不知为何,那声音慢慢地淡去了,池晏想到星际飞船的电台广播。因为跨越太空,广播里的声音总是含糊不清,被混杂在沙沙的电流声里。

他又想到空荡的宇宙教堂。有人偷偷坐在漆黑的告解室里,窃窃私语,小声忏悔着,那声音在教堂里缓缓回荡。

而他最终只从这似乎越来越遥远的声音里,听到了三个字:爱无能。

沉默良久后,他才问道:"那么我呢?我的基因匹配检测结果和她一样总是不及格,所以,我也得了一样的病吗?"

电话那端的人陷入了无尽的沉默。答案几乎昭然若揭,对方只是不敢亲口说出来。这似乎很讽刺。池晏心想,对方口口声声说这是罕见的基因缺陷。可是,到底有多么罕见,才会让两个根本来自不同星系的病人,偏偏遇到了彼此?

在与尤应梦告别之前,陈松虞花了一点时间向对方解释她和池晏的尴尬室友状态。尤应梦表示了理解,又问陈松虞,既然如此,以后要不要和自己住在一起。

这听起来是个不错的选择,但陈松虞并没有同意。为什么呢?她自己根本没有答案,或者说,她的潜意识也在逃避这个答案。

回到自己房间门口开门的时候,她猜测着池晏此刻会在哪里。卧室?客厅?他还失眠吗?接着她又想,这真是一个可怕的想法,好像她已经习惯了对方作为室友的存在。

门开了一点缝,投在墙壁上的光立刻给了她答案:他在客厅看电影。她将大衣脱下放在房间门口,继续往里走。在看清投影画面的一瞬间,她微微一怔。这男人竟然又在看《基因迷恋》,此时影片恰好播到了尾声。

它实际上是个开放性结局，故事停在了这对情侣决定私奔的时刻。他们一路奔向机场，以一种携手奔向末日般的勇气。但这两个人究竟有没有准时到达机场，能不能赶上那班飞船，私奔后的生活又会怎样……无人知晓。仿佛讲故事的人，也不确定他们是否会有幸福的未来。

看着这熟悉的一幕，陈松虞脑海中再一次出现了"爱无能"这三个字。

假如自己不是在十八岁那年亲眼见过她和池晏的匹配结果，又亲身经历过自己和他之间种种玄而又玄的巧合……她一定也会深信自己是这所谓的"爱无能症"的患者之一。因为用这四个字来形容她，似乎实在再贴切不过。她从来都感情淡漠，甚至对生活也没什么热情。她的心里只有电影，也向来只是靠电影活着。

可是命运好像在跟她开一个巨大的玩笑，她不仅没有基因缺陷，还有一个完美的结婚对象。而此刻对方就坐在她面前。就在这时，池晏转过头来，深深地看了她一眼。这目光令她一怔。

池晏的眼神格外晦暗而深邃，陈松虞鬼使神差地问："怎么又在看这部电影？"

池晏沉默片刻，才说："只是突然很好奇，这两个人是不是真的相爱。"

"怎么了？你不是一向很相信科学吗？"

"不，我好像……改变想法了。"那低哑的声音说。

第十三章

# 特工片

几天之后,他们终于迎来了这部电影的最后一场重头戏。但因为陈松虞前几天临时对剧本做了一次调整,所以在正式拍摄之前,她重新给几个主要演员讲了一遍戏。

"这场戏,是沈妄这个人物的'戏眼'。"陈松虞说。

杨倚川似懂非懂地问道:"……戏眼?"

"沈妄在人生的前十八年,在石家拼命往上爬,这一切都是为了他的姐姐。他一开始是想保护她,后来则是为了在姐姐面前证明自己。"

扮演石东的男演员突然摸了摸后脑勺,忍不住插嘴道:"呃,其实我一直都不太理解,沈妄为什么会这么在意姐姐?他的姐姐明摆着是个爱情至上的人啊,根本不把自己的弟弟当回事。"

杨倚川这时候已经入戏颇深,并且将石东视作自己的头号敌人,所以没等陈松虞说话,就很不屑地抢白道:"大哥,你自己设身处地地想一想吧,假如你是一个十一岁的小男孩,父母双亡,人生陷入绝境,然后你姐姐救了你一命,你会怎么办?"

对方沉吟了片刻,说:"我会非常信任她,感激她。"

杨倚川得意扬扬道:"对吧?"

尤应梦却说:"不光是这样,他的世界只剩下这一个亲人了,他在强迫自己去爱他的姐姐,去相信他的姐姐,否则他孤零零的,要怎么活下去呢?"

陈松虞说:"是这样的。他在自己的前十八年,一直靠一种悲哀的自我催眠来活着,他不想戳破那种泡沫般的虚假的幸福。对姐姐是这样,对石东也是这样。即使沈妄在潜意识里已经看穿了石东的虚伪,他还是很努力地想将石东当成自己的养父,或者说'姐夫'。

"直到这一夜,他终于被养父所背叛,又因此失去了姐姐。他谁都没有了。这种'残缺'终于成了他要成功的原动力。痛苦、仇恨,以及对这个世界的报复,促使他成为人中之王。"

"我懂了!"杨倚川大叫一声,"石东!!你这个渣男!!!"

他愤怒地捶了石东的扮演者几下,然后转身跑到动作指导的身边——这场戏有不少打戏,他总觉得自己的动作练得还不够好。

陈松虞弯了弯嘴角,转头去看尤应梦,却发现对方的神情仍然有一丝迟疑,于是说:"尤老师,你还有什么问题吗?"

尤应梦说:"我只是不明白,为什么你要这样改剧本,让莲姨不再是自杀,而是为弟弟牺牲。这并不像她,也不符合逻辑。我以为在她的心里,爱情始终是大于亲情的。更何况你也说过,她和石东的基因匹配度高达90%。"

陈松虞轻声道:"不,这正是莲姨的人物弧光。在她的全部人生里,亲弟弟始终为她的爱情让位。所以我希望她在生命的最后关头,能为弟弟做点什么。"

尤应梦摇了摇头,神情仍然是困惑的,陈松虞知道自己还没有完全说服她。

的确,其实陈松虞自己都没有办法说服自己,这个改变就是一厢情愿。恰好这时摄影师经过,两人又确认了一遍场面调度的细节。

之后陈松虞重新看向尤应梦,清了清嗓子,坦白了自己的想法:"好吧,我承认,我只是想给沈妄一点善意而已。

"我希望他在这个关头能够感受到,即使姐姐没有很爱他,但依然是爱他的。否则他就……太可怜了。假如所有人都背弃他,我不明白他的人生从此将会何以为继。"

尤应梦沉默了片刻,说:"我知道了。这样的结局,至少还能让这部电影留存一丝温情。"

"温情"好像是和陈松虞以往的创作风格相去甚远的一个词,她从前一直觉得陈松虞是个老辣的创作者,其创作主题永远都充斥着愤怒、抗争、对立。陈松虞知道如何讲述一个故事才能将戏剧张力拉到最满,才最能调动观众的情绪。

这一刻,陈松虞却宁愿牺牲那种情绪的张力,也要留给自己的角色……一点温柔。仿佛他们在谈论的并不是某个剧本里的角色,而是一个活生生的人。或许与他们这些演员相比,真正入戏的,反而是站在眼前的这个女导演。

几年来,因东爷的消失,石东的商会势力日渐壮大,但他的前岳父从未放弃寻找当年东爷一事的真相。这两位昔日亲如父子的贫民窟商会大佬之间的矛盾也变得越来越激烈。

在沈妄十八岁这一年,石东决定联合自己的养子演一场戏。石东假意交出沈妄,向岳父赔罪。但其实是一场鸿门宴,他真正的目的,是借机将岳父的势力一网打尽。

他们包了一整座酒楼,做了最严密的部署,将武器藏在暗格机关里。沈妄被五花大绑着跪在席上众人的面前。他试图抬头,却被一脚踢到了地上。

沈妄匆匆一瞥,看到红灯笼照亮了石东的脸。对方目光沉沉地俯视着自己。他忽然发现原来对方已经老了,脸上深刻的纹路在血色的光线下,如刀斧一般无情。

石东移开了视线,接着沈妄听到养父那迟缓而洪亮的声音慢慢在自己头顶响起:"爸,事情就是这孩子做的。他当年一时冲动,不懂事。希望你能看在他姐姐的情分上,放他一马。"

另一个人"哼"了一声:"他姐姐?"

"是,就是我身边那个阿莲……"

沈妄悚然一惊,浑身都变得僵硬。他没想到石东不仅早就知道他和莲姨的关系,还在这个节骨眼上公开地说出来,这不啻让他去死。

养父究竟是在什么时候知道的?对方处心积虑地忍了这么久,直到这一夜,才将真相捅出来……就是为了让自己送死吗?那么,养父并不是在演戏,而是真的要杀了自己。或者说,这就是对方的一箭双雕之计。

想清楚这一切后,沈妄的眼神渐渐暗了下去,变成了深不见底的黑夜。因为背叛，因为痛苦，因为绝望。

七年半，狗都能养出感情，但在石东眼里，他沈妄想必还不如一条狗。对方这样算计自己，这样……处心积虑地想置自己于死地。连死囚在临死前都有机会发表遗言，此刻的沈妄却被封着嘴，无法说一句话。

席上之人，已在只言片语间决定了沈妄的命运。这个年轻男孩的命，当然不能再留了。但在饭桌上杀人，未免有些太扫兴。于是，在不远处的一面屏风背后，沈妄那单薄的身影被留在那里。无人再关心他的死活，在其他人眼里，他几乎已是一个死人。

菜肴被一盘盘地端上席。满桌的山珍海味，大鱼大肉。几个男人言笑晏晏，大快朵颐。

石东在心中盘算，思考回去之后该如何编造一个万无一失的谎言来安慰阿莲。不过，那是她的亲弟弟又如何？她是他的女人，她只需要依赖自己就够了。就当他们白养了一条狗，一条狗的寿命也不过就这么几年而已。

关键问题是，沈妄太有本事了，又跟阿莲有这样一层关系，假以时日，一定会踩在他头上。做大事的人，心都要够狠，否则阿莲也不会爱他，他只能先下手为强……

然而就在这时，他听到了屏风被撕裂的声音，他几乎是错愕地抬起头——

一个身影从黑暗里站出来。他的身影瘦而长，落在饭桌背后的墙壁上，真像一把镰刀。他动作极快，快得像一道影子，在其他人反应过来之前，就一把掀翻了桌子……

场面很快就变得满目狼藉。

石东看出那是他亲自教出来的身手，既稳又狠，猛烈，疯狂，不死不休。他的判断没有错，沈妄真是他最好的学生。

这场戏的调度极难。动作设计本身就已经足够复杂，涉及众多演员之间的配合，以及他们与场景本身的互动。更何况这还是个一镜到底的长镜头。杨倚川需要时刻记住自己的走位，以便在行动时给摄影机让出动线。

即使事先已经排练过很多次，但真正开拍的时候，陈松虞还是相当紧张。她一动不动地坐在监视器前，甚至都没有注意到池晏是在什么时候站到了自己身后。

不多时，有一只手伸过来摘掉了她一边的耳机。她回过头，看到那张英俊的脸在对自己微笑。池晏慢条斯理地戴上耳机，旁边的场务十分殷勤地给他搬了把椅子，于是陈松虞只得和他并排坐在监视器前。两人甚至共用同一副耳机，实在太不像话。

陈松虞抿着唇，无心理睬他，只是聚精会神地盯着监视器。池晏在一旁饶有兴致地看着，时不时发表几句观后感，当作在看电影一样。

"杨公子演得真不错。

"可惜这个姿势露怯了。

"人死了怎么是这种反应？

"哦，这家伙是在给自己加戏。"

最后陈松虞被吵得忍无可忍，她一下踩住了对方的脚："你有完没完？自己上去演好不好？"

池晏微微一笑："哦，陈小姐终于注意到身边多了一个人了吗？"

陈松虞冷笑道："咦？哪里飞进来的苍蝇这么吵？"

她脚下继续用力，像踩烟头一样，来回转动脚踝，但这只是在白费力气，池晏毫无反应，他好像没有痛觉，也毫不心疼锃亮的名贵皮鞋，只是笑吟吟地看着她，甚至觉得陈小姐在片场突然发起小孩子脾气也很可爱。

最后陈松虞只能无奈地收回了脚："你来干吗？"

"来履行我作为制片人的义务。"

"麻烦你保持安静。"

池晏低笑了一声："好吧，我的真实目的，是来看望一下辛苦加班的导演。"

他的声音淡淡的，透着一丝罕见的柔软，让陈松虞莫名地想到了阳光下的白棉布。但她不能允许自己此刻分心，于是不客气地说："看到了吗，那你可以走了。"

"不，我还没有看够。"

陈松虞："……"她当然能够感受到对方的凝视，那目光像一束太过刺眼的追光灯照在自己的脸上。

作为导演，她一向习惯躲在监视器后不动声色地观察别人，很少会有被人这样盯着的时候。

池晏一直坐在陈松虞身边,没有离开,他抢占了她的一边耳机,偶尔还做起助理的事,递给她一杯温度恰到好处的水,或者是一颗薄荷糖。

这场戏果然没有一次到位,来来回回地拍了好几次,才终于通过。实际上,真正的重头戏是接下来的部分。

尤应梦所扮演的莲姨出场了。这时候酒楼已经变成了战场,刀光剑影,血肉横飞。镜头追着莲姨窈窕的背影,到她裹身长裙下一截雪白的小腿,她跌跌撞撞地跑上了二楼,拉开了宴会厅的纸门,看到了满地狼藉。

门内,喷溅的血浆与不祥的红灯笼将这世界染成一片血红,只剩下最后两个人还活着。石东半跪在地上,衣服被血浸透了,黏在湿漉漉的伤口上。而沈妄仍然站得笔直,他垂着头,清冽的眸光也被染上了层层叠叠的血色。

窗外的急雨敲打着纸窗,红灯笼左右摇晃,红光更显得瘆人,门外是永无休止的缠斗声——一边是情人,是刻进基因里的爱情;一边是弟弟,是血脉相连的亲情。她该如何选择?

她看到沈妄转过头来,那如大理石雕塑一般的轮廓,此刻像被涂满凌乱的朱红颜料。他轻轻喊了她一声"姐姐",像一只幼猫的呜咽,声音那样低,怯生生的。

与此同时,她也看到石东的手在背后慢慢摸索着,握住了什么利器,凌冽的光在湿透的衣服后一闪。那一瞬间太快,她来不及做决定。她扑了上去,抱住了沈妄。

"扑哧"一声,利器穿透了柔软的后背。莲姨的红唇颤抖着,似乎想在最后时刻说些什么,却终没有说出完整的话。石东已彻底倒下。沈妄抱着姐姐仍然温热的身体,不由自主地半跪在了地上。他眼眶发红,身体痉挛着,滚烫的眼泪落了下来。

"姐姐,姐姐……"他不停地喊她,但永远都不会再得到回应。

镜头从这里又摇了出去,从二楼一直俯视下去,俯瞰众生一般的大全景。被砸烂的酒楼,被收割的生命。太多的血染红了这个夜晚,像血色的朝霞,一轮旭日从东边升起,预示着一个新的时代即将来临。

沈妄抱着姐姐，一步步走下了台阶。

这场戏终于拍完了。陈松虞往后靠在导演椅上，长舒了一口气。其他人想要冲过来，却发现杨倚川还怔怔地站在原地，好像根本没从这场戏里走出来。

先反应过来的是尤应梦，她从杨倚川的怀抱里跳了下来，又轻轻推了他一把："你不嫌沉啊？"

杨倚川立马反驳："怎么会！才不会呢！"

这时剧组冷凝的气氛才终于被打破。助理们抱着雪白的大毛巾走上去，帮他们擦掉脸上已经花了的特效妆。陈松虞走上前，用力地抱住了这两个人，丝毫不顾忌他们身上还沾满了脏兮兮的道具血浆。

"辛苦了。"她说，"非常感谢。"

这诚恳而郑重的语气，令原本眼角就还挂着泪花的杨倚川又大声哭了出来。周围的人都笑出了声，这也彻底扫荡了众人心头因剧情而残留的最后一点阴霾。

接下来主创们互相道谢，连张喆也冲上来凑热闹，再一次跟他们搂成了一团。拍完这场戏，尤应梦就正式杀青了，杨倚川也只剩下几场要补拍的戏。他们都知道，这一夜就是某种意义上的告别。

片场乱糟糟的，既有种大功告成的欢乐，又充斥着某种微妙的伤感。

不知过了多久，人潮终于渐渐散去了。陈松虞照例留到最后，但这时她才发现，池晏竟然还没有走，他仍然坐在监视器前。那形单影只的背影，莫名地让陈松虞的心跳了一下。她走到他面前："还不走吗？"

她看清了监视器上的内容，是莲姨最后赴死的那一场戏，正来来回回地循环播放。

池晏低声问："为什么要这样拍？你不觉得这很假吗？"

陈松虞没想到他会这样说，她诧异地看着他："假？"

池晏缓缓地抬起头，以一种罕见的、死气沉沉的目光看着她："你最清楚莲姨是个多么无情的人了，她对自己的弟弟根本一点感情都没有，怎么可能为他去死？"

他那双漆黑的眼眸里，翻滚着某种复杂难辨的情绪，像海兽在月光下的海面，卷涌出巨大的阴影。陈松虞一怔，接着才说："你不说我都忘记了，这部电影是根据一个非虚构故事改编的。你是觉得这样改动太大，脱离了大纲吗？"

池晏没有说话，看着她的目光依然深沉。陈松虞却本能地心头一软，声音也柔和下来："不如，你就将这理解为一个平行世界？我希望能给他们一个更好的结局。"

"……平行世界。"池晏重复这个词，意味难辨。

就在这时，片场突然变黑了。

"又停电了吗？"陈松虞感到奇怪地说。

好在片场的收尾工作已经做完了，也不会再耽误什么。只是剧组的其他人都已经走了，周围太安静，陈松虞向四周瞥了两眼，思考着要不要出去找人。她还没有往外迈两步，就听到池晏在自己身后说："这样改很好，谢谢你。"

"不客……"话还没有说完，陈松虞就被捉住了手腕，拉回到导演椅。对方高大的身躯，像一个沉重的阴影，将她半压在椅背上，接着是一个劈头盖脸的吻。她根本毫无防备，就被彻底压制住了。

这个吻异常热情，裹挟着某种烈火焚城般的炙热。她很快就开始感到缺氧，甚至眩晕。她觉得自己整个人好似飘浮在云端，又或者深陷在流沙里，在沙漠的篝火边看星星。满天繁星都化作一个金灿灿的旋涡，将她的灵魂都要吸进去。

池晏许久没有停下来，他的手揽住她的腰，滑进宽大的外套里。隔着薄薄的衬衫，她的脑海里似乎有什么"砰"的一下炸开。她想起水烟壶上的花纹，仿佛有一条灵巧的小红蛇缠绕着自己柔软的腰肢，翩然起舞。他在用指尖在她的皮肤上作画，寥寥几笔，就勾勒出曼妙的水生莲花。

直到他的唇终于停在她耳郭，仿佛是情人般的呢喃，他轻声道："别动，有狙击手。"

狙击手。陈松虞立刻僵住了，甚至心跳都在某一瞬间停止了。

她在心里想，狙击手，片场，这听起来真疯狂，简直是天方夜谭，像置身于一部狗血的特工片。这样危险的事，却如此真实地发生在她身边。她真是活生生地把自己变成了特工片演员。这一次又是谁呢？是荣吕吗？

不,从更早的时候起,就有人在暗中窥探这个剧组,并有意无意地试探他们。中间的确消停过一段时间,但最近又回来了。或许荣吕的事也与这群人有关,有人一直在暗中推波助澜。所以究竟是谁,到底想对他们做些什么……

她的大脑因为过分紧张而异常活跃,像一个明明生了锈的铁风扇,扇叶却越转越快,直到一个吻突然落在她的锁骨上。

"别怕。"池晏说,"别多想。"

他的声音很轻,是低低的气声,像温柔的叹息。与此相反的是他的手臂,有着让人无法抵抗的蛮力。他牢牢地禁锢住陈松虞,将她按进自己厚实的胸膛里。

黑暗之中,这个男人的后背恍如一道密不透风的墙。池晏低下头,又开始吻她,剥夺她的呼吸,剥夺她的理智。这真荒谬,他和她像一对走错片场的演员。

在陈松虞的想象里,已经有一把武器正瞄准他的后背,或者后脑勺。那根看不见的食指随时会扣动扳机,然后有一颗激光弹破空而来,他们两个人都会脑浆迸裂,当场横死。然而他竟然还有闲心咬她的唇瓣,吮吸她的舌尖。

陈松虞的肾上腺素狂飙着。她毫不留情地咬了回去,将激烈的情绪尽数宣泄在他身上。

"呵。"池晏在她耳畔轻笑一声。

铁锈般的味道从唇齿之间弥漫开来,像被投入深海的一点猩红,立刻吸引了嗜血的鲨鱼。接着是更凶猛的攻势,更危险的进犯。像是深海里出现了一束光柱,照亮了那巨大的、柔软的鱼鳍,那似乎有种致命的美,继而一种刺眼到几近令人感到缺氧的银光在她眼前炸开。

不知道过了多久,池晏终于与她拉开了一点距离。

"好了。"他说。

陈松虞一开始并没有反应过来这两个字所代表的意义,只感到一种恍如爬过鬼门关的冷和那个滚烫的吻重合在一起,像一道巨大的旋涡,在不断地蚕食她的意志力。她的大脑一片混沌。

池晏并没有松手,仍然压着她的胳膊,将她禁锢在这个狭窄的导演椅上。他低头注视着她:"真遗憾,我们不能继续下去。假如现在你在我的房间,我不会放你走。陈小姐,我们的确很契合,是吗?"

他的手轻轻抚过陈松虞的脸。这样蛊惑的低喃终于让她慢慢清醒过来,她无法回答这个问题,或者说,她害怕那个答案,害怕那背后可能具备的含义。她垂下眼皮,平复自己的呼吸:"他怎么样了?"

她试图提醒他,他们现在的处境很危险。池晏不太愉快地审视着她,任何一个男人看到自己接吻的对象在顷刻后就变得这样若无其事,想必都不会太愉快。

"不用管他。"他说,"有人会处理,我们先离开这里。"

"好。"陈松虞站起来的时候,大脑仍然感到眩晕。或许因为缺氧,或许因为恐惧。她很快就站直了,跟在池晏后面,无声地离开了片场。门外,有三道黑影如同幽灵一般加入了他们。

陈松虞的视线由始至终只锁定前方那个高大的身影。他的步伐始终如此稳健,好像一切都在他掌控之中。显然他们在用某种方式与外界沟通,所以这几个人能够轻车熟路地在深夜的窄巷里穿行。

池晏偶尔会说一两个短促的指令,他的声音压得极低,陈松虞并没有仔细去听。不知道为什么,她依然有种不祥的预感,她的心跳从未平复。

还没有来电,这一次停电的时间竟然如此漫长。突然间,池晏的脚步慢了下来。他身边的手下也骤然停了下来,摆出了戒备的姿势,十分警惕地四下环顾。

"信号被切断了。"池晏说。

陈松虞的心一沉。电没有,信号也没有了,一种溺水般的恐慌感袭上心头。到目前为止,池晏带他们走的都是最安全的路。只是从现在开始,就不一定了。

这一切是偶然,还是人为操控?那个狙击手呢,死了吗,还是说,不止一个狙击手?他们的敌人究竟是谁?

气氛一下变得很凝重,几个手下交换了一下眼神。池晏站在黑暗里,仅有的一寸光照亮了他锋利的侧脸。他用手指轻轻地敲击着墙面,指尖游移,似乎勾勒出了一个形状。

陈松虞意识到,他在画地图,她问:"你们要去哪里?"

旁边的手下露出犹豫的神情。池晏看了她一眼，说出了一个地点，然后说："跟我来。"

陈松虞跟上他，没有再多问一句。

这一次他们变得更加谨慎，毕竟谁也不知道是否有人藏匿在黑暗里，一切都是未知。一路还算顺利，池晏偶尔会回头看她一眼，陈松虞的冷静和大胆远远超出常人。

陈松虞在乱糟糟的棚屋中间，一个简陋的开放式停机坪里，看到了一架飞行器。其貌不扬，却很熟悉，是池晏的。她突然想到，之前他们去荣昌家的时候，池晏曾经向自己暗示过这架飞行器里另有玄机。她隐隐地松了一口气，脚步也不自觉地轻快了几分。胜利在望了。

然而在即将经过最后一个拐角时，池晏突然一把将她拉住，按在墙边。池晏向傅奇递了个眼色，傅奇点了点头，小心翼翼地出去探路。陈松虞的目光追着他，目送他的身影被黑夜所吞噬。

几分钟之后，外面仍然没有任何动静。太安静了，诡异的安静，像黎明前的黑暗，此时的等待最折磨人。

陈松虞突然就明白了为什么刚才在有狙击手的情况下，他要那样吻她。只有欲望和体温，才可以在此时抵抗恐惧。

就在这时，陈松虞听到了什么声音，然后有什么东西滚到了她的脚边。她渐渐看清，那是一具身体，浑身都是血。她的视线慢慢上移，定格在那难以辨认的面孔上——傅奇！

池晏的反应很快，他用后背护住了她，拖着她往回走。但已经迟了，几个身形魁梧的男人从黑暗里站了出来，堵住了他们来时的路。与此同时，前方也响起了沉重的脚步声。他们像一排阴森的、遮天蔽日的树，密不透风地围成一圈。

陈松虞看不清这些人的脸，但是这些人都有着藏獒一般的眼睛，眼神里满是暴戾、嗜杀，不见人性，只有嗜血的凶性。他们……根本不像是人。

池晏低声道："找个地方躲起来。"他用力推了陈松虞一把，然后拿出了武器。

"砰——"这声音令陈松虞的身体都因受惊而发麻了,像一只被惊起的鸟,全凭本能行事。她跌跌撞撞地在地上滚了一圈,然后扶住墙,在墙根慢慢蜷缩起来,身体克制不住地有些发抖。

"躲起来。"此刻她的大脑里只剩下这一句话。灰尘太大,裹挟着浓重的血腥味,她的咽喉既痛又痒,好像全身所有的感官都凝聚在此。但是她根本咳不出来,只是发出了奇怪的、窒息般的呜咽声。她不由自主地抬起头。

她从来没有见到池晏亲自动手,不知道他这样强悍,非人一般地强悍。他的行动很快,武器频频击穿对方的要害。

池晏嫌 Metal Storm 不够快,将它扔了,拿出一把刀。薄薄的利刃,毫不迟疑地攻击,动作干净又精准,毫不拖泥带水。

但是对手的数量实在太庞大,生命力也太顽强,他们好像没有痛觉神经般,无论受了多么重的伤,都会立刻爬起来再次冲向池晏。他们手中空空,单凭自己的血肉之躯就有足够的震慑力,他们的肌肉如岩石一般,将池晏团团围住。

池晏是天生的战士,有着令人恐怖的、野兽般的直觉。但他只是人,也只有两只手而已。最终刀卷了刃,他只能徒手。

即使是赤手空拳,也仍然拳拳到肉,每一拳都直击要害。拳头撞到皮肉的那种痛觉是极其真切的,像陨石冲破大气层时的力度,足以击碎钢铁和骨骼。可即使如此,还是不够。将他包围起来的这些人……根本不像是人。他们像是打不死的蟑螂,瞳孔里时而闪过一丝诡异的猩红,像昆虫的复眼。

陈松虞望着他们,突然有一个可怕的想法浮现在她的大脑里:也许这些人的确不能算是"人"。也许他们被改造过,或者被注射了某种生化药剂,才能够在短时间内爆发出这样惊人的战斗力,变得无坚不摧,失去理智,只知道杀戮。

眼前的场面变得近乎不真实,像一场噩梦,像一部丧尸片。今夜这精妙而恶毒的计谋终于展现出了全貌,无论敌人是谁,他一定很了解池晏,对池晏的一切都了如指掌。

敌人一步步地将池晏引到了这里,狙击手只是一个诱饵,为了引开他身边的人。敌人最终的目的,就是要让池晏死在黎明前的最后一刻,让他在最接近希望的时候，彻底绝望。这就是一场无穷无尽的车轮战，他们要耗死他。

突然之间，陈松虞听到一个令人毛骨悚然的声音："咔嚓。"她眼睁睁地看着池晏身边的最后一个人倒下。现在这里只有她和池晏还活着。她也终于意识到，这是她今夜甚至今生所经历的最凶险的时刻。她之前从来没有在哪个时刻，如此清楚地感受到自己的命运危机，她可能真的会死在这里。

在这样大难临头的时候，她强迫自己冷静下来。她转头看到了不远处的飞行器，希望就在那里，在那一百米之外。那么近，她还不想投降。她慢慢地蹲在地上，小心翼翼地向前移动。没人注意到她。

她经过了一具尸体，正是刚才被拧断了脖子的人。原来他也还这样年轻，比傅奇大不了多少。软绵绵的身体被扔到地上。原来这就是人的生命，这么脆弱，这么廉价，像一株草，一折就断了。

她颤抖的手，终于碰到了……傅奇。满手温热的液体，令她甚至想呕吐出来。这最残酷直白的方式不断地提醒着她，眼前的一切都是真的。不是道具，不是电影，是真的。她甚至没有办法哭，眼眶里空空的，很干涩，没有眼泪。她竭力睁大了眼睛，机械地在他的后腰摸索，终于找到了自己想要的东西。

她猜对了。傅奇之前被攻击的时候，根本没有机会拿出武器。

陈松虞回忆起了自己以前的训练，但这和之前哪一次都不同，这不是开玩笑。她从来没有对人用过这样充满杀戮的新型武器，也从来没有在黑夜里，在阻碍视线的夜雾里举起武器，更没有上过战场，在满地的尸体、黄土和鲜血里操纵武器。

可是一旦做好心理建设，她就觉得这一切并不难。假如池晏可以做到，那么她也可以做到。这仿佛是一种直觉，一种身体的本能，这一切早就写在她的基因里——她跪在地上，深吸一口气，双手握着 Metal Storm，扣动了扳机。

这一下命中了对方的头部。陈松虞仿佛听到了什么东西炸开的声音，她看到目标变成一团血雾，跟跟跄跄，然后倒在了地上。

接着，目标再一次被击中。又出现一团血雾。一旦开始，接下来就会变得更容易。她的大脑好像完全停止了思考，游离于现实。她觉得自己的身体就像变成了机械，出于机械被设定好的程序，只剩下瞄准、射击这两个动作。

不断有人倒下。不知是谁循着声音，转过身来。陈松虞对上一双极其凶恶的眼睛，本能地脊背生寒，她握着武器的手指一僵，打偏了。于是庞然大物的黑影朝她扑过来，她瞬间失去了判断力，来不及瞄准。

就在此时，另一只手从夜雾里伸出来。沾着血的拳头，骨节分明，准确地击中那扑过来的人的心窝。池晏踢开了地上的人，一只手将陈松虞拎起来，拽着她往前。

"走。"他急迫地说。迟到的月光，终于照亮了他的脸。他满脸狼藉，脸上的血像鲜红的文身，像杀戮与死亡的咒文。他的瞳孔漆黑，这让他看起来像从地底下爬上来的恶鬼，眼里深不见底，凶悍而凌厉。陈松虞在这双眼里看到了血与火。

最后几十米，还是不断有人冲上来，前赴后继。起先陈松虞还拿着武器，后来她的手抖得很厉害，根本不听使唤，于是池晏握着她的手，替她扣动扳机。这样做太慢，他又开始直接将死了的人扔出去，当作武器或是盾牌。他不恋战，不与人缠斗，只是要逃。

陈松虞的腿发软，靠最后的意志力跟紧他。横冲直撞，跌跌撞撞。脚踩在黄土里，脚步声似乎伴随着巨大的回音。

陈松虞唯一的信念，是她知道还有个人始终护着自己的后背。他们几乎不说话，仅靠眼神交流。两个人互相搀扶，像相依相生的水草，在冷酷的月光下，撑过一轮又一轮的巨浪。

只有一次，陈松虞听到池晏在自己耳边说："你做得很好。"

他的声音极其低哑，贴在自己耳畔压抑的呼吸声也很紊乱。她的手已经满是鲜血，然而，还是不断有温热的液体喷涌出来，那是他的血，那血烫得她心慌。她知道他刚才一定在格斗中受了很重的伤，但在黑夜里，她什么都看不清楚，什么都不敢问，只能继续往前跑，跑向那架飞行器，那是最后的希望。

停机坪近在咫尺。登上飞行器，他们就能活下去。陈松虞此刻就像是参加马拉松的选手，在终点线前，拖着筋疲力尽的身体，想最后竭力向前一跃。池晏却猛地拉住了她，往旁边一扑。

身后几个追得最猛的人，被池晏极有技巧地往前一钩，那些笨重的身躯就直挺挺地撞上了飞行器。陈松虞本能地顺着他的力量往下倒，接着听到了一声巨响。

可怕的气浪仿佛掀翻了一切,大地都剧烈地震颤,冲天的火光爆裂开来。与此同时,池晏将她牢牢地按在地上,用自己的身体覆盖住她。

冲势太猛,陈松虞的后背被地上粗硬的沙砾摩擦着,一阵火辣辣地疼。池晏用手护住了她的后脑勺。或许比起生理上的痛,更可怕的是直面爆炸的那一瞬间,人随着气浪而下坠,仿佛要坠入深渊。

接着是近乎要将鼓膜都震裂的巨响,然后是一阵耳鸣,视线也变得模糊。

身后的那几个人猛地冲了过去,黑色的剪影,流连在光的海洋,顷刻就变成碎片,像漫天飞舞的纸钱。随后而来的是呛鼻的浓烟和被烧焦的味道。差一点……死的就是他们。

池晏似乎对她说了什么,他的薄唇一张一合,可她根本什么都听不清。短暂的庆幸后,她的大脑里只剩下一个绝望的想法:飞行器一定被炸毁了。

那么,最后的希望也没有了。这做法何其恶毒,又何其阴险,让他们一次次从希望走向绝望。这时,池晏将她拽了起来,捂住她的嘴,拉着她一头冲进浓烟里。

这看起来像是彻头彻尾的自杀行为。陈松虞想,进去干什么?虽然最后几个追兵被炸死了,但难保没有其他人躲在暗处,在这里多停一秒都很危险……但心里有个声音告诉自己,要相信他。于是她撑起身体,在浓烟里屏住呼吸,反握住池晏的手臂。

火光里,他的汗滴到她的唇边,她尝到一点咸,混杂着浓烈的腥气。她的听觉在慢慢恢复,视线也越来越清晰。

浓雾里,有什么东西一点点展露出来。它的外壳有一定的损毁,但它仍然岿然不动,有种残缺的庄严。是那架飞行器。它竟然没有被完全炸毁,它果然……内藏玄机。

一种劫后余生的狂喜涌上心头,陈松虞突然很想哭。泪水再一次涌入她的眼眶里,翻滚起一层层模糊的水雾,但她不可以哭,至少不是现在哭。池晏拉开飞行器的门,直接将她抱了上去。

门关上的一瞬间,陈松虞的眼泪夺眶而出。

她已经很多年没有哭过了,在她看来,眼泪是懦弱无能的表现。她从来不愿意将软弱暴露在任何人面前——甚至在她自己面前。但这一刻,她想要放肆地哭出来。泪如雨下的瞬间，她感受到前所未有的放松。好像所有的负面情绪，恐惧、惊惶、痛苦、绝望……都随着泪水，在决堤的洪流里倾泻出去。

池晏低声笑着，慢慢伸出一只手，缓缓抚过她的后背，最后落在她的脸颊上。他的指腹滑过她柔软的皮肤，他替她擦掉脸上的泪，动作很温柔。

"我想吻你。"他轻声说。他想要吻掉她这些眼泪。

陈松虞想嘲笑他，在这样危险的时刻，他竟然还有谈情说爱的闲心。但不知为何，她说不出拒绝的话，心跳也格外快。他的声音令人沉沦，像一个美丽的旋涡。

"很可惜，现在不可以。"池晏又开口了，"你会开飞行器吗？"

陈松虞："……"玫瑰色的气氛立刻烟消云散了，这个问题在她看来，甚至有点荒诞。

"我以为现在的飞行器都是自动驾驶。"她说。

池晏笑着咳嗽了两声："我的飞行器不是。"所以它才能挨过这次大爆炸。

或许是池晏同自己闲聊的语气太随意，或许是他的另一只手还搭在她的腰上，这动作太具有欺骗性，竟然令自己忘记了什么。陈松虞慢慢地摸索着池晏的手臂，将他那只受伤的手抬起来。

陈松虞倒吸一口凉气，那受伤的地方血肉模糊，惨不忍睹。那样深的伤口，看一眼都觉得心惊。这样的手，的确不可能再去做任何事。她没再浪费时间问他伤势如何，只是干脆利落地说："我知道了。教我操作。"

池晏笑了笑："你这么聪明。这对你来说，一定很简单。"

"死马当活马医吧。"

陈松虞在他的指示下，打开了操作台。触摸屏界面上立刻出现了密密麻麻的文字和功能按键，这对初学者而言，简直令人头皮发麻。她深吸一口气，戴上了眼镜和手套。

由于视野受限，戴着手套的手指也变得更笨拙，她小心翼翼地触碰屏幕，点击按键。中间难免出了几次小小的纰漏，但好在都无伤大雅。恍惚间，她觉得自己好像回到了大学一年级，刚从学校借到了一台摄影机。尽管那是最老式的器材，又笨又重，操作极其麻烦，但乐趣在于学习本身，在于她又通过了一道窄门，发现了思维的新大陆。

池晏显然是个很好的老师。他的指令言简意赅，精练到位。在准备就绪，即将启航的时候，他凑到她耳边说："可能会有颠簸。记得低头，弯腰。"

颠簸算什么？被炸过的飞行器，还能飞起来就很不错了。

陈松虞手握紧操作杆，再一次深呼吸。她已经渐渐适应了自己的新角色——驾驶员，但她仍然肉眼可见地紧张，身体紧绷，指尖也沁出了很多汗。

突然间，另一只手攥住了自己的手。即使隔着厚厚的手套，她也依然能感受到他掌心滚烫的温度。属于他的温热的血渗透了织物，包裹着她的手，血和汗混在一起，黏合着她闷热的皮肤。

"我陪你。"池晏说。

两只手共同拉动了操纵杆，将它慢慢地向上抬。

飞行器真正开始上升的时候，陈松虞才明白这所谓的"颠簸"有多么可怕，而对方轻描淡写的语气，又多么具有欺骗性。她一度疑心这飞行器要在气流的猛烈冲突里，像蛋壳一样碎开，而她自己也要被活生生地甩出去。

池晏将她紧紧按在自己的胸膛，她的心也因此安定下来，从万里高空又回到地面，他们会活下来吗？好像根本不重要了，他们已经做了一切可以做的事情，他们不断地被推到绝境，又艰难地从缝隙里爬出来，从尸山血海里杀出一条路。剩下的一切只能交给命运。对她，对他，都是如此。

陈松虞忍不住想，假如她还活着，她会记住这个瞬间。就是这个瞬间，她的人生被推向一种极致的浓墨重彩，脑海里只有生存，只有最原始的动物本能，还有最原始的对同类的渴望。

假如他们死了，这会是她唯一的慰藉，至少她不是孤独地死去。这一刻，池晏还在她身边。

他们共同经历了这一切，他们是彼此人生的最后见证者。她永远都会记得这个男人，记得他的心跳、他的体温，记得这个拥抱。她坐在他的腿上，在黑暗中，在狭窄的驾驶舱里，他们的上半身紧紧贴着。他们甚至不需要亲吻，不需要做任何事情，只需要这样依偎在一起，就已经足够了。

陈松虞不自觉地露出一个微笑，喃喃道："假如我们能够活下来……"

活下来，又怎样？她和他会怎样？

她自己心里也没有答案。好在这声音太轻，完全被掩盖在了气流里，池晏没有听到。不过话说出口的一瞬间，记忆的开关好像也被打开了。她又回忆起了那场爆炸之后，当两人都狼狈地趴在地上，池晏也紧紧按住她的时候，他目不转睛地看着自己，滔天的火光勾勒出他野兽一般的、明亮的眼睛。

那时他对她说了很多话，但她因为耳鸣，一个字都没有听清。此刻她却奇迹般地读懂了唇语，也看懂了他要说的话。

他说："假如我们能够活下去，我想要告诉你……一件事。"

池晏很清楚，飞行器从贫民窟里开出来的时候，有无数双眼睛在盯着他。但是他也相信，只有在阳光下才最安全。越明目张胆，越没有人敢动他。所以他们直接开到了他在CBD的竞选办公室，摩天大楼的顶层。实际上这一整栋楼都是他的，这样做不过是在掩人耳目。

从飞行器上下来的时候，陈松虞的后背已经满是鲜血。她分不清那是谁的血，甚至不知道自己的伤口在哪里，浑身上下都痛得几乎麻木。但她很清楚，这与池晏的伤势相比实在不算什么。池晏伤得那么重，却始终把她护在怀里。

即便如此，她满脸仍是劫后余生的狼藉。

此时俯瞰着城市的星光，她意识到自己回归了正常生活，终于开始感到后怕。高楼的冷风太刺骨，令她的心脏也极速收缩。她简直不敢相信自己刚才经历了什么，特工片都不敢这么拍。

尽管如此，陈松虞还是竭力保持着表面的镇定。她站在地面上的时候，至少双腿还是稳的。

两个护士搀扶着她躺进了医疗舱，给她打了一针镇静剂。

"好好休息吧。"她听到其中一个人说，声音温柔，"陈小姐，你已经安全了。"

真的安全了吗？这一夜经历了太多的大起大落，她有如惊弓之鸟，心还悬在高空，意识也不听使唤，她觉得自己在被慢慢地吸入一个沉沉的黑洞，直到她突然听到一个轻快的声音说："池哥，你跟嫂子，就是靠这个破东西跑出来的啊？"

陈松虞不知道是哪个词惊醒了自己，"嫂子"，还是"破东西"。她勉强地抬了抬沉重的眼皮。

灯光彻底照亮了面前的飞行器，她吃了一惊，原来它的表面被烧得这么彻底。它残缺不全，隐约可见其精巧的构造，简直像从博物馆里偷出来的古董。她庆幸自己当时视线受损，看不清楚，否则她未必还有勇气做那个大无畏的驾驶员。

但是池晏当时一定看得很清楚，可他偏偏有这样的胆子。这样的飞行器也敢开，还是让她开。不过她也明白，他的做法没有错，这是他们唯一的生路。他们绝对不能在那样的情形下，留在断电又没有信号的贫民窟里。那才是真正的死路一条。

一群人簇拥在那架破损的飞行器外，池晏缓缓地从黑暗里走了出来。陈松虞昏昏沉沉，最后一眼终于还是落在他身上。他高大的身影，危险的、锋利的轮廓，被月光所包裹着，一步步地显露出来。

他脱了衣服，赤着上身，露出精壮的身体。累累伤痕与后背的文身交叠在一起，如同浴血的浮屠。如此摄人心魄，令人恐惧，也令人无法抗拒。

陈松虞想，池晏一定很信任他面前的这些人。否则，他不会这样轻易地露出自己的文身。这是一个信号，她终于安定下来。他们安全了。

这疯狂的一夜，彻底画上句号。可是她，竟然有种奇怪的……怅然若失，好像心突然豁了一道口子，里面空空荡荡，有寒风不断地往里灌。

那对曾经在黑暗里紧紧依偎的男女，孤立无援的、只能用彼此的体温来取暖的男女，回到城市灯光的照耀下，就要重新回到彼此原本的路，分道扬镳。

陈松虞缓缓地合上了眼睛，至少在这一刻，她不想思考这些事。

离开了贫民窟，池晏有太多事情要做，看医生反而变成了不紧要的事情。他草草地处理了伤势，根本没有时间休息，就把心腹路嘉石叫到了身边。

今夜是伤亡惨重的一夜，跟着他进贫民窟的人全军覆没，他已经很多年没有经历过这样的伏击，甚至他自己也差一点把命交在那里，还是在 K 星——多么讽刺。

但也只能在 K 星，因为在 S 星，在池晏的大本营，根本没人敢在他的眼皮子底下动这样的手脚。他点了一根烟，他神情淡淡地抽着。

身边一个轻快的声音带着笑意道:"池哥,你刚才没有听医生说吗?该戒烟了。"

"少管闲事。"

"我可是大老远赶过来的,水都没来得及喝一口,你就这样对我?"路嘉石说,"你知道吗?我们甚至想过,假如你真的出不来,干脆就用火箭筒,直接把这破地方轰平了——"

从池晏失去联络信号的那一刻开始,大家都察觉到不对劲。同一时间,贫民窟开始戒严,彻底切断与外界的联系,显然有高层势力介入。外面的人不敢轻举妄动,只能寻找其他救援方案。而池晏真正的心腹,远在S星坐镇的路嘉石,也第一时间搭飞船赶来K星。

这是惊心动魄的一夜。阴谋、刺杀,都借着浓郁的夜雾悄无声息地展开。就在路嘉石他们决定不管不顾地直接冲进贫民窟的时候,池晏的飞行器突然恢复了信号。

池晏冷冽的声音出现在了广播频道里,尽管那只是断断续续的几句短促的命令,但是在那一瞬间,所有六神无主的人都神魂归位。

池晏还是那个池晏,疯狂、强悍,无所不能。即使对手用如此缜密的计划,刺杀者如此手眼通天,也没有办法在阎王爷面前留住他的命。

"嘉石,你总是很冲动。"池晏摁灭了烟头,低低地咳嗽了两声,"你有没有想过,如果我真的死了,该怎么办?"

"不可能。"路嘉石不假思索地说,"你不会死,也不能死。我只有你一个大哥。"

"人都要死的。"池晏淡笑着,声音平静道,"不过我们的人不能白死,我要对方付出应有的代价。"

毫无感情的语调,让人不寒而栗。路嘉石也收起了一贯开玩笑的语气,恭敬地说:"是,池哥。"

谈完事情的时候,天色将明。看着满地的烟头,路嘉石担心池晏的身体,说:"你该去休息了,池哥。"

"嗯。"池晏掐灭了烟头,转头往另一个病房走去。

路嘉石揶揄地问:"去看嫂子吗?"

"别乱喊。"池晏头也不回道。

"哦,好吧,陈——小——姐。"路嘉石故意拖长了语调。

回答他的,只有清楚的关门声。

朝霞远远地堆在天与地的交界之处,是若有似无的、暧昧的金粉色。池晏进了陈小姐的病房,看到光线落在陈松虞的脸上,为她沉睡的轮廓勾上一层浅浅的金边。他知道她被注射了镇静剂,这一觉会睡得很熟。所以无论他说什么,她都不会醒。

池晏平静地拉上了窗帘,朝霞慢慢湮灭了。那个高大的身影,独自坐在黑暗里,守在她的床边。

"这部电影,并不是虚构。"他说,"但有一件事,我的确对你撒了谎。你知道,沈妄有个姐姐,她死在了他十八岁的那一年。"

很多年来,他反复做过同一个噩梦。这个梦的开端,总是"唰啦"一声刺耳的声音,接着是一个美丽的女人用力地拉开了那扇纸门,她站在大红灯笼之下,怔怔地望着他。明明灭灭的红光,像一支凄凉的画笔,慢慢地以血色勾勒出那张妩媚的脸。

他突然发现,原来自己之前很多年,都没有真正看清过姐姐的脸,因为她总是站在门外。这次回想起来,她竟然第一次为他打开门。他已经是强弩之末,手臂像灌了铅一样,怎样也抬不起来。养父跪在一旁,嘶吼着她的名字,一声又一声,像窗外的疾雨,猛烈地敲打着脆弱的纸窗。像木偶师的咒语,牵动那看不见的丝线。

他呢?

或许他也曾徒劳地低声唤过她"姐姐",但那声音低得几乎听不见,因为他在潜意识里已经知道她会选择谁。然而这次他看到姐姐张开双臂,红裙曳地,像一只浴火的鸟,朝他而来——

他睁大了眼睛,心脏也剧烈地跳动了起来,如擂鼓一般,他感受到从未有过的鲜活。

温柔的、火红的羽翼终于包裹住他,他意识到这并不是梦,姐姐第一次拥抱自己。她竟然选择了他,选择了她唯一的弟弟。他闻到她身上的馨香,裹挟着潮湿的雨水，她也是真的干净，她身上没有血腥气，她与死亡无关……

骤然间，他的心跳好像停止了。一道凛冽的光闪过，一把短刀刺进他的胸膛。刺痛，或者是麻木，身体的重量像消失了一样。他难以置信地抬眼，望进姐姐的眼睛。可是他究竟看到了什么？

那一刻，梦境是空白的。她的脸被一层浮动的夜雾所笼罩着，他什么都看不清。原来这就是她的选择，她给他拥抱，也给他……死亡。十八岁的池晏，用力地抱紧了她柔软的身躯，将头埋进她的后颈。这是第一次，也是最后一次。

他拿起武器，对准了养父。机关算尽的养父倒下去的时候，脸上还挂着残存的狂喜。养父本以为自己会是那个胜利的人，但是他和他的情人，死在了一起。

这才是真正的结局，这才是池晏的人生，千疮百孔。他的世界，只有背叛，只有残缺，只有谎言。

黑暗里，这个男人不断地用低得不能再低的声音，向面前沉睡的女人讲述那注定永远刻在他骨血里的噩梦，仿佛在吟诵一段无意义的悼词。

他一度想要伸手，去触碰她柔软的脸颊。

或许是因为她的皮肤太苍白，刺痛了他，他最终什么都没有做，只是哑声道："我恨她吗？当然。"

每次一到下雨天，胸膛下方的伤口好像都会隐隐作痛。奇怪的是，那原本刻骨铭心的恨意，经年累月，也慢慢地演变成了另一种情绪——羡慕。他渐渐发现，原来他羡慕他的姐姐。

她那样深深地爱过一个人，为了那个人，她不惜举起刀，对准自己的血脉之亲。

那疯狂到令人悚然的、不顾一切的情感。

原来这就是基因契合的力量。刺进胸膛的那一刀，让他感受到了这个世界上最极致的感情，最终极的占有。

基因，这个词真是让人又爱又恨。

但是他原本就是个疯子，在疯子的眼里，爱恨到了最高境界，就不再有意义，只是最纯粹的感情，只是一个人对另一个人的占有。所以多年以来，他一直以为自己会找到那个人，那个与他基因契合的人，由身到心，都能属于他。

他没有想到，在此之前，他已经爱上了一个人，而这一切甚至与基因无关。所以，爱究竟是什么？他无法回答。他只知道一件事，陈小姐在这部电影里，给了十八岁的自己另一个结局——姐姐给了他一个真正的拥抱。

远远地看到那场戏的一瞬间，池晏怔住了。他突然觉得一切都不重要了。他的过去，他的痛，他的恨，他背负了多年的罪，都随着这个镜头一笔勾销。在那个平行世界里，陈小姐为一个十八岁的少年实现了他的梦想。那一刻，某种陌生而滚烫的情绪填满了池晏的心脏。

那种情绪太温柔，太炙热，是他从未拥有过的阳光。他感受到了最真实的温度，最真切的触碰。

池晏终究还是没有忍住，捧起了睡美人的手。他不断地亲吻她手背上细腻的皮肤，用唇去描摹她指尖的形状。

他渴望她，为她神魂颠倒。他对她说："我曾经想，假如我们还活着，我会亲口告诉你这些事情，告诉你这个最大的秘密。但现在，我改变了想法……你根本不该认识我。"

今夜的这一场伏击，背后有好几拨势力。他的敌人从来都不少，那些人联手了，想必其中还有他曾经的朋友。无论是谁，那个人一定非常了解他，也非常恨他，所以才会这样孤注一掷。他不怕死，也不怕遇到强大的对手。人生对于他而言，不过是一场疯狂的游戏，但这一切……都与她无关。

他从来没有如此清楚地意识到，如果不是因为他，这个叫作陈松虞的女导演永远不可能遭遇这些无妄之灾。她会是一个清清白白的人，永远活在光明里。

他不该对任何人产生同理心，同情这种软弱的情绪不应该属于他。

但是这一刻，在无人知晓的黑暗里，池晏放任自己变得软弱，他近乎虔诚地吻过她的指尖。这双手，终究不是一双适合沾染危险的手。所以这双手，不能为他所拥有。

爱无能——他并不觉得陈小姐与这三个字有任何关系。她和她的电影，都足够说明她是个怎样的人。他相信总有一天，她的基因检测报告上会出现一个合适的名字。她会拥有一个幸福的家庭,她会堂堂正正地站在阳光下,而他能给她的祝福,如此简单。

"我放你走。"池晏说。

有滚烫的液体从一个人的脸颊滑落,落进另一个人的掌心。

池晏慢慢地站起身来,离开这个房间,离开她,再也不曾回头。

从S星那一夜开始,这场失控的游戏,他们一直以来的游戏,在这一刻,画上句号。

# 第十四章
# 杀青

陈松虞做了很多噩梦。

当时在夜雾里无法看清的细节，在无穷无尽的噩梦里似乎逐渐变得清晰。

她梦到自己站在尸体堆起来的迷宫里，她孤立无援，疯狂地奔跑着。但在她即将到达终点的一刻，突然有一把巨大的斧头从后背劈过来，将她劈成两半。

她又梦到自己被关在一个铁笼里，手脚都被铁链系着，她跟铁笼一起被扔到舞台上，台下坐满了面目模糊的观众。一个看不清五官的男人用力掰开她的嘴，强迫她吞下一只活着的蝴蝶……

从噩梦中惊醒的时候，她根本不知道自己在哪里。雪白的墙壁，再一次让她想到梦里那刺眼的、惨白的聚光灯。

"你醒了？医生，医生——"

陈松虞想，这样叫医生有什么用，按一按床头的呼叫按钮不就好了。她正打算这么做，然而她发现自己的身体太僵硬，连牵动嘴角这样的动作都能够引起剧烈的疼痛。

她很努力地转了转脖子，看清了坐在床头的人。她觉得自己眼前雾蒙蒙的，像隔着一层半透明的白纱，视线触及一个高大的背影。不知为何，这令她心口一热，莫名地得到安全感。

明晃晃的白光，将对方脸上每一道苍老的沟壑都照得很清楚。他眼睛充血，不知道有几天没有合过眼。

陈松虞一怔，原来是自己眼花了。是父亲，他的白头发变得更多了。

医生到了后，给陈松虞做了一系列检查。在这过程中，父亲一直握着她的手。陈松虞很镇定，父亲的手反而一直在抖，应该是无意识的痉挛。到头来不是他在安慰女儿，倒是女儿在安慰父亲。

陈松虞花了一点时间，才终于弄清楚到底发生了什么。那一夜，贫民窟经历了一场大爆炸，她是这场爆炸里唯一的幸存者。她已经在急救病房里躺了好几天了，如果她是唯一的幸存者，那么池晏呢？

在听到"唯一"这两个字的时候，陈松虞本能地感到惊慌，紧紧地捏住了父亲的手，明明还发不出声音，嘴唇却极其紧张地颤抖着。

父亲拍了拍她的掌心，低声道："放心，当时你们剧组的工作人员都已经走了，没人出事。"

陈松虞的身体慢慢放松了下来，理智一点点回归，她想起自己在失去意识前见到的最后情形。飞行器开到了池晏公司的顶楼，接着自己被送进了医疗舱里。

显然她当时先被紧急处理过伤口，才转到这家医院里。父亲所听到的情形，语焉不详的贫民窟事故，也与真相相去甚远，是被遮掩过的版本。既然池晏还有心力处理这些后续事宜，那么他一定不会有事。

池晏怎么可能有事呢？其他人谁都有可能死，但他一定是活到最后的那个。

陈松虞想，她大概真的病得不轻，竟然还会担心起那个男人来。甚至，她醒来的时候，还将父亲的背影认成了他。明明这两个人一点都不像。

她自嘲地笑了笑，慢慢地闭上眼睛，清空大脑，任自己被送进一台全身扫描仪里。

她又突然想起来，那一夜，他和池晏甚至没有好好地告别。

后来几天，陈松虞大部分时间都躺在病床上。有一次她睡得昏昏沉沉的时候，隐约听到医生在夸奖自己："好在您的女儿有很强的求生意志，身体素质和恢复能力也相当不错，应该很快就可以出院了。"

父亲长长地叹了一口气："我倒希望她能晚一点出院。"

再一次醒来，她发现病房一角的柜子上，已经堆满了各式各样的补品。父亲顺着她的目光看过去："这是你剧组的同事们送来的。"

"他们来过了吗？"她问。

"是，但是他们还不能进病房，所以在外面看了一眼就走了。"

"那我应该谢谢他们。"

陈松虞挣扎着坐起来，想去拿手机，手却被父亲按住了。父亲识破了她的意图，声音又变得严厉起来："感谢？你是又想借机谈公事吧？你现在连话都说不清楚，还满脑子想着拍电影？"

陈松虞清了清嗓子："只是问一下剧组的情况罢了，好歹我也是导演，要对他们负责啊。"

父亲冷笑一声，毫不留情地将手机拿走了，直接锁进了柜子里。

"负责？你对他们负责，谁对你负责了？"他断然道，"出院之前，你就老老实实地养病，那些乱七八糟的事情想都别想了。我跟你说过多少次，一个女孩子，为什么要这么逞强，跟着了魔一样，谁家的女儿像你这样……"

又来了，果然逃不过这唠叨。陈松虞知道父亲一旦开了话头，不说个尽兴，多半是不会停的。所以她决定尽职尽责地扮演一个走神的听众，看着天花板放空。

这一次，絮絮叨叨的背景音却很快停了下来。她觉得奇怪，偏头去看父亲，就见他背对着自己站在柜子前面，干瘦的肩膀耷拉下来，背也微微佝偻着。衣服几天没换，皱巴巴的。

突然，他低声道："松松，你答应爸爸，我们不要拍电影了，好不好？"

陈松虞怔住了，她听到了浓重的鼻音、软弱的哭腔。许多年来，她只在母亲的葬礼上见到过父亲的泪水。

他用那哽咽的、沙哑的嗓音继续道："就为了拍电影，你半条命都没了——你知道先前我隔着玻璃看到你的时候，是什么心情吗？你还这么年轻，你只是个女孩子，为什么要经历这种事……"

他沉默下来，用力地捂住了脸，任由自己老泪纵横。良久之后，他才继续道："是爸爸对不起你，这几年总逼着你去做你不想做的事情，以后再也不会了。我想过了，等你出院，我们就搬走，好不好？你不想嫁人，那就不嫁了，爸爸这几年也有不少积蓄，爸爸来养你。"

陈松虞问："搬走？"

"对，你的电影里不是讲过了吗？搬到不需要做基因检测的遥远星系去。我已经查过了，那些地方的条件比较艰苦，但没关系，爸爸有钱，我们多请几个用人，还有保镖……"

父亲还在勾画着他们未来的蓝图，陈松虞却说："原来你看过我的电影。"

"砰"的一声，有什么东西被父亲失手撞到了地上，他慢吞吞地弯下腰，将东西捡起来，重新摆整齐，一个个地调整它们的方向和位置——在这种小事上，他一向有强迫症。

"我女儿的电影，我怎么可能不看？"做完这些事情，父亲继续道，"每一部都看了，我先自己看一遍，再……替你妈妈看一遍。"

陈松虞突然觉得胸口很闷，好像被什么东西堵住了，又或者被一根细细的针刺了一下。

父亲又说："我知道，我的女儿是最优秀的，做什么都能成功。只是我也一直希望，你能过得轻松一点。这世界上明明有那么多条路，松松，为什么你就这么倔，为什么……你就一定要选这么难走的一条？"

为什么一定要走这么难走的一条路？

陈松虞想，这个问题她根本没有办法回答，或许有些东西写在了她的基因里。但是她没有想到，向来不苟言笑的父亲竟然会在自己的病床前哭出来。原来他还会偷偷看她的电影，原来这在他眼里并不是"不三不四的工作"。

他的肯定，来得如此晚，但到底是来了。一直堵在她胸口的那块坚冰，终于等来了第一股开春的暖流。

实际上，陈松虞已经很多年没有受到父亲这样的待遇，在父亲眼里，她简直就是一朵碰也碰不得的娇花。直到出院的那一天，他也依然如履薄冰，连一只手提包都不让她拿。

走出医院大门，他给她撑了一把伞，仿佛担心她会被太阳给晒化了。显然他并不知道自己的女儿在过去的这段时间里，经历了多么精彩的特工一般的人生。

父亲让陈松虞回家和自己一起住，这样他就能够随时监督她好好休息，不让她有机会溜回片场。他心里始终记挂着一件事,在出院的前一天,医生曾经私下叮嘱他,他需要注意的绝不仅仅是她的生理问题,还有心理问题。

"像陈小姐这样的患者,在经历过重大的创伤事件后,是很有可能患上创伤后压力综合征的。虽然目前她恢复良好,并没有展现出任何征兆,但我们还是建议家属多加注意。"

于是他小心翼翼地问女儿:"松松,你想去哪里散散心吗?爸爸陪着你。"

陈松虞说:"我想回贫民窟,可以吗?"

"不行!我都说了,这段时间,不许想拍电影的事情!"

"就知道你会这样说。"陈松虞无奈道,"我想去一趟射击俱乐部,可以吗?"

"射击俱乐部?"

"很解压的,对吧?"陈松虞微微一笑。

假如医生还在这里,一定会阻止他们,因为 PTSD 患者,不应该让自己再一次暴露于会触发恐惧的情境下,而射击显然属于能够触发噩梦的动作之一。但是除了池晏和那一夜死去的人,没人知道她曾经做过什么,没人知道她曾拿着武器对准过什么。

父亲虽然觉得奇怪,还是同意了。

几天之后,趁着极好的阳光,他们来到了陈松虞从前去过的那家射击俱乐部。这家俱乐部位于市郊,规模很大,并且与影视圈的人建立了良好的长期合作关系。进门的时候,她还看到几个演员说说笑笑地从自己身边走过,然后登上了带剧组 LOGO 的包机。

难得的是,之前教过她的那位教练至今还记得她,他热情洋溢地跟她打了个招呼。

父亲看向陈松虞:"你们认识吗?你来过?"

教练十分夸张地给了他一个拥抱:"当然了,陈先生,您的女儿是我最好的学生之一!"

"我女儿?"起初父亲根本不信,只觉得对方是夸大其词。直到他站在远处,亲眼见到陈松虞全副武装地戴着耳机和眼镜,独自站在射击靶道,动作娴熟地举起了枪。

恰好这时候两边的射击位也站着人。这两个人明显是初学者,一边听着身边的教练讲解,一边跃跃欲试,端起了枪。

"砰——"其中一个人瞄准了,然而连着数发他都击空了。

在他们的对比之下,陈松虞的动作显得极其标准,仿佛受过非常专业的训练,又仿佛这样的姿势已经是身体的一种本能。最重要的是,她的表现很自然,也很自信——她站在那里,整个人的气质尤为突出。

"您看,我没说错吧。"教练与有荣焉地说,"您的女儿,真是我教过的最有天赋的学生。"

陈松虞的父亲深深地吐出一口气:"是啊,你说得对。"

从来没有哪一刻比现在更让他清楚地意识到,自己的女儿是真的长大了,她已经能够独当一面。

从前他总觉得,作为父亲,最重要的就是为自己的女儿找到一个可靠的能庇护她的人。一定要将她的手放心地交到另一个男人的手上,他才能够安心,他才有颜面去地下见自己的亡妻。

这一刻他突然理解了妻子的想法。她的女儿松虞,他们的女儿松虞,已经不需要任何人的,甚至是他的庇护,松虞自己就可以照顾好自己。

站在射击靶道上的陈松虞,握住枪的一瞬间,无数令她冷汗淋淋的记忆立刻浮现在了她的大脑里。那一夜所经历的事,像幽灵一般顺着压在扳机上的食指侵入了血管和神经,一切都是如此清晰。

理智告诉她,那并非真实的回忆,而是被她的绝望和惊惧等无数负面情绪所放大的毫不真实的体验。而情感告诉她……情感什么都不能告诉她,情感只能将她拖入最致命的深海,放任她下坠,让她不停回忆起那些可怕的细节。

可是,心底有个声音告诉自己,不要逃避。她不可能永远活在恐惧和回避里,她迟早要面对这一切,因为她的人生还要继续。

假如她还想要再回到贫民窟,假如她还想要继续完成那部电影的拍摄,假如她还想要再一次见到池晏……

陈松虞深吸一口气,慢慢地调整姿势,食指再一次稳稳地往下压。

脑海中的画面仍然在飞快地变换着。突然之间,蒙太奇一般的画面回到了那个黑暗的、狭窄的驾驶舱。

驾驶舱里,她紧紧依偎着一个紧实的胸膛。他们的身体都在出血,温热的血往外涌,分不清到底是谁的。

她最后能回忆起的最后的温暖,是池晏在她耳边轻声说:"没事的,我们都会活下去。"

恍惚之间,她听到他用很低的声音吹起了口哨。一段破碎的、生疏的旋律立刻在她的脑海中响起,像夜樱盛放,接着是一阵烂漫的花瓣雨洒到她的心口。她情不自禁地跟着哼唱起来:"The clouds in Camarillo.Shimmer with a light that's so unreal."。

这首歌,是有着他们共同回忆的歌。他还记得,她也记得。陈松虞无意识地说:"出去之后,你会再给我弹吉他吗?"

池晏低低地笑了一声:"会。"

在那一瞬间,飞行器冲出了暗无天日的贫民窟。城市的星光穿过稀薄的云层,落进陈松虞的眼底。她突然很想转身去看一看身后的男人,看他那双漆黑晦暗的眼里,是否也被染上尘世的明亮。

此刻陈松虞站在射击馆里的,目不转睛地平视前方。她什么都听不到,什么都看不到,身体紧绷,仿佛时间是静止的,她也是静止的。只有激光弹流动的轨迹,在她眼前,如此缓慢,如此真实。

瞄准,扣动扳机,正中靶心。


"咦,这是哪个学员,怎么做得这么好?"中控室里的俱乐部经理凝视着眼前的大屏幕,惊叹道。

他调出了陈松虞的资料,然后转头向身后那位优雅而高大的男子解释道:"原来是她,这是我们从前的明星学员,一位女导演。您知道的,我们俱乐部和影视行业一向有着良好的合作关系……"

"嗯。"池晏说,"我认识她。"

经理眼前一亮:"哎,真的吗?这可真是太巧了!需要我代您转告那位女士吗?"

池晏望着屏幕说:"我想,并没有这个必要。"

这可真是糟糕的缘分。他明明已经尽了最大的努力来克制住自己不去想她,不去见她,但命运又将陈小姐带到了自己的面前。

从射击靶道下来,陈松虞随手摘掉了眼镜,发现周围所有人都在向自己行注目礼,包括但不限于她的父亲、教练,以及……在场的学员们。

一个看起来不过十八九岁的少年,朝着自己走了过来。陈松虞以为对方认出了自己是谁,没想到这个男孩一上来就羞答答地说:"小姐姐,你的身手真好,打得好准啊,你简直打到我心上了。"

陈松虞:"……"

"我有一种强烈的预感,明年我就会在基因检测报告里看到你的名字。所以,可以提前给我你的电话号码吗?"

陈松虞哽住了,然后无情地说:"不可以。"

对方眨了眨眼睛,看样子是打算做第二次尝试。话还没说出口,一个教练打断了他们:"射击分享沙龙要开始了,两位要去看一下吗?"

陈松虞问:"沙龙?"

"呃,就是我们老板的朋友今天过来玩,刚好他是一位射击大神,愿意向其他学员分享一下心得……"

一听到"射击大神"这四个字,那个男孩的眼睛立刻就亮了。

"大神?"他兴奋地嚷道,"有多神?"

教练挠了挠头,该如何形容呢?他脑海中冒出的第一个词是"可怕"。

内行人一眼就能够看出怎样的射击是花花架子,而怎样的身手是在真枪实弹里练出来的。那位先生,无疑就是后者。他穿着西装,看起来既优雅又文明,然而他握枪的一瞬间,却让人觉得他像是热带丛林里的豹子,在自己面前懒洋洋地舔了舔爪子。明明漫不经心,却具有一击致命的威慑力。

但此刻教练并不能乱说话,因为……摄像头另一边的经理肯定在盯视着这里。

中控室里,经理眼观鼻、鼻观心地站在一旁。他身旁的这位贵客已经站在这里一动不动地盯着屏幕里的陈小姐半个小时了,眼神还格外专注。

等陈小姐放下了枪，贵客也打算离开中控室。经理隐隐松了一口气。

就在这时，一个男孩冲了上来。池晏停下脚步，盯着镜头，问："这个人是谁？"

经理莫名地感觉到一股寒意袭上头顶："呃，这位也是我们俱乐部的常客，是巴格莱银行财团的小公子……"

池晏"嗯"了声，低头卷起袖口："你们之前提议的那个沙龙，我同意了。"

"啊？！"狂喜突然砸中头顶，经理简直连话都不会说了。

"就现在吧。"池晏说完抬头，恰好看到陈松虞对那位财阀小公子不假辞色地说出了"不可以"。他笑意更深，状若无事地瞥了一眼旁边的镜头。

他想，陈小姐……应该不喜欢那些乳臭未干的小男孩吧？

经理已经明白了这位贵客为何会突然改变态度——如果没有这样察言观色的本事，他也别想做到经理这个位置。于是他立刻对着耳机说："快去邀请陈导演！"

教练"哦"了一声，立马十分亲和地对陈松虞说："陈小姐，想不想作为我们的优秀学员代表，跟大神比一比？"

陈松虞没想到自己竟然有此"殊荣"，但她只是笑了笑："我就不去了。"

教练一怔："为什么？"

"因为我实在没必要班门弄斧。"陈松虞既对那所谓的"大神"毫无兴趣，也无法想象自己像动物园里的猴子一样，被所有人围观的场景。

身手好？在练习室里的身手，再厉害又能如何呢。那一夜，她早已领教过什么是真正的弹无虚发。教练又劝了她几句，看她态度坚定，只能遗憾地作罢。同时还不忘对着摄像头的方向挤眉弄眼，向经理暗示道：这可不是我不努力，是陈小姐不感兴趣。

经理一脸为难地看着池晏："您看，这……"

这个英俊的男人凝视着屏幕，慢慢地垂下了眼皮："算了，这样也好。"

离开射击场的时候，陈松虞远远地看到了一群人簇拥着一个高大的男人。那个男人穿着西装，肩膀很宽，背影高而瘦，很眼熟。但是实在隔得太远，她看不清。

"松松，你在看什么？"父亲在身后问道。

陈松虞说了句"没什么"，转身踏上了飞行器，还不忘在心里嘲笑自己。最近真是魔怔了，竟然以为看到了池晏。

回家之后，陈松虞又静养了几天。直到有一天，她趴在阳台上晒太阳，父亲对她说："你有客人来了。"

她一怔，打开门，张喆站在外面，对她做了个口型：你爸爸让我来的。

陈松虞下意识地转过头，看到那半佝偻的背影静悄悄地进了卧室，关上门前，阳光落在他斑驳的头发上，那耀眼的银色让她瞬间明白了什么。这是父亲能为她做的最大的妥协，陈松虞的眼眶微微一红。

在这之后，他们有条不紊地恢复工作，完成了这部电影最后几场需要补拍的戏。

贫民窟是没有办法进去了。事故之后，这个原本还算隐蔽的灰色地带，被彻底封锁了起来，没有人知道那一夜真正发生了什么。没有任何官方平台对此事做出解释，也没什么人向他们问责。连向来嗅觉最敏锐的媒体，都罕见地三缄其口。

他们就近找了个摄影棚，花了几天时间把景搭起来，把剧组原来的人叫回来补拍。

大多数人见到陈松虞的时候，都很惊讶，没想到她会恢复得这么快。

拍摄进度比预想中要快很多。正式杀青的那天，张喆在附近订了餐厅，还将早已杀青的人也都叫了回来。

拉开包厢门的那刻，陈松虞深吸一口气，她根本不愿意承认自己在期待什么——然而视线只触及两张熟悉的面孔，尤应梦和江左。除此之外，桌子的大半部分都是空的。她的心在一瞬间陷落下去，像是被潮水卷上来的离海的贝壳，被柔软的沙子深深地埋起来。

当然，她表面上还是若无其事地微笑着。

"咦？Chase老师呢？"一个池晏的小迷妹突然问道。

张喆说："哦，老师他太忙了，就不过来了。不过他给大家带了礼物，托助理过一会儿送过来。"

陈松虞不动声色地听着，什么都没有说。这顿饭她吃得心神不宁，总盼着中途会有人走进来，可惜谁都没有来，只有一拨又一拨的人过来敬酒。不过大家顾虑到她大病初愈，没有人敢闹得太过分。

离席的时候，门外排起了"长龙"——原来是制片人的助理们搭了个台子，请所有人过去领伴手礼。

领到伴手礼的人，捧着精致的礼盒，满面红光，可想而知他们的制片人出手还是一贯地阔绰。

陈松虞站在阴影里，望着远处的喧嚣，眼神晦暗。已经被填饱的胃，再一次感受到某种空洞的灼烧。

她想起之前有一次，池晏的人来剧组送夜宵，其他人吃的都是山珍海味，她却收到了一份还冒着热气的砂锅粥。这一刻，她又开始怀念那种味道。真是奇怪啊，很多时候，人记挂的都只是一些微不足道的小事。她渐渐明白，出于某种原因，池晏正在回避自己。

早在住院后期，陈松虞就给他发过消息，但都石沉大海。之后，她重新回到摄影棚，他也从未出现过。如果有事找他，出来回话的永远都是他电影公司的职员，甚至不是他那帮亲信手下。

陈松虞意识到，原来除了那个死寂一般的号码，自己根本没有别的方式可以直接联系上他。

从前这个男人无孔不入地侵入她的生活，而现在他就像幽灵般退去，没有留下什么存在过的痕迹。

这是否很荒谬？在这样一个四通八达的信息时代，所有人几乎是透明的。只需要一串代码，几个数字，就能够彻查一个人的一生，但人和人的关系还是如此脆弱，轻易就能断掉联系。她转身打算离去，尤应梦突然走了过来，笑着问道："不去领礼品吗？"

"算了，何必凑这个热闹。"

两人寒暄着往外走，直到要告别的时候，尤应梦问："松虞，你……最近真的还好吗？"

陈松虞强颜欢笑："当然，我都回来工作好久了，为什么这么问？"

尤应梦想：因为我看到你是怎样站在人群背后发呆的，我也最清楚，一个人想要拼命地借工作来逃避生活的伤痛会是什么样子。

但她并没有说这些,只是笑盈盈道:"就是看你一天到晚只顾着工作,才会这样问。既然现在电影都拍完了,要不要抽空一起去逛街?"

"好啊。"陈松虞答应下来。

她正想要问一问尤应梦的离婚手续办得如何,有没有什么事情需要自己帮忙。但她并没有想到,尤应梦也一心想要帮助自己,所谓的"逛街"完全是个幌子,她竟然被对方骗到了一家心理诊疗室。

坐在一面采光良好的顶层落地窗前,望着窗外被阳光照成金沙一般的山峦和天际线,陈松虞哭笑不得:"尤老师,你误会了,我真的恢复得非常好,一点问题都没有。"

尤应梦显然并不相信:"你别担心,松虞,这间诊疗室是只对贵族阶层服务的,非常有职业素养。无论你当时经历了什么,都可以放心地告诉他们。"

陈松虞没想到对方的心这么细,想到了这一层,感动之余,她说:"尤老师,我真的什么事都没有,何必浪费时间?你看,难得今天天气这么好,不如我陪你去逛街吧……"

话还没说完,她就愣住了,她的余光瞥到一个高瘦的身影穿过走廊。是魔怔了吗?她又将别人误认成池晏?

她定睛看过去,刺目的日光清楚地照出这个男人硬朗的轮廓、疲惫懒散的神情和修长的身形。那不是别人,的确是池晏。他独自一人,从心理诊疗室走出来,不紧不慢地走进电梯间。

陈松虞的大脑还没有反应过来,身体已经本能地做出了反应。她立刻追过去,推开了电梯间的门。

迟了一步,冰冷的金属门在自己面前缓缓合上,一点点遮住他那晦暗的、狭长的眼。池晏垂着眼皮,看着手机,并没有注意到陈松虞。她只能定定地站在原地。

"松虞,你干什么,怎么突然跑这么快?!"过了一会儿,尤应梦才气喘吁吁地跟了过来,"现在我相信你已经全好了,就你这体力,去参加跑步比赛都绰绰有余……"

陈松虞转过身来:"尤老师,你刚才说,这里的心理医生很有职业素养,是吗?"

"是呀。"

"所以他们绝对不会透露病人的任何情况?"

尤应梦点头:"绝对不可能。来这里的人非富即贵,谁都得罪不起。你就放心地进去吧。"

陈松虞摆了摆手:"我不是这个意思。"

她慢慢地坐回到刚才的休息区,拿出手机,在搜索引擎上输入"Chase",却并没有搜到太多新闻。

似乎从那一次爆炸之后,池晏就不再像从前那样频繁地接受采访和进行公开演讲。关于他的网络舆论,也渐渐冷却。

然而这才是最反常的,随着大选将近,池晏当然应该尽可能地增加曝光度,而不是像现在这样销声匿迹。

陈松虞拿出手机,给那沉寂已久的联络人发送了一条新消息。

陈松虞:你刚才去接受心理咨询了吗?

毫无回应。

陈松虞:我看到你了。

依然毫无回应。整页的对话框都被她一个人发的消息所占据了。

她收起手机,对尤应梦说:"走,尤老师,我们逛街去。"

其实陈松虞对逛街这件事没太大兴趣,两人经过了一家又一家奢侈品店,陈松虞始终兴致不高,直到她的视线触及某个橱窗。明亮的吊灯下,挂着一对蓬松柔软的丝绸枕头,她停下了脚步。

尤应梦问:"怎么了?"

"没什么。"陈松虞若无其事地说,"我们走吧。"

枕头,床,睡眠——她的大脑好像一个超载的记忆宫殿,蓦地浮现出了许多凌乱的画面。清晨阳台上满地的烟头,深夜客厅里循环播放的电影。从拍这部电影以来,她就发现池晏深受失眠困扰。这会是他来看心理医生的原因吗?

这听起来是一个毫无根据的猜测。

不过,池晏的态度实在让人恼火,他单方面切断了与自己的联系,甚至连一句解释都没有,如此冷漠和傲慢。即使是对同事,也够没有礼貌了。

此后大半天里，失眠这个想法仍然时不时地出现在陈松虞的大脑里，像一根轻飘飘的羽毛在她的心口反复跳跃，甚至有更多细节涌现出来。脑海里出现了更多画面，更多声音。

池晏说："我睡不着。"

他还说："不用这么麻烦的。"

还有，在某一个深夜，他问："可以唱一首歌给我听吗？"

最终她妥协了。她打开手机的时候，告诉自己这完全是出于对同事和病人的同情。

这一夜，在寂静无人的卧室里，池晏的手机再一次响了起来。黑暗之中，他瞥了一眼屏幕。

陈松虞：晚安。

池晏的手用力地抓紧了床单，深陷下去，仿佛陷进了柔软的白沙里。之后手又缓缓松开，慢慢抬起来。他告诫自己，只能看一眼。他的指尖缓缓地摩挲过屏幕，就在这时，一条新消息又发了过来。

在"晚安"这两个字下面，多出了一段音频。它自动地播放了出来："为你封了国境，为你赦了罪，为你撤了历史记载……"

澄澈而清亮的声音，一如陈小姐温柔的眉眼。手机从他的指尖慢慢滑落下去，滑到膝盖旁边。直到一分多钟的清唱结束，一只汗涔涔的手才再一次握紧手机，珍而重之地将它放在了枕头边。

池晏：晚安。

在循环播放的歌声里，他缓缓闭上了眼睛，任由意识变得恍惚。海上的月亮一点点升了起来，迷离的光辉，渐渐地变成了一个齿轮般的、波光粼粼的梦。他的确做了一个梦，一个太过逼真的梦。

这个梦跨越了长达五年的时间。五年后的池晏，的确得到了自己想要的，他成了S星总督。奢华而富丽的总督府，反而变成了一个金碧辉煌的笼子，一个幽深的人造洞穴。

在每一个夜不能寐的黑暗里，他躁郁、痛苦，像受伤的野兽，游走在宫殿深处。金光闪闪的大圆顶，深红色的墙壁，墙上的每一幅名贵的肖像里，他们都以黑洞般的双眼凝视着自己。他好像在等一个人，但他并不知道自己在等谁，在等待什么。

他身心俱疲地坐在书桌前，办公室里未处理的文书堆成了一座高高的塔。总督府外站满了抗议游行的愤怒群众，而他只是微微笑着，砸碎了酒瓶，将烟蒂和打火机一并扔进去。

一切都被付之一炬。他的名声，他的帝国，他的未来。不断变幻的火光，令静止的墙壁变成了飞速运转的隧道。他站在其中，墙壁不断地向内收缩，挤压着，令他感到窒息。

墙上突然多了一扇窗，窗户被打开了，一只人眼堵住了窗眼。眼珠滴溜溜地转动，眼白膨胀开来，侵蚀着墙壁，把墙壁挤出一道道蛛网般的裂缝。瞳孔则犹如一轮漆黑的太阳，终于锁定了池晏。

两相对望，他终于意识到，那是他自己的眼睛。他彻底疯了。

醒来的时候，池晏大汗淋漓。梦里的一切都如此逼真，他还记得那些太过强烈的情绪，焦虑、愤怒和惊惧，像一道失控的吉卜赛诅咒，渗透皮肤，刻入骨髓。

是澄澈的嗓音唤醒了他，陈小姐仿佛还在他身边。那一分多钟的清唱，在他的脑海里反复循环，彻夜都没有停过："为你涂了装扮，为你喝了醉，为你建了城池围墙……"

初生的日光，终于划破了无边的长夜，浑浊的视线慢慢变得清明。他握紧手机，慢慢地走进了浴室里，任热水冲刷僵硬的肌肉。在雾化的玻璃上，他再一次看到了自己的眼睛。

漆黑的瞳孔里，还残留着未褪尽的疯狂。梦境的内容再一次浮上心头，他并非第一次做这个梦，只是从前他能记起的只是些碎片，而这一次却是全貌。他反反复复地被同一个噩梦所困扰着，梦境的主角是他自己，五年后的自己，而他一败涂地，一无所有。

为什么？

"预知梦？"诊疗室里，心理医生周蔚凝视着面前的男人，"Chase，介意向我说一下，你究竟梦到了什么吗？"

池晏微微一笑："介意。"

这是一个典型的 Chase 风格的回答，周蔚笑了笑："好吧。"

他见识过千奇百怪的人，这很正常，他知道自己的患者非富即贵，而处在他们这个阶层的人，掌控欲太强，很难信任别人。

他永远记得他们第一次见面的时候，这个男人像与自己进行商业谈判一般，坐在办公桌的另一边，十指交叠，气定神闲，他说："周医生，我想请教你一个问题。你觉得自己的工作，和告解室的神父有什么区别？"

接下来的一个小时的咨询里，池晏极富耐心地与周蔚探讨了心理学和神学之间的联系与区别。大多数时候，池晏只是含笑听着，偶尔抛出一两个问题。

直到池晏走出了办公室，周蔚才反应过来。这个男人刚才完全掌握了对话的节奏，他不动声色地转换了两人的角色，仿佛他们之间的关系不是医生与患者，而是学生与教授。

这当然是一次彻底失败的咨询，周蔚可以说是被对方愚弄了。他没有想到，这个男人会这么快就回来找自己，并且饶有兴致地抛出了一个新的问题。然而"预知梦"听起来太过神乎其神，让他误以为池晏还在延续上一次的神学话题。

"当然，这是一个非常有趣的命题。目前为止，学界对它还有着大量的争议。许多科学家试图从认知神经科学的领域来进行解释，但有人认为这是一种精神感应……

"我个人的理解非常简单。我认为这是一种巧合，或者说是记忆偏差。归根结底，梦也是人类的一种生理行为。它所反映的，无非只是个体的生理状况，或者心理诉求。

"换而言之，假如你会梦到未来，一定是因为你对未来有着强烈的担忧，或者渴望。"

他在试探，但对面的男人并不接招。

池晏笑了笑："多谢你的解答，周医生。"

"不客气，这都是我应该做的。假如您还有什么需要……"

"不必了。今天就到此为止吧。"对面的男人站了起来，向周蔚伸出手。

这是一次沉稳有力的握手。他说："再见。"

走出诊疗室，池晏给路嘉石发了一条消息。

池晏：我今晚回 S 星。

预知梦，尽管听起来很荒谬，但他依然选择相信它，无论这一切是否能够用科学来解释。

路嘉石：这么快？

池晏：我需要进行一次彻底的身体检查。

池晏：还有，我要找出那个人。

有一双眼睛，在蠢蠢欲动，窥伺自己很久了。像神庙里的老鼠，一点点耸动着油滑的脊背，试图用自己尖利的牙齿啃穿高高在上的神像，或许这只老鼠就在 S 星。但他心底有另一个声音告诉自己，这一切都是借口。

他之所以要连夜离开，只不过是……想要逃避。假如他真的要相信这场梦和五年后的自己之间存在某种必然的联系，那么他就必须接受一个残酷的事实——在他的未来里，没有陈小姐的存在。

这天下午，陈松虞收到了一条来自张喆的消息。

张喆：陈老师，晚上一起吃饭呗？顺便聊聊工作。

电影前期阶段的拍摄部分已经完成，如今已经进入到下一个阶段：剪辑和后期。在未来很长一段时间里，可怜的陈导演都要将自己泡在昏天暗地的剪辑室。

陈松虞同意了张喆的约饭。

张喆发了个地址过来，那地方恰好就在她家附近。地理距离倒是很贴心，不过是一家五星级酒店的顶楼餐厅。张喆一向精打细算，连上次杀青宴的预算都卡得很死，怎么今天转性了？

陈松虞：你发财了吗？

张喆发了个傻笑的表情。

他好像格外兴奋。陈松虞想，看来他果然是发财了。

她在傍晚抵达餐厅，服务生将她领到了整个餐厅最好的景观位，从这里可以非常清楚地看到天际线。落日的余晖，将天地都烧成一片明亮的火海，非常壮观。

因此，尽管张喆迟到了，陈松虞也并没有太放在心上，毕竟有美景做伴。而她恰好也带了电影素材，趁张喆还没有来，她独自工作了一会儿。

她忙得有点忘记了时间，当她再次抬起头时，天边最后一抹暗金色也隐去了，天空变成了海一般的深蓝。华灯初上，挤满了飞行器的高速轨道变成了一道道流光溢彩的光谱。

张喆竟然还没有来，她没好气地打开手机。

陈松虞：你人呢？

不久，她收到了消息。

张喆：我在家啊。怎么了？

陈松虞："……"

好像有哪里不太对。就在此时，她听到了服务生的声音："先生，这边请。"

"嗯。"那低沉的声音，像吉他的低音弦被轻轻扫了一下，发出一个短促的颤音。

陈松虞立刻认出了这声音，她惊愕地抬起头。眼前的男人衣冠楚楚，身形高大，除了池晏还能是谁。四目相对，陈松虞的心跳都停了一拍。她似乎从他的眼里看到了一丝讶异。

池晏对服务生点了点头，坐在了她对面。

"好久不见，陈小姐。"池晏对她笑了笑。

他的眼眸幽深，裹挟着许多陈松虞无法辨认的情感。他好像瘦了，颧骨更明显，轮廓也更深邃。或许只是灯光带来的错觉吧。

陈松虞视线下移，看见他的衬衫领口处解开了两个扣子，露出清晰的锁骨线，一副花花公子的做派。

"你最好解释一下。"

"我也不知道这是怎么回事。"

两个人同时开了口。

池晏的手机响了，他瞥了一眼屏幕。

路嘉石：惊喜吗？够意思吗？我精心挑选的地点，楼下就是酒店套房，走路就能到嫂子家，春宵苦短，抓紧最后的机会啊哥，再不行动就老了！

池晏："……"这都是些什么胡话？

现在想来，路嘉石骗他出门的理由其实非常蹩脚，他却根本没察觉。或许是因为那个梦让他的心情太阴郁，或许是因为，他在潜意识里默许了这个错误，于是他能够再见陈小姐一面。

池晏面无表情，眸色沉沉地看了陈松虞一眼，他突然很想抽一根烟，接着他又想起来，自己已经决定戒烟了。可是烟瘾真难戒，深入骨髓的渴望，怎么可能立刻就从身体里抽离。

他垂下眼眸，看到一只白如瓷的手轻轻搁在深红的桌布上，半握住一只玻璃杯。在光影交叠下，真像一枝盛放的白玫瑰。他的喉结滚了滚，说："抱歉，陈小姐，看来是我……弟弟自作主张，把你约了出来。"

陈松虞也想明白了这其中的缘由："你们还真是神通广大。"

池晏轻轻笑了笑。神通广大？他真希望自己神通广大，可惜他不行，所以他才不能留住她。

"他太胡闹，我代他向你道歉，希望没有太打扰到你。"他的语气很客气，平静而疏离，仿佛他们真的只是一对商业合作伙伴。

陈松虞想，她曾经见过这个男人的许多面，唯独没有这一面。想必当他坐在谈判桌上的时候，就是这副波澜不惊的面孔。一个锱铢必较的、最吝啬的商人的模样，不肯多露出一丝情感。

她不再看他的脸，将视线转到桌旁的一枝白玫瑰上。昏黄的灯光照着它层层叠叠的花瓣，她疑心这只是一枝假花，否则怎么会这样毫无生气？

"一顿饭罢了，谈不上什么打扰不打扰的。"陈松虞说。

池晏低声笑道："是，一顿饭罢了，就当是为我饯行。"

"饯行？"

"我今晚就要回 S 星。"

陈松虞的手指一滑，差点碰翻杯子。但是她到底没这么失控，她顺手捏住细细的高脚杯，对着他举杯。

"祝你一路顺风。"她并没有问他是否还会回来。

这顿饭吃得异常沉闷，没人提及昨夜发生的事情。假如不是这家餐厅的法餐做得不错，陈松虞简直想要提前离开。就这样到了甜点时间，一只小巧精致的蒙布朗被端到她面前。看着卖相不错，陈松虞拿起了银勺子。

就在此时，灯光骤然暗了下去。池晏眸光一闪，警觉地抓住了她的手腕。陈松虞看着他，他的轮廓在阴影里，眼底却好像染上了幽暗的灯火。

不过这只是虚惊一场，小提琴缠绵的声音接着响了起来。不知何时，他们桌前站了两个人。小提琴手无比陶醉地仰着脖子，女歌手则手握一大捧红玫瑰花，深情地演唱着令人头皮发麻的歌词。

这场面实在既尴尬又好笑，而这究竟是谁的创意，似乎也一目了然。

"你弟弟还挺有想法的。"陈松虞忍不住笑出了声。

"让你见笑了。"池晏不动声色地抽回指尖，又向服务生轻轻颔首。对方立刻会意，示意让这两位演奏者不用继续了。

尽管是让人觉得肉麻的音乐，但到底还是音乐。旋律戛然而止的一瞬间，陈松虞感到周身空气都冷了下来。她看了一眼自己空荡荡的手："那我们走吧。"

"我送你？"

"不用，这里离我家很近。"

池晏坚持："我送你。"

这么近的距离，开飞行器似乎太小题大做。他们搭电梯下去，一度降到冰点的气氛，因为刚才那首尴尬的情歌而有所缓解。他们从酒店出来，过了两个街区，再经过一个小广场，就到了陈松虞的家。

她现在还和父亲住在一起。对她来说，这短短的一段路几乎算是饭后的散步了。她莫名地来了兴致，开始向池晏介绍路边这些熟悉的店铺："这家洗衣店的老板娘和我妈妈是好朋友。

"小时候我最喜欢这家拉面馆——啊，看起来它现在已经倒闭了。"

他们从未聊过这样的话题，说的都是最普通、最日常的鸡毛蒜皮的小事。演过特工片的人，突然来演肥皂剧，会很违和吗？陈松虞不知道，但她讲得很投入，池晏也听得专注。偶尔他会低头看着她，露出一个真切的微笑。或许是因为，在离别前夕，彼此说的每一句话都会变得充满纪念意义。

"啊，"陈松虞突然停下脚步，指着拐角处一个小小的霓虹灯牌，"你看，那就是我常去的电影院。我人生中的第一份兼职，就是给他们做放映员。后来老板还送了我一张终身会员卡。"

池晏笑起来:"哦,就是你从早到晚都泡在里面的电影院吗?"

"你怎么知道?"

"你自己在发布会上说的。"

"……我都忘了。"但是他还记得。

借着这些琐碎又毫无重点的讲述,池晏眼前渐渐地浮现出一张更活泼、更年轻的面容,那是他从未见过的、十几岁的陈小姐,是他未曾有幸参与过的,她的少女时代。原来这就是她的童年和青春。

年少时的他,也曾经无比羡慕这样的平民生活。并不算富裕,但是至少精神富足,也充满了柴米油盐的烟火气,平淡而幸福。但他知道,这样的生活,自己从来不配拥有,他的人生只是一片密不透风的黑暗。

这一刻,行走在这条街上,他突然觉得,这一切离自己并不遥远,因为陈小姐曾经拥有过,所以他……好像也就不再那么遗憾了。可惜的是,这条路不能永远走下去。

两个人从广场上经过,河边的倒影,如同一幅色彩浓郁的油画。昏黄的路灯,将他们的身影拉得很长,两道影子交缠在一起,不分彼此。

陈松虞隐约地听到一点乐器声,似乎很熟悉。她凝神望去,看到在广场的某个角落,一个街头艺术家正倚在路灯下弹吉他。她眼睛一亮,快步走了过去。

年轻的艺术家看到一个美丽的女士朝着自己走来,立刻深受鼓励,弹奏得更加卖力。接着,又有一个英俊而高大的男人走了过来。

这个男人目光灼灼地望着前面的女士,仿佛眼里根本看不到别人。哦,名花果然都是有主的。

艺术家想,这真是一对般配的情侣,站在一起都像是一幅画。

一曲结束,陈松虞十分配合地鼓起掌来,又问:"可以借一借你的吉他吗?"

她的语气太亲切,艺术家不由得点了点头。接过吉他后,她很自然地将吉他递给了池晏,说:"走之前,再弹一次吉他吧。"

"好。"池晏抬眼看她。

旋律出现的时候,陈松虞怔住了。这是一支她熟悉的曲子,《基因迷恋》

的片尾曲，但一切又是全新的。她不知道池晏是怎样无师自通地将一支慷慨激昂的钢琴曲，改编成了更曼妙的吉他曲。奇特而饱满的、热烈而酣畅的旋律，令她眼前出现了许多绚烂的画面。从湿热、淋着雨的夏季，一瞬间又到了大雪飘落的冬日，再聚焦到玻璃窗上徒然绽开的霜花。

片尾曲，陈松虞心想，真是个不错的选择，或许也是某种暗示。假如告别一定要到来的话，这就是最好的时刻。她选择不去在意内心莫名地生出的落寞，只沉浸在音乐里。

就在这时，音符戛然而止。池晏扔开了吉他，一步步朝着陈松虞走过来。他的目光晦暗不明，她的心跳也开始加快，因为这一幕和《基因迷恋》的结尾何其相似。

昏黄的路灯将修长的影子投射到广场古老的建筑物上，仿佛在黑暗的罅隙里，蓦地生出了一线狭窄的光。破碎不定的光像无数只缀着金粉的蝴蝶，每一寸都照进她心口。

身后陶醉的艺术家终于惊醒过来，大喊道："喂！怎么不继续弹了……不是，你扔我吉他干吗！"

在这样的大喊大叫里，池晏一把握住了陈松虞的手腕。他们好像都没有听到周围的任何声音，眼里只有彼此。

四目相对间，他低下头，深深凝视着她，温热的气息扑到她的脸上，像久违的春风，又像冬日的初雪——这就是池晏。他带给她的感觉，永远如此矛盾，如此极端。

陈松虞突然想起刚才在餐厅里，灯暗下去的一瞬间，这个男人同样立刻握住了自己的手，下意识地将身体挡在她前面。语言可以说谎，身体的本能却不可以。

"你还不走吗？"她违心地问。

"跟我一起走，好不好？"她听到池晏轻声道，"跟我回 S 星。"

陈松虞感受到那只紧紧扣住自己手腕的手是如此有力。时间仿佛停滞，某种微妙的情绪从相触的皮肤里渗透进血管。他们都期待那个答案，也恐惧那个答案，但答案停在舌尖。

陈松虞像是患上了失语症，什么都说不出来。她想，原来这就是特工片和肥皂剧的区别。

　　特工片里，爱恨都在一瞬间，那么疯狂，那么激烈，命悬一线的时候，根本由不得半点犹豫。命运在推着你走，你只能承受。可是肥皂剧呢？肥皂剧才是真实的生活。在真实的生活里，人是另一种活法。活在迷雾里，活在十字路口，活在无法喘息的重压里，被太多的琐事磨平了棱角，绊住了手脚。不敢往前，也不敢往后，害怕得到，也害怕失去。

　　年轻的艺术家终于冲过来，重新抱起了吉他，大声叫嚷着。

　　池晏没听艺术家在说什么，他侧过身，用身体挡住了陈松虞，然后说："我们换个地方说话。"

## 第十五章
## 相拥而舞

池晏拉着陈松虞的手腕，绕到了广场建筑的背后，然后松开了她的手。他背对着她，抬起手腕看了看表："抱歉，刚才的话就当我没说过，你别在意。"

他的声音很平稳，让人找不到丝毫破绽。陈松虞没说话，定定地看着他的背影，听见他继续道："我知道你后面还有很多工作，我也是。"

陈松虞想，她该感到轻松吗？她不用再做这个艰难的决定了。但或许，她在潜意识里也感到失望。

最终她只是平静地笑了笑："是，我还要剪片子。拍摄已经耽误了一部分整体进度，只能靠缩短后期制作的时间来弥补。"

池晏沉吟片刻，却道："不必了。"

"什么？"

"按照你的节奏就好。"

"可是我记得，我们最初在合同里约定，这部电影一定要在你确认的档期里上映。"

"不需要了。"

陈松虞微微蹙眉："为什么？你在怀疑我的能力吗？"

"当然不是，这与你无关，是我个人的决定。相信我，陈小姐，这部电影对我来说，同样有很特殊的意义。"

"好吧，我相信你。"她隐约觉得，他做出了一个很重要的决定。

过了一会儿，她又说："但我还是会按照原定时间完成这部电影。至于你们是否要调整档期,那是发行的事情,与我无关。"

"都随你。"

一时无话。陈松虞又开始疑心自己是否有些反应过激,难道临别前的最后一段对话,就这样冷冰冰的吗?视线往旁边看去,她这才意识到原来他们来到了广场另一侧的小教堂的门口。

路灯的阴影里,影影绰绰地浮现一扇装饰精美的红木门,门上刻满了繁复的浮雕,并有一对金色的荆棘王冠,门环上挂着一把沉重的大锁。这座教堂并不在夜间开放。

"那是迦楼罗。"陈松虞说。

池晏顺着她的目光,看清了教堂门上细致的浮雕,凶猛的半人半鹰的样子。鹰的喙和向外展开的金翅,与人的身躯合在一起。矛盾的搭配,怪异而带着愤怒。

"是不是很奇怪?"她走上前,栩栩如生的浮雕,被她仔细地抚摸后,仿佛追着她的手指活了过来,"迦楼罗明明是印度教的神,却被刻在了天主教教堂的大门上。"

池晏说:"的确很可笑。"

"我也是这么对我爸爸说的。"陈松虞笑了笑,"但他还是坚持每周来做礼拜。他是一个虔诚的教徒,自从……妈妈死了以后。"

池晏的声音变轻了:"抱歉。"

"不,这没什么,后来我想通了,有空也会陪他过来坐一坐。第一次来的时候,他还挺高兴的,到处向别人介绍我是他的女儿。"

"他是该为你感到骄傲,你这么特别,世上不会再有第二个像你一样的人。"

陈松虞说:"我慢慢地明白,他并不是真的信教,他只是想要……抓住点什么,神也好,信仰也好,说到底,只不过是给自己一个活下去的理由。"

"那你的信仰是什么?"她听到身后的男人冷不丁问道。

"我也不知道,大概是电影吧。"陈松虞转过头来,看着池晏,"你呢?好吧,不必说了——我还记得,你相信科学。"

池晏轻轻地摇了摇头,眼中有浅浅的笑意。浓密的睫毛垂下来,在昏黄的

098

灯光下，在下眼皮投下一圈扇形的阴影。

"不。"他说，"我的信仰是你，陈小姐。"

他的声音这样低，低得陈松虞疑心自己听错了，但是他还看着她的眼睛，眼神是不会撒谎的。陈松虞匆匆转过头去，在门口的信箱里摸索，找出了一把备用钥匙，说："你不着急走吧？我带你进去看一眼。"

池晏说："不急。"

陈松虞说："这个教堂很出名，有很多人慕名来参观。"

"好的，陈导游。"池晏微微一笑，一副调侃的口吻。

门缓缓地打开了，月光将他们的影子送进了这幽暗的教堂。教堂内部与低调的外观相比，是难以想象的奢华。

大理石墙壁和镀金箔的石柱上，每一寸肉眼可见的空间，都被不分年代和风格的、极尽繁复的浮雕和壁画嵌得满满当当。密集，耀眼，瑰丽，金碧辉煌，这样的视觉轰炸，就像到了天堂。

"美吗？"她问。

"嗯。"池晏在她身后轻声道，"很震撼。"

无论来过多少次，推开那扇门的时候，陈松虞总会下意识地屏息，陷入沉默。站在这样宏大的建筑物面前，人总是会更加感知到自身的渺小，产生出一种本能的敬畏。然而这一刻，她还感到深深的战栗。因为池晏说，她是他的信仰。

信仰——这是一个多么沉重的词。假如他只是想说一句情话，那这未免也太过高明。

突然，"吱——"的一声轻响，陈松虞转过头，看到池晏站在告解室门前，一只手拉开了门。他目光灼灼地望着她，做出了一个邀请的姿势。

"I confess."他轻声道，并对她眨了眨眼。

陈松虞笑了。向自己的"信仰"告解，的确是很虔诚的做法。她不自觉地走了过去，坐在了神父的位置。隔着告解室的窗格，那位满腹罪恶的信徒也半倚着墙面，姿态甚至比她更优雅。

"你应该跪着。"她开玩笑一般地提醒道。

池晏声音变得低哑："很遗憾，我只在求婚的时候才会下跪。"

陈松虞："……"

"你可以开始了。"她生硬地说，"不然我就走了。"

告解室是黑暗而狭窄的，但仍然很精美，视野所及的每一寸都被烛光照亮，流淌出令人沉迷的质感。

他们相隔很近，甚至能听到彼此平稳的呼吸声。陈松虞并不紧张，她猜测着池晏将要对自己坦白些什么，多半也只是几句俏皮话——他很会说这些话，假如他愿意。池晏的确是个充满魅力的男人，没有人可以否认这一点。

"我做了一个梦。"池晏开口了。

陈松虞心口莫名地一紧，她察觉到他语气里的郑重。

"在这个梦里，我只剩五年时间。五年之内，我会慢慢地变成一个疯子。最终，被人赶下台，一败涂地，一无所有。"

他开始以一种平静得近乎残忍的口吻，缓慢地、清晰地讲述了这个梦境里更多的细节，逼真得简直可怕，仿佛那一切都是已发生过的，又或者说，都是证据确凿的未来。他有心而无力，眼睁睁地看着自己发疯、自毁，将半生基业都拱手送给敌人。

陈松虞渐渐听得身体发冷，直到池晏问她："陈小姐，你说，我该相信这个梦吗？"

陈松虞感觉自己的心像是被撞了一下，她说不清自己此刻是什么感受，心悸、心慌，还是……心疼？

她不由自主地凝视着池晏。摇曳的烛火，照着他低垂的眉眼，那张英俊的脸被无数阴影分割，变得更加深邃和晦暗。

"你看着我。"陈松虞说。

池晏抬过头来，陈松虞对上一双阴郁的、毫无感情的眼。只需一眼，她就知道，他还在那场噩梦里。她问："你在害怕什么？"

池晏一怔，眸光闪了闪。

她平静道："相信又如何，不相信又如何？这不过是一个梦而已，何必要为还没有发生的事情去烦恼？未来的事，谁都说不清楚。"

"别说五年了。"她的手指轻轻地在膝盖上画着圈，"我甚至不知道，明天自己会出现在哪里……"

话说到这里，面前的门被猛地拉开了——"哐！"因为他太用力，整个告解室似乎都颤抖了起来，像发生了山崩地裂的地震。

高大的男人站在她面前，逆光的轮廓，令他看起来像一尊静止的雕塑。他背对着烛火，背对着月色，背对着漫天神佛，却唯独面对着她。这尊雕塑又活了过来。池晏慢慢地弯下腰来，半跪在地上。

陈松虞心口一跳，莫名地想起这个人刚才说的话，或许他自己都已经忘记了。池晏沉默着，伸出手捧住她的脸。

"我害怕什么？"他轻声道，像情人的低喃。

他的掌心是陈松虞熟悉的温度。太熟悉，太久违，她甚至感到亲昵，动作先于意识，她用脸颊轻轻蹭了蹭他的手掌，像只怠懒的猫。

池晏眯起眼睛打量着她，片刻后，他无声地闭上眼，贴近她的额头。

"我害怕失去你。"他说，"我害怕你再一次因为我而遭遇不幸，我也害怕你真的就此离开，从此我们再也不会见面。又或者我最害怕的是……"

月光终于斜斜地照进来，勾勒出他的轮廓，为他的眉眼、薄唇、下颌、喉结都勾上一层银线。只是当他合眼的时候，这世界都寂静无声，好像失去了色彩。

"那个梦里根本就没有我。"陈松虞轻轻地覆盖着他的手背，"那不好吗？难道你很希望我出现在你的噩梦里？"

"我希望你出现在我的梦里，每一个梦。"池晏低声道，"可是你说得对，你不应该在那个梦里，你也不应该在这里，你应该离我远一点……越远越好。"

说着应该让她远离自己，但他根本不舍得放手，反而更用力地捧住她的脸，热切地、不安地触碰着她。他粗糙的、湿热的掌心，摩挲过她细腻的皮肤，她没有挣扎。

接着是一个吻，他的唇不断地落在她的眼睛、鼻梁、下巴上，含情脉脉，像雕塑家在丈量自己最珍视之物。

陈松虞情不自禁地伸出手，隔着薄薄的衬衫，去抚摸他后背的文身。

原来他出了很多汗，大汗淋漓。仿佛文身都融化了，变成斑驳的颜料和图案，变成热带雨林的原始河流，穿过了起伏的山峦，穿过了后背的肌肉线条，融进她的掌心，变成掌纹的命运线。

突然之间，有种念头像灯塔上的信号灯，隔着幽暗的海面，远远地朝她照射过来。她突然明白了什么，她回想池晏今夜所说的这些话。

相信。不信。

跟他走。不跟他走。

他一直在让自己做选择，可是这个人，一向狂妄，一向自负又决绝，他何曾在陈松虞面前展现过这样的一面。他应该是高高在上的猎人，无论想要什么，都能够轻而易举地得到；他不应该放纵自己失控，不应该问她"好不好"，不应该害怕被她拒绝，这不像他，这不是他。

陈松虞不知道他这种改变究竟是从哪一刻开始的，但这一刻，池晏跪在她面前，在这个教堂里，在壁画、神明、月光的注视下，如此隐秘，如此寂静，像一场华丽得不真实的梦。

"好，我跟你走。"她在他的耳边轻声道。

街头艺术家又坐回了自己原来的位置，抱着吉他，随意弹着什么。夜渐渐深了，弹完最后一首，他也打算回去，目光却突然捕捉到两个熟悉的身影从阴影里慢慢地走出来。他大喊道："你们还没走啊！"

这次再没人忽视他了。陈松虞转过头，笑问："你的吉他没事吧？"

艺术家挠了挠头："哈哈，这算什么呀，我自己平时弹激动了也会砸它呢。"

陈松虞又问："那我可以点歌吗？"

"当然！"

池晏这时也走了过来，他唇角微勾，直勾勾地望着陈松虞，眼神很愉悦。

艺术家不禁问陈松虞："干吗找我啊！你后面那个人明明弹得那么好……"

陈松虞将食指放在唇上，轻声道："嘘，他有别的用处。"

艺术家被她这一眼的风情所震慑，点了点头。

池晏没听清他们说什么，下一秒，陈松虞转过身来，突然抓住他的衬衫衣领，身体前倾。他十分配合地向她凑近。

夜色渐沉，广场周围已经没有其他人。河上有灯光的倒影，金黄与深蓝，像被揉碎的星空，梦一般的色泽。她说："好了，走之前，我们要做最后一件事。"

一双雪白的手臂搭在他的脖子上,这邀请已经足够明显。池晏微微一笑,扶住她的身体。

"……这是我小时候的梦想,在这个广场上跳舞。"

身后的吉他声已经响了起来,是一首非常欢快的舞曲。节奏明快,每一段旋律都充满了盛夏的炽热。池晏搂住陈松虞的腰,在她的耳畔轻声道:"这么多年,才终于得偿所愿?"

"其实也没有。"

"嗯?"

"因为你跳得太烂了。"

池晏闷笑出声。

实际上他们这根本不算跳舞,只不过是随着音乐,懒洋洋地晃动身体,时不时手肘相碰。古老的广场,此刻也变成一座巨大的、空旷的舞池,见证这两个人相拥而舞的时刻。

"好像是某部电影里的桥段。"陈松虞回忆着说,"我忘了。你知道,小的时候,总是会幻想很多电影情节可以发生在自己身上……"

"嗯,陈小姐,你真浪漫。"

"第一次有人用这个词来形容我。"

"是吗?那他们都用什么词?"

陈松虞心想,工作狂,电影疯子。但她只是半眯着眼,懒懒地说:"算了,不说了。"

池晏定定地看着她,仿佛要将她的每一个微表情都记在心里。

"好,那就不说了。"他说,"反正那些人都无关紧要,我懂你就够了。"

陈松虞心里一软,更用力地环住他的脖子。

艺术家开始唱起歌来。原来这才是他真正的撒手锏,尽管他吉他弹得很一般,歌声却十分诱人。醇厚、深情,像空气里慢慢蒸发的酒精,让人迷醉。他面前的两个人,贴得越来越近。终于,池晏将陈松虞揽进了怀里,结实的手臂紧紧扣住她的腰。

这里仿佛下了一场无形的大雨,将他们困住,空气都因此变得湿热而缠绵。

艺术家唱了一首又一首,终于累了,大声喊道:"好啦!我真的要回家了!"

陈松虞转过身,十分认真地感谢他。

艺术家的手机突然响了起来,他很随意地低头看了一眼,然后愣住了——他的公开账户里刚刚收到一笔巨额转账。

"你……你们……"他抬起头来,咋舌地望着面前的两人。

池晏半抬着手,漫不经心地对他挥了挥手机。

艺术家在震惊与狂喜中离开了。

广场上,只剩下池晏和陈松虞站在一起。他们莫名地从彼此的眼里,看到某种意犹未尽的情绪,像夏日池边的雾气,久久不能散去。

池晏问:"不如我们换一部电影?"

他的声音很轻,有种难言的性感。

陈松虞一怔:"什么?"

"等我。"说完,他消失在了广场的一角。

过了会儿,她看到一个修长的身影站在河岸,旁边还停着一辆新型摩托车。他手中抱着一只电子头盔,含笑看着她。她呼吸一滞,路灯之下,这一幕光影简直太完美,真像复古老电影里的画面。她走过去,问:"摩托车哪里来的?"

"买的。"池晏指了指路边一家便利店。

陈松虞笑道:"看来今天有人下夜班之后只能走路回家了。"

"不。"池晏懒洋洋地笑道,"我给他的钱,足够他再买一架飞行器了。"

他跨坐上车,又转过身来,微笑地看着她,那眼神亮得惊人。

陈松虞想,他一定没有驾照,然而她依旧毫不犹豫地,像被海妖蛊惑的船员,抱住他的腰,坐了上去。她隔着薄薄的、被风灌得鼓起来的衬衫,将额头抵在他后背的文身处,他们沿着河岸飞驰而去。

池晏无疑是个热爱刺激的危险分子,他肆无忌惮,横冲直撞。即使戴着头盔,陈松虞仍然能听到呼啸的风声,像是飓风,像被飓风掀起的海浪,一层层冲刷过她。城市的高楼与灯火也变成一道道迷离的光,太绚烂,从她眼前掠过,让人目不暇接。

她已经很多年没有尝试飞行器以外的交通工具,但是此刻,她突然明白了为什么机车党在这个时代依然能存在。这种在地面飞驰的感受,太令人迷恋了,根本无法被其他交通工具所替代。

通过头盔里的蓝牙耳机,陈松虞又听到了池晏的声音。他问:"你知道我们在演哪一部电影吗?"

陈松虞想了想:"《天若有情》?"

"不是。"

"《壮志凌云》?"

"也不是。"

隔着巨大的风声,陈松虞依然能听到他低低的笑声:"陈小姐,你实在太高估我了。"

"也是,你怎么可能看过这些电影。"

"嗯,再猜。"

一个根本不可思议的答案突然出现在陈松虞的脑海里。

"……是我的电影。"她难以置信地说。

池晏轻轻一笑,替她说出了那剩下的四个字:"《基因迷恋》。"

从没有哪一次,陈松虞的心跳得这么快过——飙车也不曾让她的肾上腺素飙得如此之高,仿佛全身的血液都涌向了头顶。

陈松虞说:"他们可没有骑机车。"

"你知道这里离机场有多远吗?"池晏在头盔里大笑,"我已经尽可能地还原场景了。"

满天星光被风吹散了,霓虹灯影也被揉碎在轮胎下。恍惚的视线,与电影最后那个长镜头渐渐重叠。

有人在街头狂奔,而她和他骑着这辆摩托车,一路向前冲。陈松虞觉得自己好像完全放空了,其他什么都不存在了,只有掌心的触感是真实的。她紧紧地抱着他。

某种接近狂欢的情绪彻底感染了陈松虞,她和他一起大笑道:"你说得对,生活嘛,怎么可能跟电影一模一样。"

但这已经是她的人生与她的电影最接近的时刻。这一刻,她忘掉了基因,他们只是一个男人和一个女人。无关未来,只有现在。

直到坐在飞船上,凝视着窗外静谧的太空,听着浴室里隐隐的水声,陈松虞的心情才渐渐地平复下来。她想,这真疯狂,她怎么会跟发了疯一样。她低下头,打开手机。

不久,池晏带着满身水汽推开门进来:"在干什么?"

"给我爸爸发消息,说我要临时出去度假。"

"度假?"池晏笑了笑,"不错的理由。那你的工作呢?"

"我让张喆把剩下的素材都发给我了,我只需要一台电脑。"

"好。"他走过来,坐到陈松虞身边,"我还没有问过你,为什么答应跟我回来?"

哦,真是个直白的问题。陈松虞抬眼,恰好看到一滴水珠,碎钻一般,顺着古铜色的皮肤滑进衣襟深处。她感觉自己看到了非洲草原上的猎豹,当日光照耀在它光滑的皮毛上时,那光斑令人目眩神迷。

她微微一笑:"伸手。"

池晏将手掌乖乖地在她面前摊开,而她从衣服的口袋里拿出了什么东西,放在他掌心,是一盒薄荷糖。

"因为我要监督你戒烟啊。"她说。

池晏不禁失笑:"你什么时候买的?"

"机场。"

"多谢你。"他湿热的掌心慢慢收拢,握紧了这小小的糖盒,也顺便握住了陈松虞尚未来得及抽离的柔软的指尖。他突然觉得,戒烟这件事,好像也没有那么难了。

他渐渐感到有一股淡淡的倦意袭上心头,眼皮也变得沉重。他竟然会觉得困,这可真稀奇。他放任自己倒在了沙发上,合上眼的一瞬间,他仍然与她十指紧扣。薄荷糖的清凉,抵消了尼古丁的苦涩,在舌尖慢慢地扩散开。

"不要松手,好不好?"他对她说。

陈松虞"嗯"了一声。

"睡吧。"她的声音很温柔,"你不会再做噩梦了。"

直到池晏睡着了,陈松虞仍然在工作。她没有任何睡意,大脑异常活跃,她打开了手机投影,手指在半空中快速地移动。但她只有一半的身体是自由的,因为她的一只手还被池晏攥着而无法动弹。

即使在睡梦中,他的掌心也如此沉稳有力。起初他们只是十指相扣,某一刻陈松虞想要换一换姿势,立刻被他察觉了,他的另一条胳膊伸过来,手臂慢慢收紧,蛮横地按住她,像温热的、迅猛的藤蔓缠住她。她只能一动不动,哭笑不得地看了他一眼。

他睡得好极了,与充满进攻性的动作相比,他的睡姿极其安详。原来像他这样的人,也会有彻底卸下防备的时刻。

陈松虞心里一软,某种柔软的情绪,像温热的池水,沿着他们交握的十指紧贴的皮肤,一寸寸浸透她的身体。这一刻,她是被人需要的,是被他需要的。

这些年来,陈松虞已经习惯一个人生活,习惯一个人解决所有事情。她不愿意跟任何人有过多的接触,她逃避一切可能的亲密关系,这大概是一个成年人本能的自我保护。直到现在,她才发现,原来被人需要的感觉……并不糟糕。

窗外就是浩瀚的宇宙,她在这张沉睡的脸上看到了太空的倒影,如此静穆,时间都仿佛在此刻静止。

不久,张喆将她需要的素材都打包发了过来,顺便还给她打了个电话,被陈松虞手疾眼快地掐掉了。张喆便知情识趣地改为发文字消息。

张喆:还是找个剪辑师来帮一帮你吧,陈老师,不然你根本没时间休息的,这也太累了。

陈松虞:我不在K星,跟剪辑师远程沟通会很浪费时间,还不如自己来。

张喆:啊?老师你在哪里?

陈松虞:S星。

张喆:正好啊,我有个剪辑师朋友,他就在S星。

他将那个人的履历发了过来,陈松虞看了几眼,就判断出此人有两把刷子,之所以没什么名气,大概是因为他一直不肯离开S星,而电影产业的绝大多数资源都集中在了更繁荣稳定的 K 星。

事情很快就谈妥了。张喆很快联系上了他,对方当然也毫无异议。陈松虞决定到 S 星后,就去跟他见一面。

又过了一会儿,池晏终于醒了过来。陈松虞察觉到身边的动静,转过头去,恰好看到他很自然地握着自己的两根手指递到唇边,轻轻吻了吻。毫无情和欲的动作,仿佛是身体的本能,她心头一热。

"早安吻。"他的声音很低,还带着晨雾般的沙哑。

陈松虞笑了:"你刚才做噩梦了吗?"

其实从他的眼神里,她就得到了答案。果然,他说:"没有。"

"不知道为什么,只要你在,我就会睡得很好。"虽然他一直断断续续地受失眠困扰,但是从他搬出他们的酒店套房,再也见不到她开始,才每况愈下。

"看来我很有做安眠药的潜质。"陈松虞说。

"嗯,说不定你是唐僧肉,咬一口,就能长生不老。"他捉住她的指尖,不轻不重地咬了一口。

他咬得一点都不痛,反而麻麻的,有种很勾人的痒。陈松虞说:"那你可能是蜘蛛精。"

这时宇航员开始广播,飞船即将进入大气层,请他们回到座位。

"好了,都广播了,你真该回去了。"她对"蜘蛛精"说完,蜷起手指,试图将手抽回来。但她不仅挣扎失败,飞船还小幅度地颠簸了一下,她的身体跟着晃了晃,又撞进了池晏怀里。他自然而然地揽住她的肩,手臂慢慢收紧,笑得一脸餍足。

"这么听话?"他在她耳畔低笑道,"陈小姐,不要忘了,你可是开过飞行器的人。"

"我一向很遵守星际旅行安全守则的。"

"和你相反,我一向不在乎这些无聊的规则。"

陈松虞心想,的确,她对这一点深有体会。她想推开他,但毫无用处,池晏不仅坐得纹丝不动,还刻意地与她贴得更近,她能清楚地感受到他的呼吸落在自己的耳畔。

接着他又托起了她的手臂,将整个手掌覆盖上去,重重地捏了她一下。

"你干吗?"她低声问。

"别动。"池晏微笑道,"我帮你按一按。"

陈松虞没想到他竟会注意到这一点,刚才她这条手臂一直被他压着,被迫维持一个姿势,早就麻得失去了知觉。

"你还会按摩?"她问。

"试试不就知道了。"

池晏的确有两把刷子,他四指并拢,虎口抬起,掌根用力,动作轻柔,且很有技巧。温热的指腹与掌心着力在她细腻的皮肤上,一圈圈地揉动着原本僵硬的肌肉。渐渐地,她开始享受他的手法,沉浸在他的按摩里。

"满意了吗,这位客人?"他在她耳边用低沉的气声说,"要不要再来一个钟?"

陈松虞微合着眼,扮演一位完美的客人:"要的,我有很严重的颈椎病。"

他的问题分明别有深意,她却故意用这样一本正经的口吻来回答。池晏不禁又笑出了声,笑过之后,更卖力地替她按起肩颈来。还真像个按摩技师一样,对这位陈导演过于僵硬的斜方肌发表了相当专业的评价。

"弹吉他、按摩……你怎么会做这么多事情?"陈松虞问。

尽管他们在一起经历了这么多,但她依然觉得,自己并不够了解池晏。她听说了他那所谓的"未来",但她更想要知道他的过去是怎样的,他在怎样的地方长大,他过着怎样的生活。

池晏淡淡道:"不好吗?"

紧实有力的指尖缓缓地按压着她的后颈,陈松虞紧绷的肌肉一点点放松下来。

"好,好极了。"她懒洋洋地说,"麻烦再加一个钟。"

回答她的只有放肆的大笑。

不幸的是,飞船很快落地,这令人意犹未尽的按摩服务也只能暂时告一段落。

陈松虞站了起来,池晏站在她身后,他高大的身躯朝她俯下来,手指在她后颈缓缓地摩挲,声音倦懒而低哑:"这位客人,不给我一点小费吗?"

陈松虞说:"那你还要再努力一点才行。"

"吝啬的陈小姐。"

从 VIP 通道出来,已经有人等在外面。

"哥!嫂子!"一个清亮的声音喊道。

陈松虞看到了一个神情开朗的少年,对方打扮得像个当代嬉皮士,热情洋溢地冲着他们招手。

不同于池晏,这个少年的眼里毫无阴霾,一张显小的娃娃脸,乍一看,实在无法判断年龄。这应该就是那一夜她从飞行器里出来时,曾听到的那个声音。

大概也是那个给她发虚假消息,骗她去跟池晏吃饭的人。

少年一靠近,就摆出了一脸邀功的神情,对着池晏挤眉弄眼。池晏权当没有看到,对陈松虞介绍道:"路嘉石。"

"嫂子好。"路嘉石笑嘻嘻地说。

陈松虞微微一笑:"你不该叫我陈老师吗?"

对方一时没有反应过来,她继续道:"谢谢你昨天请我吃饭。"

路嘉石终于明白了,她在说昨晚的那场恶作剧。不知为何,他觉得面前这位陈小姐尽管笑得很温和,但莫名地有种强大的气场,和池哥很像,不愧是他的嫂子。尽管看起来他哥还并没有完全搞定人家,不过也快了,人都来了,还能轻易放走吗?

路嘉石对池晏抛去一个鼓励的眼神,然后转过头,一脸笑嘻嘻地说:"哈哈哈,嫂……陈老师,这有什么,难得你来我们这边做客,想吃什么就跟我说,我……我让我哥带你去!"

"好啊。"

陈松虞笑了笑,登上了飞行器。为了照顾她这位外地游客,路嘉石还特意吩咐驾驶员绕了一圈远路,经过本星著名景点。在这个过程中,陈松虞算是感受到路嘉石有多么直男了——他执意要领她去看的,竟然就是那座传说中的总督府。

总督府极其富丽堂皇,金碧辉煌,四周有镭射一般的高光照着,又刻意仿照了金字塔的形状,犹如一座坚不可摧的堡垒矗立在高高的总督山上。如此高大，又如此遥远，仿若穿越时空的海市蜃楼。

"再过几个月，我们就是这座总督府的主人了。"路嘉石说。他的声音里充满了少年的野心，意气风发，还有对权势的渴望……

这样的自信并非空穴来风，从目前几次民调来看，池晏的确是最有竞争力的一位总督候选人。即使不是万无一失，他也有相当大的概率当选。

陈松虞又想到了池晏所做的那个梦。梦里，他入住了总督府，然而可怕的是，这对他而言，并非顶峰，而是下坠的开始。

她看了池晏一眼，他面无表情，淡淡地凝视着那座总督府。晦暗的日光照着他雕塑般的轮廓，显得格外冷酷。鬼使神差地，陈松虞伸出手，在座椅下面握住了他的手指。

"会好的。"她轻声道。

池晏缓缓地回过头来，轻轻捏了捏她的手指，眼中渐渐地染上一丝暖意："嗯，会好的。"

很多年来，他都迷恋站在高处的感觉。向上，向上——这个词像致命的违禁药一样，盲目地吸引着他，令他上瘾。阶级、出身、地位……这些就像是他的原罪，所以他要拼命往上爬，要得到更多。

在底层的时候，他想要离开贫民窟。等站到了地面，他又想要继续往上走。有了钱也不够，还要有名，要能被世人爱戴和崇拜。那就站得再高一点，再高一点，直到他能够彻底将规则踩在脚下，能够去触碰他原本碰不到的阶级，才是真正赢了。

赢了吗？他也不知道，他甚至不知道自己究竟要得到什么。欲望，名利，权势，这些东西追求到极致，也只剩下空虚。

直到这一刻，他才知道，原来那些都无关紧要。他最想要的，只是有一个人，像现在这样坐在自己身边。当他站在噩梦边缘的时候，那个人能够握住他的手，用坚定而温柔的声音，对他说："会好的。"

池晏抬起头，凝视着面前那双明亮的眼睛。他在心里反复地默念这三个字，就像咀嚼一颗薄荷糖。他想：会好的，只要你还在我身边。

飞行器远远地驶离了总督山。

池晏问她："你想不想去看一看传奇？"

陈松虞一怔："我以为他已经……"

池晏说："他还活着。"

他们很快来到一座隐蔽的高级医院里，这里机关重重，如同戒备森严的堡垒。走过一段甬道，出现了无数四处扫射的探照灯，刺目的白光几乎织成一张密密的保护网。陈松虞在铅灰色的墙壁上，看到一个熟悉的图腾，正是她曾经在池晏手下的身上所见到过的文身图案，看来这是他名下的医院。

隔着玻璃墙，他们看到传奇躺在病床上熟睡。宽大的病号服和复杂的治疗仪器遮挡了大部分视线，但想一想也知道，他一定满身是伤。

陈松虞还记得那一夜自己所触碰过的、被鲜血浸透的温热躯体，以及自己当时惊骇的心情："他还活着，真是太好了。"

池晏沉默地站着，玻璃上映着他的倒影，他的目光很是阴郁，显然他并不为此感到高兴。

陈松虞问："你们是什么时候找到他的？"

"第二天。"池晏淡淡道。

"我听说，官方定论这次爆炸是一场意外事故……"

"嗯，当夜贫民窟戒严，第二天他们再进去，所有的痕迹都已经被抹去了。"

有人把事情压了下来。是谁，他没有告诉她。知道得太多，对她并没有好处。

"那你的……人呢？"

"在收尸的时候，找到了传奇，他还剩一口气。"

一时之间，陈松虞不知道说什么好。大脑在飞速地运转，脑海里有两个声音吵了起来。

一个声音说："传奇怎么可能没死？他肯定是内鬼。谁没死，谁就是内鬼。那一夜的事情本来就疑点重重，如果不是有人里应外合，怎么可能做得天衣无缝？"

另一个声音说："如果傅奇真的是内鬼，那群人会不管他的死活，把他扔在原地等死吗？"

反驳的声音又来了:"他们是故意的,就是要演一场苦肉计,才能够让他彻底地取信于池晏。"

陈松虞垂下眼皮,望着病床上那面色苍白的年轻人,内心泛起一阵冷意。她想,这真是一个恶毒的选择题。

或许那些人就是故意的,就如同先前在S星剧院发生的事情一样,当夜在贫民窟的事,已经彻底死无对证。既然没有证据,怎么解释都说得通。傅奇究竟有没有背叛,最终只能看池晏的选择,看他是相信,还是不信。

设身处地地想一下,即使是她自己,也不可能完全信任傅奇。可是她往日里与傅奇相处的画面,慢慢地浮现在眼前。她记得有一次自己故意为难他,让他一次次地跳海,他还真就照做了。到最后整个人泡得脸色发白,嘴唇发抖,依然毫无怨言。

这样一个沉默寡言的年轻人,会背叛她和池晏,会在那个暗无天日的夜晚,眼睁睁地看着他们送死吗?

陈松虞深吸一口气,低声道:"我知道这是你的事,我不该多嘴,但你至少再想一想,不要轻易做出这个决定……"

话还没有说完,池晏就从背后抱住了她,陈松虞的心跳漏了一拍。池晏将头埋在了自己的颈窝,以一种过分依赖的姿态。

陈松虞莫名地感到心疼,心疼傅奇,但更心疼池晏。她和傅奇这个年轻人只相处了那么一段时间,她都心存不忍,那么池晏呢?傅奇跟着他的时间更久,他也是人,他也有感情,但他被硬生生地推到了这个位置,有那么多双眼睛看着他,看着他落败。不仅那一夜跟随他的人都死了,他还被迫要将矛头指向唯一一个活下来的人。

人命关天的事,不能怀疑,但也不得不去怀疑。理智,猜忌,权衡。这一切,都像刀子一样,血淋淋地剜着他的心。

"我知道。"他的手臂慢慢收紧,声音低哑。

"如果你需要的话,"陈松虞说,"好歹傅奇也在我身边跟过一段时间,我还算了解他。"

"所以呢?你相信他?"

"我不知道,但我希望自己可以相信他。"

"希望……很可惜，我们的世界，没有希望。"

陈松虞噎了一下。

"那我们就等一等再做决定。"她低声道，"一定会有办法的。"

我们——这个词取悦了池晏，他"嗯"了一声，蜻蜓点水地吻她的锁骨："好，等他醒了再说。"

他柔软的唇贴上来，像一个小小的熨斗，陈松虞被狠狠烫了一下，但还是不忍心推开他。在旁边的玻璃上，她看到了自己，和拥抱着她的男人。

男人低着头，眼中尽是浓得化不开的黑暗。明明是在灯火通明的病房，四壁皆是刺目的白，只有他们站在虚幻的阴影里。身后像有一个旋涡，侵扰着她，勾缠着她。他在想什么？她不知道。

突然之间，池晏翻过身来，抓住陈松虞的胳膊，拖着她往前走。

"砰"——他近乎蛮横地用肩膀撞开了一扇门，将她推进了一个杂物间。门又被狠狠砸上了，一片黑暗中，一股刺鼻的消毒水味道，让人眩晕。

接着是疾风骤雨般的吻。

他将她按在门后，按住她的手肘，额头抵着她的脸，与她十指交叠。他狠狠地压住她的唇，吻她，咬她，像一场最原始、最本能、最凶猛的攻城略地。他堵住她的呼吸，吞咽她的气息。

他的手指灵巧地伸到她脑后，伸进她的头发里，搅乱了她柔软的发丝，还将她的头绳扯开了。轻微的"啪"的一声，头绳不知掉到了哪里。

在这没有灯光的房间，窗外的一轮满月都像被他揉碎了——月光从窗外倾泻进来，顺着他肆虐的指尖，缓缓地流淌下去。

有一瞬间，陈松虞觉得自己像是一个巨大的氧气瓶。他们就像站在高山上，由于海拔太高，空气稀薄，日光刺眼，这个高大的男人只能紧紧地压着她，向她掠夺，向她索取。她承受着这近乎令人缺氧的吻。

慢慢地，她顺应了他的节奏、他的心跳，他们的脉搏都跳动成了同一频率。

究竟该如何对待传奇，信还是不信，此刻他没有答案。那些说不出口的犹豫和踟蹰，都被压在唇舌之间。他在暗夜里行走了太久，所以一旦看到光，本能反应也只有吞噬。

不知过了多久，池晏终于放松了对她的桎梏，两人终于恢复了正常呼吸。陈松虞头晕目眩，挣开他的手，下意识地往旁边靠，没想到"砰"的一声，她撞上了一个巨大的架子。"哗啦啦"的声音，一大堆东西摔了下去。她的半边身子痛得一麻。

池晏手臂一伸，把她捞进了怀里，替她揉肩膀："痛吗？"

陈松虞老老实实地说："痛。"

他笑得更愉悦，那种郁结的、烦躁的心情和近乎失控的破坏欲，在这一刻，消弭殆尽。

过了一会儿，池晏揽着她的肩，重新拉开了那扇门。

"我让人先送你回去。"他说，"你还有事，是吗？"

"嗯，去找一个剪辑师。"陈松虞往外走，脚边却踢到了什么。她低头一看，是一把坏了的锁。

刚才池晏硬生生把门撞开了，真够疯的。

她抬头看了他一眼，叮嘱道："如果傅奇醒了，记得要告诉我。"

"好。"

陈松虞转身离去，而他仍然站在原地，长久地凝视着她。

陈松虞离开后，池晏去做了一次全身检查。这是他名下的医院，也只有在这里，他才能真正放心。体检结果很好。

"恭喜你，Chase，你的身体并没有任何问题。即使你现在拿着这份报告去报考星际宇航员，对方都会举双手欢迎。"

池晏笑了一声："宇航员？"

医生说："咳咳，我就是打个比方。至于你所提到的失眠，从身体监测记录来看，最大的可能性是精神原因——压力过大，忧虑过度。你知道吗？从前还有一种心理疾病，叫作'大选焦虑症'。总而言之，尽量试一试我推荐的行为疗法……"

池晏端详着手中这份详尽的报告，神情平静。

医生很快话锋一转，声音又变得严厉："作为你的主治医生，我有义务提醒你，无论你的失眠多么严重，都不可以再去尝试那些精力药剂了。就算这种新型药物在短期内看不到副作用，但也不能完全放心，它一定会对你的身体有影响。"

池晏问："比如呢？"

"我也暂时无法确定。"对方叹了一口气，"我只能推测，你的中枢神经系统会受损，也许会导致躁郁、易怒、焦虑、意识紊乱……"

"有可能做噩梦吗？"

"当然。"

池晏"嗯"了一声。他的确用过几次这种药。当时他彻夜失眠，白天还要频繁地出入公众场合，没办法，总不能在镜头前显出疲态，只好靠药物来支撑。精力药剂导致他躁郁和做噩梦，这听起来是个很合理的解释——但是，太合理了，天衣无缝，反而可疑。他从来不只满足于浮在表面的答案。

医生又给池晏安排了几项检查，检查结果仍然一切正常，医生松了一口气。但是池晏的脸色没有变化，还是一贯的喜怒不形于色。直到离开的时候，他才对医生微微一笑："放心，我已经不会再失眠了。"

医生怀疑地看着他："为什么？你不会是找实验室研发出了什么新式安眠药吧？我跟你说，别瞎折腾了。任何化学物质，只要能够调节你的生理机能，就一定会伴随着不良反应。药效和毒性向来是相辅相成的……"

"是安眠药。"池晏的笑意更深，露出一口洁白的牙齿，"但不是你想的那种。"


陈松虞与那位剪辑师所约定的时间，就在今天下午。那位剪辑师在闹市区开着一家自己的工作室。出于良好习惯，陈松虞到达的时候，比约定时间还提前了一点。然而到达目的地的时候，她错愕地看着前方，疑心自己找错了地方。

这竟然是一家酒吧，里面狭窄而逼仄，墙上挂满了电影海报，桌子和椅子乱糟糟地堆在一起，也没人收拾，像是昨夜在这里发生了一场大战。现在是大白天，不知道是不是到了营业时间，总之门还敞着。

往里走几步，就仿佛踏进了幽深的洞穴。灯太暗，一股呛鼻子的烟味和酒味，熏得人头晕。

陈松虞翻了翻手机,才发现张喆只给自己发了地址,没附上联系方式。

这家酒吧旁边还有一家餐馆,她出了酒吧,走过去问:"劳驾,请问隔壁的老板是叫阿奇吗?"

"是啊。"服务生正在算账,头也不抬地说。

"噢,多谢。"陈松虞说完就回去了。

服务生这时才抬头,看着她的背影,心道:阿奇这家伙,不是才抱着一个辣妹进去吗,怎么又来一个?

他挪了挪步子,挪到了酒吧门口,伸长了脖子往里看。没过多久,一个高大的男人不紧不慢地从他旁边经过,也走了进去。尽管只是一个背影,也莫名地透着压迫感。服务生顿时不敢看戏了,将脖子缩了回来。

陈松虞往酒吧深处走,一些声音断断续续地从走廊的尽头飘过来,似乎是有人在说话。她继续向前走,直到听清那声音是什么的一瞬间,她的动作才僵了一下。这两个人并不是在说话,而是……

陈松虞:"……"这什么人啊。

她看到门板的正中央还挂着一个写着"Archie Studio"的小牌子,还真是那个剪辑工作室。

陈松虞转过身,打算给张喆打个电话,却一头撞进一个厚实的胸膛。她根本不知道池晏是什么时候来的,又是在何时无声地站在她的身后。

酒吧里昏暗的光线,将池晏的轮廓照得异常深邃。他目光沉沉,低头看着陈松虞。

池晏的眼里浮上了一丝暗色,将陈松虞按在墙边,慢慢地低下头来,凑到她耳畔,声音低哑:"嗯?这就是你要找的剪辑师?"

陈松虞嘴角弯了弯,反握住他按在自己肩上的手:"对,这就是我要找的剪辑师。"

"很不幸,你的剪辑师现在……好像很忙。"

门外空荡的走廊上,两人依偎在墙边,贴得很近。后来陈松虞推开了他,池晏顺着她的动作,将手抬起来,不再桎梏她,仿佛在故意扮绅士。

他们指尖相触,缓慢而暧昧的摩挲。日暮夕阳,将他们的轮廓变成了昏黄的、颤颤巍巍的剪影,投射在墙面上。

陈松虞反问他："你来干什么？"

"这个地区不是很太平，我不放心你自己过来。"

"要多谢你的体贴吗？"

"不必客气。"

陈松虞觉得仿佛有一只小奶猫在挠自己的心，她强装镇定道："我发现了，贵星的社会治安的确很成问题。"

池晏低低地笑了一声："所以你最好不要离开我。"

门内的男女对外面的事毫无察觉。陈松虞感到极其不自在，就像是她故意在听这种墙角一样。但明明是池晏将她堵得死死的，让她走也不能走，摆明了不怀好意。于是她刻意地抬高了一点声音："未来的总督大人，还不赶快想出什么办法吗？"

"嗯，办法总是会有的。"池晏笑了笑，"但不是今天，不是现在。"

"为什么？"

"今天我的身份是……临时保镖。"

"临时保镖？"

"是，今天我唯一的任务，就是保护在S星度假的陈导演。"

"没想到我的面子这么大。"

"你的面子一向都是最大的。"池晏专注地看着她说，"但如果我说，现在你的保镖有个小小的心愿，陈小姐不会不满足他吧？"

金灿灿的夕阳，仿佛给池晏这张脸施了时间的魔法。当他对她微笑的时候，既风流，又不羁，有种令人屏息的性感。真是让人眩晕的一幕。

"什么心愿？"陈松虞问。

"……以下犯上。"

陈松虞清晰地看到了他凸起的喉结微微滚动，如此诱人的吞咽，像神秘的密西西比河。她想要后退，又无法后退。

"你不觉得，现在这个场合，很适合发生一点什么吗？"池晏用极尽蛊惑的声音道。

陈松虞的心仿佛被撞了一下。这真是个狡猾的男人。从登上S星的那一刻开始，他就变成了来势汹汹的猎手，对她虎视眈眈。她不过往后退了一步，他就立刻恢复了进攻性，甚至比从前更甚。他想要彻底地得到她，她的身体，她的灵魂。

陈松虞扯了扯嘴角。

难以形容是出于怎样的心理，她抓起旁边桌上的台灯，砸向那扇门——

"砰！"

一声巨响过后，是门内女人的尖叫声，伴随着衣物摩擦的声音，仿佛有什么重物摔了下来，接着是男人懊恼的说话声。

一门之隔，陈松虞已经能够想象里面鸡飞狗跳的画面，宛如一部荒诞喜剧。她在心里担心了一秒，希望阿奇不要被她吓得从此产生心理阴影，她发誓这绝非自己的本意，如果有可能的话，她一定会选择更温和的方式。

"你刚才说，这个场合适合怎么样？"她抬起头，笑盈盈地望着池晏。

暧昧的气氛瞬间烟消云散，池晏懒洋洋地捏了捏她的手指，又贴到唇边碰了碰："好了，下次这种事我来做就好。你不喜欢，我就不会继续。"

陈松虞一怔，不知为何，这句话所带给她的冲击，远胜于方才的耳鬓厮磨。

片刻后，"吱呀"一声，门终于开了。门板撞到了地上的台灯，发出一声闷响。一张不修边幅的面容撞进陈松虞的眼帘，他的头发乱糟糟的，下巴上有一圈青色的胡楂，他满脸不耐烦地说："谁啊？"

视线触及陈松虞的一瞬间，此人立刻清醒了。

"哦，是你啊，陈导演。"阿奇尴尬地笑了笑，"哈，哈，没想到你还挺准时的……请进，请进。"

他没穿上衣，瘦骨嶙峋，肤色是不健康的惨白。他一只手拎着皮带，一只手提着裤子，一边走一边匆匆地将皮带系起来，还差点被过长的裤管给绊倒。

池晏注意到陈松虞打量对方的眼神，于是凑到她耳边，低声道："有我好看吗？"

"嗯，你挺有出息的，还跟他比。"

"陈小姐，你不知道，坠入爱河的男人，总是很没有安全感的。"

他若即若离的气息，滑过陈松虞的耳郭。她一时不知道该说些什么，只好不去看他,打量起这间工作室来。

说是工作室,其实不过是一间过大的卧室。除了几台堆在一起的电脑,就是一张床最显眼了。凌乱的被单旁边,还隐隐地露出一双雪白的腿,显然是那位女主角试图将自己藏起来。

阿奇一边去拉窗帘,一边毫不客气地说:"你还不走?都说了我要工作了。"

新鲜空气伴随着傍晚的风,从敞开的窗户里灌了进来。

"你这人真是没点良心!"气恼之下,那女生直接将被子给掀开。她穿着很暴露,但好歹是穿了。只见她视线一转,发现了新目标。

"这位帅哥,我是不是在哪里见过你啊……"她蜷在床尾,抱着一团被子,看着池晏说。

池晏无动于衷,像没听到一样。他懒洋洋地倚在墙边,拿出一颗薄荷糖,含进唇齿间,目光落在陈松虞身上。

阿奇嗤笑一声:"你见过他?你平时不看新闻吗?动作快点,老板来了,别打扰我赚钱。"说着,他就毫不留情地将她从床上扯下来。

这女孩在门边转了个身,又很快黏到了池晏身边:"帅哥,我们留个电话好吗?"

池晏终于看了她一眼:"你确定吗?"

那女孩怔怔地望着池晏——这是一张英俊的脸不假,但奇怪的是,与他对视的一瞬间,有种令人不寒而栗的感觉顺着她的脊背往上攀爬。她觉得自己的汗毛都竖起来了,于是飞快地摇了摇头。

"不,不要了……"她转身就离开了房间。

阿奇原本背对着他们在电脑里找视频资料,转过头时,恰好看到那女孩逃一般地离开了房间。

"她怎么了?"他不解地说,"怎么跟见到了鬼一样?"

陈松虞旁观了这一切,她转头看向池晏:"好吧,池先生,现在我知道你是多没有异性缘了。"

池晏的舌尖舔了舔嘴里未化尽的薄荷糖:"的确。我的异性缘,已经在某个人身上用尽了。"

阿奇虽然做人不靠谱，但是业务能力很不错，剪辑风格和创作思路也跟陈松虞很合拍，两人甚至有种一见如故的感觉。

　　他们聊了聊大致的想法之后，陈松虞很快就敲定下来，由阿奇来担任这部电影的剪辑师。

　　"我还有一个要求。"陈松虞又说，"希望你以后能够守时，不要在工作时间忙一些私人的事情。"

　　"好吧。"阿奇拖长了声音，不情愿地说。

　　"外面那间酒吧也是你的吗？"

　　"是啊，钱不好赚，只好打两份工了……"

　　陈松虞看得出来，阿奇开酒吧并不是为了赚钱，只是为了享受那纸醉金迷的生活。不过别人的生活方式与她无关，她继续道："那至少我白天过来的时候，希望你可以专心工作。"

　　池晏原本倚在一旁处理其他公事，闻言抬起头来："白天过来？"

　　陈松虞说："是啊，我要长时间和剪辑师待在一起的。"

　　池晏看了一眼角落里那张凌乱的大床："所以，你们两个人，要在这种地方……朝夕相处？"

　　"这只是工作。"陈松虞感到头痛地说。

　　"那也不行。"池晏看着她的眼睛道，"就算不是因为他，这种乌烟瘴气的工作环境，也不适合你。"

　　"那怎么办？我买个空气净化器？"

　　"不，我有一个更好的想法。"池晏微微一笑。

# 第十六章
# 命运的原点

半小时后,他们三人来到了池晏的科技园区。

阿奇从下飞行器开始,就维持着目瞪口呆的傻样。此刻见到新办公室,他更是一改之前的吊儿郎当,抱着一台最新款的触屏电脑,根本不撒手。

"梦中情人!"他十分激动地说。

他需要的所有设备这里应有尽有,不仅有数台功能各异的电脑,墙壁本身也是触屏板,还有一整面采光极好的落地窗,站在窗边能够俯瞰整座如太空飞船一般的园区。这不仅是他,也是任何人梦寐以求的工作环境——宽敞、舒适、开放而自由。

只有陈松虞的表情有些微妙,因为池晏的办公室与这里只有一门之隔,甚至连"门"都只是玻璃墙。从池晏的办公室往这边看,一览无余。

他绝对是故意的。

"要参观一下吗?"趁着阿奇还沉浸其中,池晏对陈松虞做了个手势。

陈松虞想,为什么不呢?反正以后大家要真正朝夕相处了。她答应下来:"好啊。"

池晏的办公室视野良好,设计简约,有一整面书墙和两台电脑。

离开办公室,再穿过一个会议室,就是一套平层公寓。

"你平时就住在公司?"陈松虞问。

"是啊。"

"那你的家……"

"这里就是我的家。"

陈松虞以为,像他这样身价的人,可能会拥有一套大别墅,一座庄园,甚至一座海岛,或是一个偏远的星球。但眼前这个男人却告诉自己,他的家就在他的公司总部,紧挨着办公室。

"所以你根本没有家。"陈松虞脱口而出——往常她并不是这样直白的人。

"这么说也没错吧,我好像一直不太需要那种东西。"

他接着说:"跟我来。"

他打开了公寓的门,这里果然和办公室是同样的风格,优雅,简约,只是没什么生活气息。

"选一间卧室。"他说。

陈松虞:"?"

她诧异地看着他:"我住这里吗?"

池晏理所当然道:"不然呢?"

"……"他们已经住过同一间套房了,那也没什么好扭捏的。而且出门就是办公室这点,在某种程度上也深得她心。

两间空卧室大同小异,陈松虞随便挑了一间。从房间里出来后,她看到走廊尽头还有一扇紧闭的门。池晏注意到她的视线:"那是我的卧室,要去看一眼吗?"

"好啊。"

如她所料,池晏的房间像个整洁如新的样板间。她一眼就看到了,那高高挂在墙上的熟悉的电影海报正是《基因迷恋》。

陈松虞脚步一顿,她的视线像平移的镜头,缓缓滑过光洁的墙壁。这是在这公寓里,她所见到的唯一一种装饰品——她拍过的全部电影的,由不同设计师设计的各种版本的海报,包括公映版、预告版、角色版,甚至导演剪辑版……都出现在了这间卧室的墙上,这些海报被极其用心地排列着,连她自己都没有这么齐全的收藏。

"你什么时候……"陈松虞回过头,发现池晏正专注地看着自己。

此刻她站在自己的公寓里,站在一整面墙壁的电影海报前,于他而言,真是梦一般的场景。他捧起她的脸,用额头抵着她的额头,缓缓露出一个微笑。那笑容如此温和,像最纯粹的日光,没有丝毫阴霾。

"好了,现在我有家了。"他轻声道。

在漆黑的办公室里,他们看完了新电影初剪的第一个版本。

"怎么样?"阿奇迫不及待地问道。

陈松虞托起下巴,一动不动地望着投影:"我先想一想。"

阿奇挠了挠头:"你是觉得有哪里不好吗?这可是严格按照你的故事板剪出来的啊。"

"我知道。"

作为导演,陈松虞向来是一个控制欲很强的人。她对工作一丝不苟,能亲力亲为的事,就不会假手于旁人。在拍摄以前,她的大脑里已经有了画面,摄影师在拍摄时所要做的,就是严格地执行她的分镜头剧本;而在每天的拍摄结束后,她都会在当天就进行基本的素材筛选工作,梳理其中的分镜逻辑和剧情重点。但她深知电影在本质上是团队协作的结果,也一向很愿意汲取别人的优点,所以她转过头问阿奇:"你觉得呢?"

"我觉得挺好。你挺厉害的。"阿奇实在地说。

"可我觉得还差了点什么。"

"哎,我懂的,你们这种人,都追求完美。"阿奇建议道,"那要不要去给老板看看?他不是就坐在隔壁吗?"

陈松虞摇了摇头:"问他干吗,他又不懂电影。"

阿奇说:"但他之前不是很感兴趣吗,动不动就过来看一眼。"

陈松虞喝了一口水,没想到玻璃杯里盛的竟然是滚烫的水,烫得她差点松开手。指尖过于灼热的触感,令她想到了某个男人的视线——尤其是待在办公室的前两天,她常常会因为一道存在感过强的目光而被迫中断思路。当她转过身去,果然发现池晏正目光灼灼地看着自己。

他的眼神是如此专注和愉悦,甚至让她觉得自己就像玻璃瓶里的永生花。而坐在办公桌对面的男人,则是守护宝物的恶龙,时不时要来看上一眼,确认自己的宝物是否还安然无恙。

陈松虞觉得很好笑,她从来不知道池晏也有这么幼稚的一面。他明白如果真的打扰她工作，一定会让她生气，所以他就这样，有意无意地用眼神勾着她。

好在池晏本身也是个大忙人，除了谈情说爱之外，他还有许多事情要做，竞选的事更是迫在眉睫。他的竞选团队就在楼下，动不动就要上来开会。

陈松虞拉上窗帘，挡住了池晏的视线。

阿奇看了眼投影，再一次问道："那我们现在怎么办？"

陈松虞看了一眼墙上的挂钟，正好到了中午："先休息一下吧。"

"解放！"

阿奇跳了起来，奔向了他心目中的"全世界最好的员工食堂"。

这个偌大的科技园区里，均匀分布着至少二十个员工食堂，总共有一百多名专业厨师，大半还是从本星的各大星级餐厅里挖过来的，实在是令人感动的员工福利。

出于某种微妙的心理，陈松虞在离开以前，撩起了窗帘的一角。她看到几个西装革履的人，围着一张办公桌。看来现在对池晏而言，又是一个因会议而繁忙的中午。或许这就是身居高位的悲哀，他可以掌控这个世界，却没法掌控自己的午餐时间。

能够掌控自己时间的陈导演，找了一家最近的员工餐厅，草草解决了午餐。准备回去的时候，却被公共投影上的午间新闻所吸引。

她看见"《帝国婚姻法》最新草案：拟将已有合格匹配对象的三十岁以上未婚公民需缴纳的单身税降低"这行文字轻飘飘地闪过。餐厅里人声鼎沸，并没有太多人在关注这条新闻，陈松虞的脑海里却出现了另一幅画面——

人山人海，声浪起伏，无数人站在一起，手上高举着示威的标语。柔软的身躯互相挤压，传递着暖烘烘的体温。

那是八年前。

那时新《帝国婚姻法》出台，明文规定，已有合格匹配对象的三十岁以上未婚公民，需缴纳高额单身税。这在K星引起了很大的反响，这条规定让基因匹配变得更为权威，不少公民当即表示抗议。

八年前，陈松虞因为反对这一条文，受到了参加五天社区服务的惩罚和星际电影学院的二级处分。实际上以她平凡的出身，她本该被直接开除。只是教授看她的成绩是专业第一，又有作品傍身，传出去实在不好听，才帮忙求了情。

"真是讽刺啊。"身边一个轻盈的声音突然打断了陈松虞的思绪，"温水煮青蛙了这么些年，现在估计都有很多人觉得这是好事吧。已有合格匹配对象的人为什么一定要在三十岁以前结婚？这种单身税本就不该存在。"

陈松虞转过头，看到一个打扮干练的短发女性。对方端着餐盘，笑盈盈地看着自己："我可以坐在这里吗？"

"当然。"陈松虞说。

对方自我介绍道："你好，我是玻菱。"

"你好，我是……"

"我知道你，陈导演。"玻菱微笑道，"我很喜欢你的电影。"

陈松虞客气地笑了笑："谢谢。"

这段时间以来，她频繁出入这个科技园区，但还几乎没什么人认出过她。诧异之余，玻菱又凑了过来，压低了声音："我见过你，八年前。"

"抱歉，我并不记得……"

"那时候我在K星上学，也参加了那场活动。"

"原来是这样。"一种骤然见到盟友的心情，促使陈松虞和玻菱握了握手。

"我知道你是电影学院的，我学的是金融。"玻菱顺带提到了自己的母校——K星一所很有名的商学院。

两人聊了聊当年的旧事，玻菱继续道："很遗憾的是，那次活动并没有改变什么，后来我的同学们陆陆续续通过基因匹配，找到了合适的结婚对象，结了婚。而我则回到了S星。

"至少这里不像K星那么封闭，工作机会也多一点。对帝国的法令，也没有遵循得那么严格。"她环顾四周，"这家公司的男女比例还不错，对吧？老板没有性别方面的偏见。"

陈松虞赞同道："的确。"

实际上她在来到这个科技园区的第一天，就发现了这一点。这里的员工组成很多元，活跃在此的也不仅是年轻女性，还有不少年长的女性。甚至在常常去池晏办公室开会的核心竞选团队里，也有好几位女性。

玻菱问："你知道我们老板正在竞选S星总督吧？"

陈松虞点头。

"我也投他了，倒不是因为他在给我发工资，而是因为至少在他的主张里，提到了保障女性福利，跟梁严比起来，真是靠谱多了。"

"是吗？我记得他的主张是……打击犯罪？"

玻菱哈哈大笑："看来你最近没怎么看新闻吧，陈导演。"

说着她就拿出手机，给陈松虞找到了另一则新闻。

事情就发生在几天前。

池晏在一次跨星系的领导力峰会上提出，自己将在S星成立一个女性创业发展基金会，旨在为本星的职场女性，尤其是女性创业者，提供商业和管理教育，以及更开放的融资渠道。

"嗯，怎么说呢，还是挺意外的。老实说，有钱人这么多，除了他还真没人会做这些事了……"玻菱说。

陈松虞很专注地盯着那一块小小的手机屏幕。

屏幕里，池晏站在聚光灯下，衣冠楚楚，鼻梁上架着一副精致的金边眼镜。那细细的金属框，更凸显出他完美的线条轮廓。

"Chase先生，可否介绍一下您成立这个基金会的初衷？是为了去帮S星的职场女性更好地平衡家庭与事业吗？"

池晏调了调麦克风的位置，然后不经意地看了镜头一眼，那一眼勾魂摄魄，不知要谋杀多少菲林。

他从容不迫地笑了笑："这个问题挺古早的。女性是否能够平衡家庭和事业，我想它早已有结论，这就是一个伪命题。历史上有很多人讨论过了，我支持的观点是，我尊重所有选择回归家庭的女性，但这并不意味着家庭就只是女性的责任。毕竟，基因匹配也是一个双向匹配的结果。

"我身边就有许多优秀的职场女性，事业这个词本身也并没有性别之分。话说回来，好像从来没有人问过男人这个问题，是吗？"

陈松虞心想，说得真漂亮。

她看到池晏身边的好几个人都笑得有些尴尬，好在主持人反应很快，立刻说了几句话打圆场。

"那么基金会为什么要叫这个名字呢？"主持人开玩笑地说，"您很喜欢音乐吗，Chase？"

池晏微微一笑："我的确很喜欢音乐，但并不是这个原因。只是这个字对我而言，有着特殊的意义。"

"方便透露一下吗？"

池晏轻轻推了推眼镜："这是我和她的秘密。"

屏幕上应景地出现了一张被放大的海报。无数普通女性的肖像照被拼接到了一起，组成了这张巨幅的图像。照片里人人都对着镜头，露出了开朗或腼腆的笑容。有人穿制服，有人打扮得光鲜靓丽，也有人素面朝天，还有人抱着孩子……但无论她们身上贴着怎样的标签，这一刻，她们都是以女性的身份被看见。

陈松虞疑心她在这张海报里也看到了自己，并非正脸，只是一个小小的、隐蔽的剪影，像画家的图腾一般，藏在角落里。

镜头一闪而过，又定格在了被放大的基金会名称上。看清那个词的瞬间，陈松虞并不觉得意外，甚至有种果然如此的感觉。但她的视线还是有一瞬间的模糊，像被太强烈的光线所照射着，形成了温暖而恍惚的光晕。

基金会的名称是"Song Foundation"，"Song"——"松"。

陈松虞将手机还给玻菱，慢慢地站了起来："抱歉，临时有点工作，我先走了，谢谢你给我看这个视频。"

"客气什么呀。"

陈松虞往外走了几步，又停住脚步，转过头来，对玻菱微笑道："你有个很不错的老板。"

玻菱耸耸肩："是吧，我也这样觉得。"

在观光电梯往上攀升的时候，陈松虞以一种从未有过的目光审视着脚下气势恢宏的、如太空飞船一般的庞大建筑物。脑海中乱七八糟的想法，像陨石狠狠地撞击月球表面，令她不得安宁。但这是头一次，牵动她思绪的不仅仅是电影，还有池晏。

她俯瞰着这个男人一手打造的科技王国，突然意识到，假如池晏能够当选，或许他的确能够创造一个更值得期待的未来。

她回忆起自己第一次看到他的竞选海报时的情景。那时她只感到恐惧，感到难言的威慑力。

但是就在刚才，在宣布基金会成立的时候，这个男人分明……

就在此时，电梯门打开。

池晏恰好站在门外，他漫不经心地抬起头。四目相对的瞬间，两人皆是一怔。刚才视频里那双隔着薄薄镜片的眼眸，与面前这双狭长的、含着笑意的眼睛重叠。

陈松虞想，他的确与以前不同了。从前他的眼里只有危险的迷雾，但现在，她在池晏的眼底看到了真切的温度。究竟是在何时，他的锋芒，他那层坚硬的冰慢慢化去了，汇聚成了雪山的湖泊，湖面反射出耀眼日光？

她问："基金会的事情，怎么不告诉我？"

池晏愣了一秒才说："这么快就知道了吗？我以为你最近不会看新闻的。"

"我是不看。"陈松虞还站在电梯里，久久没有收到指令的电梯门，开始自动地合上。

池晏抬起手，按住了电梯门。一点亮光闪过，是他平整的袖口与暗红的宝石袖扣。他半倚在电梯门边，微微向她倾身，笑得很迷人："抱歉，未经你同意，就用了你的名字。"

"你知道我说的不是这个。"

在陈松虞的理解里，池晏做了这样的事，没有第一时间来找她邀功，反而只字未提，这似乎不是他的风格。

"好吧。"池晏望着她的眼睛，"我坦白……"

陈松虞耐心地等着他继续，但池晏的薄唇轻轻一碰，话在舌尖转了一圈，并没说出口。最后他微微一笑："算了，回来再跟你说吧。我还有事，先走了。"

他揽着她的肩，轻轻抱了抱她，与她擦肩跨进电梯。

飞行器无声地开进那家地下医院里。

路嘉石守在病房门口，紧张地看着池晏："池哥，这……"

"我有分寸。"池晏拍了拍路嘉石的肩，推门进去。

傅奇躺在病床上，艰难地睁着眼，气若游丝地说："池先生，我……我……"

意识到自己还活着的一瞬间，他立刻明白了自己的处境有多么尴尬。他试图为自己辩白，但是由于刚刚醒来，他的身体太虚弱，急火攻心，甚至说不出一句完整的话，只能艰难地拼凑着破碎的、难以辨别的词语。

池晏俯视着傅奇，他的目光依然平静。

假如他还是像从前一样，就根本不会在乎傅奇正在说些什么，甚至不会费心去听，他清楚自己有多么冷酷和缺乏人性。他一向不能容忍任何疑点，不允许任何背叛的可能。

可是现在，池晏耳畔所回响的是那个柔软的声音——"我希望自己可以相信他。"

于是他也愿意去试一试，这是他第一次，试着去相信一个人，至少给傅奇一次自我辩白的机会。

一缕微弱的光，透过厚厚的窗帘，照在池晏的脸上。他看着傅奇的眼睛，轻声道："慢慢说，别着急。"


阿奇提着一份下午茶，优哉游哉地回到了办公室。推开门的瞬间，他看到一个单薄而挺直的背影端坐在电脑前。

对此他毫不意外，毕竟这人就是个工作狂。假如人类哪一天能够发展到纯靠营养液进食，他相信陈导演一定会立刻下单五十箱，从此足不出户，工作到天荒地老。

陈松虞听到了他的脚步声，头也不回地说了句："我知道了。"

"啊？什么？"阿奇满脑子还是今天中午的特供海湾大龙虾汉堡。

"剪辑。"陈松虞说，"我知道剪辑的问题究竟出在哪里了。"

"哪里？"

"太没新意了。"陈松虞说，"所以我们重新开始，换一个思路，来，从这些里面找你觉得能用的镜头。"

陈松虞话音刚落，办公室的四面墙壁都亮了起来。无数的画面堆叠在一起，形成一种光影景观，令两人仿佛一瞬间置身于扭曲的虫洞。

阿奇望着大量全新的视频素材："这是……"

"这是之前我舍弃的内容，都是因为技术上面不够完美，有瑕疵而舍弃的。"

阿奇睁大眼睛，随便看了几个镜头。

的确，它们的缺陷是很明显的，场面调度不那么精准，运动镜头的节奏不对，或者人物和光线的配合出了差错，甚至还有些是穿帮的镜头。但是其中的优点也很明显，要么是演员有惊人的即兴表现，要么是镜头语言非常抓人，充满情感张力。

"哈，你要用它们吗？"他揶揄地说，"干吗啊，陈导演，你不是说有镜头洁癖？看到这些镜头，你不觉得难受？"

"是挺难受的，所以它们一开始都被剪掉了。"陈松虞说，"但是我突然觉得，这样的标准好像太过死板。"

一直以来，她都太冷静，也太追求完美。在剪辑的过程中，总是试图让自己抽离出来，以一个更宏观的、更接近局外人的视角，来审视自己的作品。但就在刚才，在她试图回忆池晏的改变究竟是从哪一刻开始的时候，她突然意识到，其实这部电影也潜移默化地改变了自己。

拍摄这部电影的过程中有太多意外，这让她也不再只是游离在摄影机和监视器之外的创作者。在某种意义上，她也"经历"了这部电影，所以她不能再遵循以前的创作方式。

陈松虞看着面前的画面，有丝丝缕缕的光线落进她眼底，像是放映机的那一束光，如此通透。

她轻声道："我想，比起没有瑕疵的画面，这部电影更需要的，是即使瑕疵明显，但依然能够光芒四射的镜头。"

阿奇坐到了电脑前面，他咧嘴一笑："嘿，你这说的不就是沈妄这家伙吗？明明不是个好人，但还坏得那么讨人喜欢。有多少瑕疵，就有多少高光。这样的人啊，就该被所有人记住。"

重新调整了创作思路之后，一切都变得很顺利。将终剪版发给张喆和其他同事后，陈松虞很快接到了对方的电话。

"我们几个看完简直想起立鼓掌！"张喆激动道，"明明这部电影我也是全程跟下来的，但是……这也太惊喜了吧！不愧是你！而且我一点都不觉得长,真的有九十分钟吗?怎么我感觉才喝口水的工夫就看完了……"

陈松虞笑了笑,她突然有了一种很强烈的真实感,她的确拍完了一部电影,一部让她感到骄傲的作品。这部电影即将面对观众,面对这个世界,而她迫不及待想看到那一天的到来。在阔别银幕两年后,她再次找到了那种十九岁拍处女作时的忐忑与雀跃。

"后面的事情,就交给我和后期导演吧。"张喆说,"陈老师你就休息几天,好好度假吧。话说回来,你真的是去度假的吗?明明是在换个地方加班啊。"

"好像你说得也没错。"陈松虞回忆起最近清心寡欲的生活,不禁失笑。

张喆问:"对了,制片人老师觉得怎么样?"

"还没给他看,怎么了?"

"嘿嘿,毕竟是投资人嘛,怎么也得问一下他的意见吧。"

陈松虞握着手机,轻轻撩起了窗帘,旁边的办公室里空无一人。随着竞选将近,池晏越来越忙。她几乎不怎么能在这个公司见到他了。

"他最近很忙。"她说。

当然,这并不意味着陈松虞不能在别的地方见到他。不知从何时起,他们已经养成了一起吃早餐的习惯。只记得是在某一个早晨,当她睡眼惺忪地推开卧室的门,发现一个高大的身影坐在餐桌前。陈松虞立刻清醒了过来,并且十分庆幸自己已经换好了衣服。

"早。"池晏微笑地说。

"早。"

大部分时候她都是叼着两片面包片冲进剪辑室,怎么可能有这样的闲情逸致坐在桌边慢吞吞地喝完一杯咖啡,更别提池晏还亲自帮她在面包片上涂了黄油。

他的身后是落地窗外清晨的曦光,他持餐刀的动作又十足优雅,陈松虞感觉自己在看一部晨间广告。

接着一段时间,都是如此,他好像是特地在餐桌旁等着她,后来陈松虞也就习惯了。

他们会偶尔聊点什么,有的时候,除了简单的问好,他们则各自做自己的事情。

这并不奇怪,他们谁也不觉得尴尬。

在陈松虞察觉到这种变化以前,她已经习惯了这样的生活。于是她突然明白了当池晏对自己提到"家"的时候,究竟意味着什么。那是气味、温度和被记忆定格的画面——咖啡的苦涩香气,洒满阳光的长桌,以及坐在桌对面的人。

陈松虞不得不承认,他们的相处模式,好像逐渐在往一个……相当不可思议的方向发展。

他们如今的相处模式太普通,太日常,日常到不适合他们,但又有种莫名的和谐。

陈松虞终于收回思绪,对张喆说:"别麻烦他了,等片子做好再说吧。"

"噢噢,好的,到时候我们给他个大惊喜,嘿嘿。"

"嗯。"

恰好这时来了另一通来电请求,陈松虞匆匆跟张喆又交代了几句,就挂了电话。

为了不打扰阿奇,她走到隔壁那间空办公室里,打开了视讯电话。这通电话来自傅奇。

傅奇已经醒来有一段时间,他得到了池晏的信任——谢天谢地。

陈松虞忙于工作,无法经常去看望他,又挂心他的身体状态,于是她和傅奇约定,隔一天就要通一次视讯电话,傅奇得向她汇报自己的康复情况。

此刻这个面色苍白的年轻人,站在阳光明媚的护理中心里,满头大汗,对陈松虞挤出了一个微笑。

他在AI的帮助下,小心翼翼地走起路来。尽管脚步依然虚浮无力,不过,对差点没命的人而言,经过短短一段时间,就能将身体机能恢复到这个程度,已经十分难得。

陈松虞说:"看来你很快就能够出院了。"

"希望我还能继续做您的助理。"

陈松虞想说"那未免也太大材小用了",但望着对方充满希冀又隐含一丝不安的目光,到底不忍心说出来。她只是说:"好,我等你回来。"

133

瘦得脱了相的年轻人，立刻露出一个开朗的笑容。

陈松虞坐在办公室的沙发上，看了一眼窗外。这是个繁荣而生机勃勃的季节，所有人的生活似乎都在步入正轨，并驶向春日的明媚轨道。她不禁露出一丝愉悦的笑，这真是美好的一天。

就在此时，她听到走廊上有说话的声音。她正要站起来，办公室的门就被直接推开了，迎面而来的是一台摄影机——

"咦，有人在？陈导演？"陈松虞听到一个熟悉的声音。

一张脸从镜头背后展露出来，是她在食堂碰到过的女员工玻菱，她身边还站着两个人，以及一个端着机器的摄影师。

陈松虞立刻结束了与傅奇的通话。

玻菱十分歉意地微笑道："抱歉，我是来给老板拍纪录片的，没有打扰你吧？"

"纪录片？"

"是呀。"玻菱说，"他的竞选纪录片。我还想着趁他不在，来补几个空镜头呢。"

陈松虞站了起来："那是我打扰你们了。"

"不不不，没打扰。"玻菱连忙说，"我也就是赶鸭子上架，随便拍拍。"

她的确十分敷衍了事，一边支使摄影师干活儿，一边拉着陈松虞坐在沙发上闲聊："说是他们竞选办公室的人最近都太忙了，就让我们市场部的人来做这些。哼，搞什么嘛，又不给我开两份工资。"

镜头平移过办公室里的书架，给满满当当的书籍一个特写，又拍了拍落地窗外的风景。

玻菱继续跟陈松虞说："其实老板今天还有个集会，应该去拍一下用作拉票，但我实在懒得跑一趟了，才决定来拍办公室的。"

陈松虞问："要我替你去拍吗？"

玻菱睁大了眼睛："那怎么行？太麻烦你了吧……"

陈松虞笑道："没关系，反正我也闲着没事。"

她还从来没有当面见过池晏演讲，所以始终对他的这一面充满好奇。

玻菱客气了几句后,连连向陈松虞道谢,又亲自将她和摄影师送上了飞行器。

他们来晚了,集会现场已经挤满了人。堵得水泄不通的包围圈,根本没有突破的可能。

摄影师焦虑地问:"需要跟工作人员说一下,放我们进去吗?"

"来不及了。"陈松虞瞥了一眼旁边海报上的时间表,"活动马上就要开始,其实调好焦距就行了,你把摄影机给我吧。"

"好的。"

陈松虞将机器对准了远处的高台。的确,拍得很清楚,这是最新款的摄影机,距离根本不成问题。

在一阵爆发的欢呼声里,一个男人站上了台,并不是池晏,只是一个热场的主持人。

他说了什么,陈松虞没注意听,仍然在调整机位和角度。因为天突然阴沉了下来,光线变差了。

分明方才还艳阳高照,此刻天空却变成了浓郁的铅灰色。层层的乌云,将天幕压下来,压得人心口发慌,预示着一场暴风雨来袭。

风已经刮起来了,道路旁的树都被吹得东倒西歪,叶子被狠狠扯动着,发出了既像呜咽又像嘶吼的声音,只是很快就被人群狂热的呐喊所掩盖。

陈松虞发现有哪里不对劲,是摄像头,路边的摄像头似乎都被砸烂了。虽然看不太清楚,但那些镜头的确像个破碎的蛛网。

她还没空拿摄影机去确认,尖叫声就突然暴起,像猛烈的风,刮着陈松虞的头皮。

另一个人站在了台上,是陈松虞所熟悉的、挺拔的身影。他穿着考究的西装,气定神闲,高高在上。

没错,这是池晏。

群众的情绪太过高涨,高亢的声浪,躁动的人群,像水沸腾时产生的水蒸气,碰一下就会被烫伤。

陈松虞被围堵在人潮之中,艰难地举着摄影机。

池晏低沉的声音通过耳麦清晰地传了出来:"各位,我是……"

豆大的雨滴,落在了陈松虞的鼻梁上,又落在了镜头上,原本清晰的画面晕开了,变成模糊的、雾化的毛玻璃。就在此时,身边不知道是谁高声喊道:"叛徒!只会讨好女人的废物!"

突然,"砰——"的一声爆响,有什么东西仿佛节日的焰火一般,冲上了天空。

人群瞬间像炸开了锅。

那声爆响最先散播的并不是硝烟味,而是恐惧与愤怒的情绪。尖叫,哀号,咆哮,也随着激光弹一起炸开。接着,有人举着武器往前冲,也有人向后躲。

人,数不清的人,像烟花冲上天后迸溅下来的星火,坠落到地面,立刻炸出一个巨大的凹坑。紧随而来的是更多的骚乱声,更密集的爆响,还有更疯狂的枪林弹雨。

这不是集会,而是一场巨大的混乱。

陈松虞仍然举着摄影机,摄影师早就被人群冲散了,不见踪影。镜头里,台上也已经没有人。

她现在应该躲起来,这是最明智的做法。可是手中的摄影机这样沉,拿着它,就像背负着一份沉甸甸的责任。

无形之中,她又被卷进了帝国的历史里——要不要拍?能不能拍?这已经不再是一个问题,而是身体的本能。一定会有用的,被拍下来的东西就是有用的。

陈松虞抱着摄影机,弯下了腰,融入了人群。事态太紧急,她来不及思考这一幕的相似性,但这的确是相似的。

她和池晏的开始,一切的起点,就是因为一场错位的拍摄,一架没能关上的摄影机。

文明世界突然变成了恐怖的、原始的热带雨林,目之所及,只有血肉、武器和猎物,但这丝毫不影响池晏。他神情冷淡,不紧不慢地走向了隐蔽处的飞行器。

手下一脸心有余悸地说:"没想到他们的行动比我们预计的要早,幸好我们提前做了充足的撤退准备。"

池晏淡淡地"嗯"了一声。

"您今天这一趟，可真是冒着生命危险过来的。"

早在一周多以前，他们名下的黑客就已经从暗网上截取了消息：有一部分梁严的拥趸、支持 S 星独立的极端分子、阴谋论团体，以及不满池晏近来的女性立场的极端主义者，密谋在这次集会上对池晏发动一次突然袭击。

但池晏还是来了，因为他察觉到，在这背后推波助澜的，或许就有试图在 K 星杀死他的人，那个他在找的叛徒。

只有佯装中计，才能令对方露出马脚。

手下恭敬地低头，替他打开了飞行器的门。

就在此时，池晏脚步一顿，出现了强烈的心悸感，大脑痛得快要炸开。来不及思考为什么，他深吸一口气，径直朝着混乱的人群走去。他的脸色极其阴沉，一边走，一边单手脱掉了西装外套，甩到地上。

手下不明白突然发生了什么，本能地试图拦住他："这……现在外面还很乱，我们一时也控制不住，如果您贸然回去的话……"

"让开。"池晏说完，头也不回地冲进火光里。

这一天在 S 星发生的事情，被 S 星的官方强行压了下来。尽管监控录像已经被毁，事后暗网上还是流出了大量的全息视频、图像甚至音频。它们如幽灵一般，沿着看不见的网线四处流窜。

无可磨灭的罪证，悄无声息地躺在了很多人的芯片里。

其中流传最广的一段视频，来自一位匿名用户。

和其他记录的人一样，这个人也是边拍边跑，镜头始终在摇晃。那种近乎疯狂的摇镜、跟拍和失焦，使得这段影像始终具备一种混乱与无常感，有种最原始的、最生猛的张力。

镜头始终是脏的，一开始是因为雨水，后来则是血。有人被武器击中，倒在地上，他伸起的手，却被在慌乱中逃窜的人潮直接踩了下去，像被踩烂的烟蒂，凌乱的烟丝在鲜红的血泊里泡开。

人们的脸上满是慌乱、迷茫、恐惧和绝望，他们根本不知道自己在经历些什么，甚至有人慌不择路地跳上了舞台，接下来自然是被毫不留情地攻击，随后镜头里便是一片炸开的血雾。

接着镜头一转，极为大胆地对准了那些手持武器的凶手。这些人多半面目模糊，脸上涂满了油彩，他们放大的瞳孔里写满了狂喜、愤怒与一丝不易察觉的麻木不仁。

突然，镜头里出现了一双兽一般森冷的眼睛。

那双眼睛的主人，对着镜头露出一个狰狞而古怪的笑容——拍摄者被发现了。

一个金属武器被缓缓地举起来，黑洞般的瞄准口正对镜头。那一瞬间，激光弹的运动轨迹仿佛穿过了镜头，直直地射向观众的眼睛。那种直面死亡的寒意和战栗，是具有渗透性的。

"砰——"

镜头又是一阵猛烈摇晃，晃得人想吐。

但这个长镜头还在继续，拍摄者没有被击中。激光弹在她身边炸开，溅起了湿漉漉的泥土。

当时陈松虞气喘吁吁地用手挡在胸前，护着摄影机，她在地上滚了一圈，脸贴着一堵墙。

过了一会儿，她才重新将摄影机抬起来，寻找下一个合适的角度，继续拍摄。

天空中隐隐传来尖厉的呼啸，是盘旋的飞行器和无人机。探照灯穿透雨雾，聚焦在下方。

星际警察终于来了。

他们派AI拉出了一道封锁圈，又开始隔空喊话，试图让事态平息下来。场面仍然极其混乱，这些警务人员尽管全副武装，却只是动动嘴皮子。他们被动地、胆怯地站在警戒线后，根本不敢真正突破防线。人数对比太悬殊，这些警察哪里见过这样的阵仗。

"呵。"陈松虞毫不迟疑地拍下了这讽刺而荒诞的画面。

那些人正在往前冲，攻击着那座高高在上的主台。陈松虞悄然地转身，将镜头对准了被扫荡后硝烟弥漫的战场。

满地都是被焚烧的海报和标语,广场上的雕像亦被砸碎了,一个被砸烂了左眼,另一个则直接被斩了首,只剩下光秃秃的躯干。

画面里突然出现了一张来自少年的脸——

那是一个面色黝黑的少年,他迟疑地蹲在旁边,眼里满是迷茫与麻木。他抬起头来,直直地望向镜头。

陈松虞的脚步定住了。

从端起摄影机的那一刻开始,她就告诉自己,现在的她没有任何感情,她只是个记录者。但……那还只是个孩子,于是她微微将镜头压低一点,并对他比了个手势,用口型示意这少年"快躲起来"。少年懵懵懂懂地看了她一眼,没有反应。

"轰——"身后骤然传来一声爆响,像神明的怒吼。有什么沉重的东西轰然倒地,接着是胜利的欢呼。那座高台终于被推倒了,"陨落的巨人"撼动了大地。

陈松虞勉强站定,但少年跟跟跄跄地摔到了地上,她本能地要去扶他一把,就在这时,一道微弱的红光缓缓自阴影里爬出来,少年的脸上也露出一丝诡异的笑。

"砰——",一声爆响,犹如一道惊雷,骤然在她耳边炸开。

视频的最后,是一个高大的男人出现在镜头里。他半抬着武器,准确地击中了少年的手腕。

行凶未遂的年轻人吃了一惊,捂着手腕,扭头逃走了。

池晏没再看那个少年一眼,而是大步流星地朝着摄影机的方向走来。他那逆光的、英俊的脸,慢慢地填满镜头,成为一个特写。

他的衬衫全湿了,被雨水和鲜血浸透,紧紧贴着皮肤,勾勒出紧绷的肌肉线条。

这一刻的他,宛如雨中的阿修罗,两肩宽阔,能使海水汹涌;手执日月,能障蔽其光。

镜头前,一个哽咽的声音说:"Chase,谢谢你,是你救了我一命……"

所有看过这个视频的观众,看到这里时都会长舒一口气,高悬的心脏终于放下来:拍摄者得救了。

尽管一切都是非公开的，但网络上还是充斥着各种相关的阴谋论。

这一切为什么会发生？

是谁在组织这次活动？

谁该为此负责？

这次事件也再一次暴露了 S 星的沉疴。

假如连一场光天化日的集会，都能演变成长达几个小时的混乱袭击，生活在这个星球，还有什么安全感可言？

有人呼吁现任总督梁严提前下台，还有极少数人怀疑这就是 Chase 自导自演的一出戏。

梁严统治下的 S 星已经烂透了。

从视频里就能看出来，这群疯子绝对不是普通人，否则不会有这样的组织性和破坏性。我怀疑里面混进了退役星际海盗，甚至秘密特工。

星际警察的失败，也成了一场被全世界所注视的笑话。

从没有见过这么被动、这么软弱无能的警察。

我宁愿相信是梁严故意命令他们拖延时间，否则真是太可笑了，就是这些人在保护我们的帝国吗？

后来不知是谁，将这段视频与池晏曾在 K 星所接受的一段采访交叉剪辑在了一起。

采访中他直视镜头的目光极其沉稳，发言掷地有声："我会加大对帝国的管控力度，从根本上解决社会治安和腐败问题。我希望，能够将秩序还给我们的人民。"

两相对比，大家自然更能够感受到这其中最真实的力度。再没有哪一句漂亮的口号，能够比镜头里池晏那雷霆万钧的眼神来得更加有力。毋庸置疑的是，这背后真正的操盘手妄图用这样不入流的手段来操纵 S 星选举，甚至要对一名民心所向的总督候选人处以私刑。

但 Chase 并没有向这群人低头。

匿名论坛里大家不停地发表观点。

他说到做到了。

我们需要这样强硬的领导者，否则 S 星真的要完了。

一夜之间,池晏的支持率再次暴涨,遥遥领先,呈现出压倒性的优势。这场竞选几乎已经没有悬念。

其实当时在镜头之外,池晏根本什么都不在乎了。

当他再一次眼睁睁地看着陈松虞因为自己而遭遇危险,他感觉自己的心脏像被重拳击中。

直到陈松虞关掉摄影机,池晏大脑里最后一根紧绷的弦才彻底断开,他用力地将她按进了自己的怀抱里。他们站在泥泞的雨里,他冰冷的唇无意识地吻着她的发顶,确认她的存在。

他胸口早已愈合的疤痕,又被划出一道新伤。湿冷的雨汹涌地朝他袭来,他仿佛又跌回了最深重的噩梦里,鲜血化成洪水,化成流不尽的血河,吞噬他的神志,让他被浩瀚无边的虚无所淹没。

许久之后,池晏拿出了随身带的小铁盒,将最后一颗薄荷糖送进唇齿间,神志慢慢回归大脑。

"我们走。"他用力地抓着陈松虞的手腕,用身体护着她,两人在炸毁的废墟之中穿行。

彼此都已经习惯在面临危险时,绷紧身体、互相依偎。

他们尽量避开人群,也避开无人机的搜索和任何闲杂人等的镜头。天色渐暗,警察终于开始行动,两方的交火更加激烈。在枪林弹雨里,他们躲过了各种攻击,仿佛经历了人间炼狱。

直到他们终于上了飞行器,陈松虞看到飞行器周围严阵以待的手下,才突然意识到,或许这场突然的混乱不止表面这么简单。但她没有机会发问了,关门的瞬间,她便迎来了池晏劈头盖脸的吻。

他的唇齿间不仅有新鲜薄荷叶的味道,还混着一丝凶猛的血腥气。在即将窒息之前,陈松虞唯一的想法是,原来她也早就想要这样做了。

这是一个劫后余生的吻。他们用唇舌来确认彼此还活着,确认彼此的呼吸、心跳。

池晏将陈松虞按在座椅上,后来又将她抱了起来,让她坐在自己的腿上。显然他更迷恋这个姿势,这样他能仰视她。耳鬓厮磨间,陈松虞问他:

"你怎么知道我在这里?"

"我不知道。"池晏一边吻她的唇角,一边缓慢地撩起她的衣角,摩挲她的后腰。

"只是觉得你有危险,觉得你会需要我。只是直觉。"

陈松虞微笑着回应他:"对,我需要你。"

"我也需要你。"池晏的语气很轻,也很郑重。如果没有她,他会变成什么样?

他不愿意再去想象那种可能。

不知过了多久,陈松虞才终于将他推开了一点,开始处理刚才拍下的素材。她把视频一直拉到最后,给自己的声音加了个变声器。

"我的演技还不错吧?"她笑着问。

在池晏出现的那一刻,她明明还在面临死亡的威胁,但她还是反应极快地说出了那句话,仿佛没有丝毫惊惧。

这世界上再不会有第二个人,像她一样。

池晏的手臂仍然环在她的腰上:"噢,原来你在扮演……"

"一个被拯救的无辜群众。"

"那么按照电影情节,你应该对我以身相许了。"他专注地看着她。

他们又交换了一个吻,不那么激烈,很短促,很温柔,也很甜蜜。

当飞行器缓缓升空的时候,某种难言的光彩在彼此眼中闪现,比城市的灯火都更闪耀。

这一刻,尘世与他们无关。

第二天陈松虞没有去上班,她难得地睡到很晚,还是被阿奇打来的一通电话吵醒的。

她把脑袋埋在枕头里,含含糊糊地说:"嗯?我说过今天放假的吧?"

阿奇说:"我来蹭饭不行吗?"

陈松虞笑了笑:"可以啊。"

"好吧,这不是重点!重点是我在楼下碰到一个人,对方说有急事要找你。这个电话是帮她打的。"

陈松虞终于清醒了过来。

她在心里告诉自己，看来鱼已经上钩了。

她一边站起来拉窗帘，一边若无其事地问道："急事？谁啊？"

"我也不知道，你自己跟她说吧。"

下一秒钟，听筒里传来了一个女人的声音，对方用忧心忡忡的、紧张的语气道："陈导演，我是玻菱，你没事吧？"

陈松虞心想，果然来了，比她想象中还要早。

"我没事。"她打开了卧室的门，恰好池晏从另一扇门里走出来。她将通话模式调成了免提，冲池晏指了指自己的手机。

池晏凑过来，懒洋洋地低头听着。他刚洗过澡，头发还是半湿的，身上也有一股沐浴后的清新气息。

听筒里，玻菱的声音渐渐哽咽起来："对不起，我真的没想到昨天会出那种事，这真的太可怕了，幸好你没事……"

陈松虞说："没关系的，谁都没想到会出这种事，这不能怪你。"

玻菱仍是一副自责的口吻："不是的，都怪我，假如我没有多那句嘴，就不会……"

她开始讲述集会后发生的事情。那时摄影师第一时间找了个偏僻的角落，和其他人一起躲起来。他们在饥寒交迫中等到深夜，星际警察才彻底扫清了障碍，赶来救援，接着就将他们都拉去做笔录，折腾到今天早上他们才被放出来。

末了，玻菱说："摄影师跟我说，你们走散了，后来在警局里也没有看见过你。"

陈松虞心想，哦，刚才是撇清关系，现在是试探自己。她漫不经心地听着，无意中抬头看了池晏一眼，发现对方正看着自己。

陈松虞低头，发现自己还穿着一条吊带睡裙。

阳光照着薄薄的、丝滑的衣料，像细密的水波，紧贴着身体曲线，一边的肩带都滑了下来，露出雪白圆润的肩头。

陈松虞微微一笑，对池晏做了个口型：帮我拉一下。

接着也不管他是什么反应，转头对玻菱说起一套天衣无缝的谎言："是，我运气很好，跟着几个本地人逃出来了，恰好他们住在附近，带我抄了条小路。后来现场发生了什么，我也不清楚。

"听说去了很多警察？我还奇怪呢，为什么直到现在都没有看到任何关于这件事的新闻报道。"

玻菱接话道："消息完全被封锁了，网上倒是陆陆续续有流言传出来，但是被删得很快。"

对方后面说了什么，陈松虞没有再听了，因为池晏已经朝着她倾身下来。他用拇指按着她的肩，桎梏着她，令她动弹不得。他并不是在帮她拉起肩带，而是在把肩带一点点往下扯。

"这样可以吗？"他用低得不能再低的声音问她，温热的、克制的呼吸落在她的皮肤上。

陈松虞意识到自己开启了一个很糟糕的游戏，而她手上还在打着一通虚与委蛇的电话。

未挂断的电话，随时能被曝光的秘密，也为这暧昧火热的情景，添了一根隐秘的柴。

看不见的火苗，沿着她伶仃的手臂，细细地舔舐着。

终于，陈松虞手指一松，手机差点摔了出去，好在池晏接住了它，虚惊一场。

"总之你们都没事就好……"电话里玻菱还在说话，具体说了什么，陈松虞根本没听清，她干脆随口扯了个理由，匆匆挂断了这通煎熬的电话，转身就要躲回卧室。

池晏伸出一只手猛地拉住她，直接将她扯进怀里，他在她耳畔低低地笑了一声。

陈松虞从这笑声里，听出了某种压抑的意乱情迷。

池晏低下头，脑袋埋在她的颈窝，嘴唇一下又一下地轻轻啄着她肩头的皮肤。

"很可惜，我不会文身。"他垂着眼，隔着薄薄的衣料，用掌心勾勒她的腰线，"否则我一定会邀请你和我一起完成一幅……美好的作品。"

那真是绮丽的想象，陈松虞的耳垂泛起一层娇艳的红。

在彻底失控以前,她终于抓住了池晏的手:"好了,别玩了,我们还有事要做。"

"不,没什么事比你更重要。"

## 第十七章
# 电影与现实

几天之后,新电影举行了第一次试映会,为此他们包下了一整个影院。

陈松虞托阿奇帮忙邀请了玻菱。玻菱来的时候,刻意打扮过,满面春风,手中拎着一个精致小巧的礼品袋。

"多谢你,陈导演。"她笑盈盈地说,"特意选了个工作日,让我能带薪旷工看电影。"

陈松虞笑了笑:"试映会通常是叫朋友来。我在这边没交什么朋友,想来想去,也就只有你了。"

她的语气很真诚,玻菱一怔,不自然地笑道:"谢谢你,这是伴手礼,祝你新片大卖。"

陈松虞接过:"你太客气了。"

这家电影院的设计风格相当复古,像一座古老的教堂。深红的天鹅绒幕布遮挡着银幕,幕布阴影里的褶皱,像被摊开的风琴。一排排的原木椅,拉开时会发出"嘎吱"的声音,陈松虞替玻菱拉开了椅子:"请坐。"

玻菱并没有立刻坐下来,而是左顾右盼:"只有我们两个人吗?阿奇呢?"

"还有我。"身后传来了不紧不慢的脚步声。

皮鞋敲击瓷砖,在巨大的回廊里荡开一圈圈回音。池晏缓缓自阴影里站出来。他那双摄人心魄的眼,毫无感情地看着玻菱,像在看一个死人。

玻菱还来不及向老板打招呼,就见身边的陈松虞向后站了几步,站到了池晏身边。

"抱歉，阿奇不会来了。"陈松虞的语气还是很温和。

玻菱看着他们，终于明白了什么。试映会只是一个诱饵，这是一场鸿门宴。她笑了笑："其实阿奇对我说过，他不明白为什么要举办这场试映会，明明影片后期都还没有做好。"

陈松虞说："我就知道他这张嘴靠不住——但你还是来了，为什么？"

玻菱扶着椅背，转身看着银幕："因为我觉得你没有这么聪明，一个导演罢了，能看出来什么？好吧，我承认，是我低估了你。"

池晏揽着陈松虞，坐到她身后，用硬邦邦的激光武器，敲了敲玻菱的座椅，说："坐。"

玻菱坐下来。武器也慢慢地下移，隔着椅背，抵住了玻菱心脏的位置。

这就是那个叛徒，但真正抓到了的时候，池晏却很平静。

"看电影吧。"他懒散地说。

"唰啦"一声，深红的幕布被缓缓拉开了，露出漆黑的大银幕。但此时此刻，谁真正有心情看电影？

"我还要问一个问题。陈导演，你是从什么时候开始怀疑我的？"玻菱说，"因为我在集会过后给你打的那通电话？我的表现不够自然吗？"

陈松虞摇了摇头："我们第一次见面的时候，我就觉得你不对劲了。"

"为什么？"

"因为学校。"陈松虞说，"你说你在 K 星一所商学院读金融。池晏也在同样的专业和院校进修过，但后来，他被曝出了学术造假的丑闻。"

玻菱一怔，没想到对方连这样微不足道的细节都抓住了。她缓缓地笑道："原来要怪我自己说漏了嘴。"

"你对我说，你也参与了八年前的活动。后来我托了一点关系才问清楚，你并不只是参与了，而且是那场活动的组织者之一。很巧的是，在当时所有涉事的学生里，只有你被无罪释放。在那样的事件里还能全身而退，我想这足以说明，你是个非常聪明的人。所以我也在想，刚刚发生的这一场暴动，背后究竟是谁在牵线？会不会也有你出谋划策？"

礼堂骤然地暗了下去，陷入一片漆黑，银幕却亮了起来。银幕上是后期还没做好的样片，片头字幕都没有加上。

银幕的光,将每个人的脸都照得晦暗不明。

玻菱看着陈松虞说:"我故意引你去集会现场的时候……"

"我就顺水推舟地同意了。"陈松虞接道。

玻菱疑惑地问:"为什么?明明知道这是埋伏,也要往里跳?"

池晏垂着眼,他也想要知道答案,很快,他就听到陈松虞平静地说:"因为他也在。"

池晏的薄唇缓缓上扬,他紧扣着陈松虞的手腕,在她细腻的手指上不断地摩挲。他的掌心感受着她的脉搏,如此鲜活,如此真实。

所以,他们是一样的。那一天,当他决定折返回去找她的时候,其实他根本不能确定她是不是在场,不过是凭着莫名的第六感,但即使是最微小的可能,他也不能放过。原来她也是如此。她奋不顾身地跳进一个陷阱里,甚至不知道那里面究竟藏着什么,捕兽夹,还是野兽的利爪,只因为她想和他在一起。

陈松虞像是察觉到他的情绪,反握住他的手。

池晏轻轻地吻她的耳郭,低声说:"谢谢你。"

玻菱不断地摩挲着光滑的椅背,这动作暴露了她内心的焦躁不安,她的声音也变得越来越神经质:"既然你们这么恩爱,怎么不干脆死在一起?那么多人给你们陪葬,我明明为你们策划了最完美的葬礼……为什么不死?你们为什么不去死?"

陈松虞说:"我也想问为什么。你明明说过,他尊重女性,他是个很好的老板,你甚至还会给他投票。"

"是的,他的确很完美。"玻菱冷笑一声,"但很可惜,要不是他,我的哥哥不会死。"

一切都在无形中形成了一个完美的闭环,太过完美,甚至有点讽刺。

在 S 星剧院的那一夜,当杨倚川上台表演的时候,台下根本不应该有两个人在拍纪录片。而陈松虞之所以会出现在那里,根本原因是,池晏的一个手下做错了事。

那个手下因为粗心大意,导致了致命的过失。池晏的手下都签过军令状,令行禁止,不该有任何差池,所以那个手下被池晏不容分说地开除了。他因自己再也没有机会实现心中的理想,而变得十分消沉,不久就在一次意外中去世了。

现在,他的妹妹却坐在了他们的面前,咬牙切齿地要把池晏当作造成哥哥之死的罪魁祸首:"我要给我的哥哥报仇。"

池晏在听到玻菱说她哥哥死了的时候,眼里有一丝诧异。在对方说要给哥哥报仇后,他用指节敲了敲椅背,银幕上的画面静止了,电影不再继续播放。他又用另一只手轻轻地推了推陈松虞,说:"你该走了。"

"怎么,你心虚了吗?"玻菱讥诮道。

池晏淡淡地说:"只是觉得,这是你和我之间的事。"

玻菱的音调骤然抬高了,甚至有几分尖厉:"这不是你和我的事!这是你和我哥哥的事!"

陈松虞这时站了起来,座位弹了回去,发出了"嘎吱"一声巨响,回荡在空旷的放映厅。

她对池晏说:"那你自己小心。"

池晏笑道:"嗯,让其他人也出去吧。"他说的是围在外面的保安。

陈松虞露出了犹豫的神色:"可是……"

"乖,听我的。"池晏拍了拍她的手背,"给我们一点说话的空间。"

"装腔作势。"玻菱在一旁冷笑。

"好,我让他们全部撤走。"陈松虞只好妥协,"你们聊吧。"

她拎着那个伴手礼的袋子,转身离开了影院。门开了,光线短暂地倾泻进来,放映厅内很快又都归于黑暗。

玻菱带着恨意道:"你知道吗,自从你开除了他,他每天都过得浑浑噩噩。他曾那么尽心尽力地为你效劳,你却因为他犯了一个错,就再也不愿相信他了。如果不是因为你扼杀了他实现理想的可能,他就不会酗酒,喝得迷迷糊糊而发生意外。"

池晏明白了,对方把失去哥哥的所有痛苦归咎到了自己身上,可他才没工夫去跟面前的女孩做什么心理疏导,而是直接说:"让我猜一猜,你最初的计划,是给我下药,是吗?"

玻菱冷笑道:"当然了,池先生。"

她故意用这样的称呼，极尽嘲讽。因为她知道，她哥哥曾一向称呼池晏为"池先生"，用一种敬畏到让她觉得恶心的语气。

她继续说："我本来想，等你竞选成功当上总督，之后再一点点发疯，那该多好。毕竟，尝过赢的滋味，再慢慢地失去，才是最痛苦的。"

失眠是池晏最大的痛苦。为了应付竞选期的大量工作，他偶尔会服用一种精力药。他并不知道，在这种精力药的成分里，含有一种最新的实验型药品，里面只有很小的剂量，以目前的医学水平，根本检测不出来。但日积月累，这种药会加剧他的失眠和躁郁，也会令他慢慢地对这种药物产生依赖。最妙的是，假如这种药物和尼古丁的作用叠加，效果会加倍，而他恰好有严重的烟瘾。

"嗯。"池晏点点头，笑道，"不错的想法。"

现在想来，他的确一度失控过，在某些微不足道的事情上，比如那个小偶像——江左，假如是从前的他，一定不会用这样明显的手段来白白惹陈小姐生气，他会选择一些更迂回的方式。

玻菱继续冷冷地说："在你服药的最初期，我还故意给你所在的那个剧组制造了一些小麻烦，就是为了转移你的注意力。这个计划本该万无一失，但很可惜，它失败了。你身体的抗药性，实在比我想象中要好太多。"

池晏笑了笑，他并不打算告诉这个天真的女孩，问题不是出在他本身的抗药性。他的确服用过那种药，甚至一度濒临过量，假如不是因为陈小姐——真奇怪，只要靠近她，听见她的声音，他就会安定下来，不会再失眠，更不需要贪恋药物。

所以是她减少了自己后来对药物的依赖，是她救了他。

池晏收回思绪，手指摩挲着金属武器："然后呢？"

"然后……当然是下一个计划。"玻菱说，"既然迂回的招式对你不管用，那就更直接一点，杀了你。我知道你很厉害，但再厉害你也只是一个人，没有三头六臂。你有那么多仇家，那么多人想要你的命。他们只不过差个人在中间牵线罢了。"

于是她煽风点火，穿针引线，将这些人聚在一起，说服他们为了共同的利益而短暂地结盟。

"你知道吗?我甚至根本不需要出面,只要站在最后面,轻轻地推他们一把。反正没人会想到,是一个微不足道的小人物想出了这些。"

池晏勾了勾唇,仿佛这句话终于勾起了他一点兴趣。

"但我从来不小看女人。"他说。

玻菱哼笑:"你什么时候开始怀疑我的?"

"傅奇醒来的时候。"池晏轻笑着说,"他告诉我,在贫民窟的那天晚上,他在彻底昏迷以前,听到了一些……很有价值的东西。"

"傅奇。"玻菱重复着这两个字,脸色隐隐地变白。这比她预想的时间要早得多,傅奇已经醒来一段时间了。她本以为,自己只是因为这两天的事情才被暴露出来。

不过,在这个节骨眼上,没必要再想太多了。反正他们已经部署好了一切,那是个万无一失的计划,她只需要拖延时间。她问池晏:"你为什么不杀了傅奇?"

"为什么要杀他?"

"因为你就是一个冷血动物,你没有心。"玻菱说,"傅奇——你最忠心耿耿的下属,他有这么明显的嫌疑,所有的证据都指向傅奇就是那个内鬼。你为什么不怀疑他?不惩罚他?我就是要你因最信任的人背叛你而愤怒到亲手杀了他,然后发现,其实他是清白的,你判断错了,就像你当初不信任我哥哥那样。"

强烈的恨意令她的身体都开始微微地痉挛,她的声音也在发抖。

"是你害死了我哥哥。"她盯着池晏,一字一句地说,"所以,我要你向他忏悔,我要你们都为他陪葬。不光是你,还有你的陈导演。你在乎的东西,你爱的东西,我都要摧毁。"

玻菱看了看手表,慢慢露出一个冷酷的笑容:"现在这个时间,她已经是一具尸体了吧?"

这家影院太老旧,没有专门的停机坪,需要往外再走一小段距离,才能到达飞行器泊停的位置。

跟着前面的人拐过一个弯,绕到后巷的时候,年轻人快步向前,用一把激光武器稳稳地顶住了前面之人的后腰。

前面的人的身体顿时僵硬了，卫衣的帽子遮住了对方的目光，只露出了紧抿的唇和紧绷的下颌。

"陈导演，请跟我们走。"年轻人说。

前面的人没说话，手指攥紧了手里拎着的那个装着伴手礼的袋子。

他们弯弯绕绕，不知走了多久，终于来到了一个隐蔽的仓库，里面藏着另一架飞行器。

"请进吧。"年轻男人顶了顶武器，要将陈松虞推搡进仓库的阴影里。对方却不肯动，反而转过身来。

年轻男人握着武器的手一紧，正要说些什么，余光突然看到自己的胸口处有一个小小的、致命的红点——有狙击手。

寒意瞬间倒回他的大脑，他知道自己暴露了。不仅如此，他还暴露了他们的大本营。他亲手将敌人引了过来。

什么时候？为什么？他没空去思考，张口要向同伴示警，同时握武器的食指也往下压——然而已经来不及了，对方的反应更迅猛，一只手缴了他的械，另一只手用力地捂住了他的嘴，将他按到墙边。一连串的动作快得如行云流水。

他在失去意识前，脑中的最后一个想法是：这并不是一只属于女人的手，这是一只常年握武器的手，这是……男人的手。他们轻敌了，现在大势已去。一群全副武装的手下，冲进了这间仓库。

只有"陈松虞"还站在门口，他将脚边软绵绵的身体踢开，又慢慢地蹲下身来，将旁边的武器捡起来。

他取下了兜帽，露出一张秀气的脸。因经过了重重伪装，乍一看的确雌雄难辨。但这不是陈松虞，而是路嘉石。

他把武器对准那个礼品袋，"砰"的一声，有什么东西骨碌碌地滚了出来，是被打烂的最新型 AI 窃听器和定位器。他满意地笑了，拨了个电话出去："你们那边怎么样？"

"很顺利，路哥。公司和实验室里的'尾巴'，都已经被清理干净了。"

"好呀。"路嘉石笑嘻嘻地说，"那就把他们一网打尽吧。"

他又打了第二个电话,用一种孩子气的口吻,邀功般地说:"嫂子,我这边的事情都解决了哦。"

电话另一端的陈松虞难得地没有驳斥"嫂子"这个称呼。

"嗯。"她平静地说,"你辛苦了。"

"你们那边怎么样?"

陈松虞抬头,看着面前的大屏幕。屏幕上,影院的每一个角落都尽收眼底。屏幕上最中心的一小块,是放映厅内的情形。

池晏控制住了玻菱——这是他们事先就商定好的计谋。

先前傅奇醒来之后,尽管提供的线索有限,池晏还是很快就锁定了这个女孩。一旦确认了怀疑的目标,顺着往下查,就会很简单。他之所以一直按兵不动,是因为他始终认为,在她背后还有一个人,尽管那个人从未暴露过自己。

听完玻菱刚才所说的话,陈松虞也能够确认,玻菱背后的确有人。疑点很明显,作为内部人员,玻菱有途径入侵核心实验室。但是那所谓的新型药品,又是从哪里来的呢?

还有,剧场那一夜发生的事是绝密的,玻菱的哥哥即使被开除了,也绝对不能向他人对此事透露半分,否则他将受到更严重的处罚,他只能将所有苦闷埋在心里,所以才借酒消愁。

从刚才玻菱的自白来看,她应该只知道她哥哥犯了错,才被开除,根本不清楚当夜的真相,不知道她哥哥到底犯了什么错。

如果她只是因此就把哥哥的死完全怪到池晏头上,根本犯不上这样孤注一掷地来跟池晏拼命,一定还有人在背后推动她,帮助她。否则单凭她自己的力量,不可能做完这所有的事情。

或许,她哥哥的死甚至都不是意外,而是她背后那个人计划中的一步,这样就能加速让她成为那个人借刀杀人的那把刀。

所以今天这场试映会,并非真为玻菱而举办,这只是一个诱饵。陈松虞和池晏故意在礼堂里演了一出戏,又让路嘉石当诱饵,引出了剩下的人——实际上陈松虞本来想要亲自上阵,但是池晏不答应,他不允许她再冒任何的险,就安排路嘉石来当她的替身。

现在,他们都在耐心地等待着……等待着那个最后的人现身。

不多时，陈松虞看到剧院的角落里似乎多了什么。她立刻切换了屏幕，将画面调整到了最大。

是一道人影，不，是两道。他们背对着镜头，一个身形魁梧的男人，慢慢地推着一个轮椅往里走。轮椅在地上摩擦，发出了刺耳的声音。

"……他来了。"陈松虞说。

"你不该动她。"池晏反扭住玻菱的手臂。

玻菱被死死地压制住，动弹不得。剧痛碾过神经，像毒液顺着血管飞速地扩散到全身，带着某种可怕的麻痹性。

她在心里告诉自己，她不该怕的，明明当她走进这个礼堂的时候，就已带着献祭一般的心情。可是为什么，她依然会感到恐惧？

池晏低垂着眼，冷声说："你以为我为什么会允许你对我做这些小动作？"

玻菱恨恨地道："因为你……对不起我哥哥，你心里有愧。"

"愧疚？"池晏的声音含着笑，尽管眼里并没有任何笑意，"每个人做错事，都要付出代价，包括你的哥哥。"

这句话成功激怒了玻菱，她使出浑身的力气挣脱池晏的束缚，摔倒在地后，她仰起头，愤怒、不甘和不愿承认的恐惧，令她冷汗涔涔。她嘴唇颤抖，仍然想要说些什么来反驳他，想要怒斥他的无情。

可是在池晏黑洞般、飓风般的俯视之下，她竟然什么话都说不出口。她的身体僵硬了，仿佛在一寸寸地结冰。

"这很公平。他知道自己在做什么，我不容许他有一丝失误，毕竟他拿的是卖命的钱。"池晏淡淡地说，"你以为，他是靠什么把你养大？"

玻菱以手撑地，竭力想让自己镇定下来，可是她的身体一直在抖。她的余光瞥到影院银幕两边的幕布，是殷红的、艳丽的、危险的颜色，像鲜血。

她会死吗？真的会死吗？之前她在背后策划了这么多，却从未站在事件的前线，甚至很少去看现场的视频和图像。死和伤对她而言，都不过是轻飘飘的数字，她从未真正感受到死亡的重量。

直到现在，直到她看着池晏的眼睛，她才终于明白，原来在凝视深渊的时候，她自己也早已变成了更失控的深渊。她所制造的那些混乱，那些伤者……他们又何其无辜？梁严真的会是比眼前这个男人更好的选择吗？

她的耳边忽然又回响起哥哥的声音，哥哥曾说："跟了池先生这么多年，我从来不敢看他的眼睛。"

而自己当时嗤之以鼻："有什么不敢看的？他又不是美杜莎，看一眼就会让自己变成石头。"

这一刻，当她看着那双狭长的眼睛，她终于明白了哥哥那句话的意思，也明白了哥哥当时在害怕什么。那根本就不像一个正常人类该拥有的眼神——漆黑的瞳孔周围一圈银白的边缘，像渐渐被吞噬的光线。仿佛有一条致命的黑曼巴蛇，慢慢地对她张大嘴，露出乌黑的口腔，发出"嗞嗞"的声响。

她突然觉得很冷，冷得牙齿都要打战，好像每一寸关节都被冻僵了。她眼睁睁地看着池晏朝自己倾下身来，目标明确地在她身上搜寻，很快，将她藏在衣领下的 AI 窃听器扯了出来。

玻菱睁大眼睛，大脑一片空白，如遭雷击——他发现了，他早就发现了他们的计划。她本以为自己是黄雀，原来也不过是被虎视眈眈的螳螂。兜兜转转，她还是猎物。

她第一次感受到绝望，太沉重的绝望，就像日全食的天空，没有一丝一毫的光线，只有无边的黑暗朝着自己压下来。

池晏冲她微微一笑："再会。"

女孩被他的微型麻醉枪命中，很快倒地。

池晏随手拉开一把椅子，坐下后，指节轻轻叩了叩扶手。他抬起头，专注而平静地望着面前静止的大银幕。

"开始吧。"他说。

银幕上的光线慢慢像潮水一样退去了，九十分钟如此短暂。影片结束时，静静流淌的《流行的云》的吉他旋律，遮盖住了脚步声与轮椅的滚轮声。

不过，池晏早就清楚，自己并非这放映厅里唯一的观众。从影片开始的那一刻，就有人静静地蛰伏在黑暗中，和他一起观看这部电影。

他的指节又敲了敲椅背，银幕又亮了起来。影片开始重新播放。

再一次，他欣赏着影片的第一个镜头。金红色的人造光笼罩着黑夜里的房间，迷离的光线勾出三个男人的轮廓，石家父子和沈妄，他们坐在同一张桌子旁，离开时，却各自选择了不同的方向。

画面构图就暗示了他们最终的命运——有人走向黑暗，有人走向光明，有人走向死，有人走向生。与此同时，画面上还交叠着一幅诡秘的画。目眦欲裂的兽，无情地啃咬着雪白的后背，正是那幅"农神食子"的文身，如同恶魔鲜红的符咒，浓厚，黏稠，占满了整个银幕。

然而，此时此刻，银幕画面的一部分，被两道煞风景的人影挡住了。有两个人站在银幕前，直勾勾地望着池晏。一个扶着轮椅，一个则端坐在轮椅上。血红的符咒，起起伏伏地映在他们的脸上，一眼望过去，比那人身后的电影更具视觉冲击力。因为坐在轮椅里的男人有一张恶鬼一般可怖的脸，脸上伤痕累累，像被烈火焚烧过，被毒虫啃噬过。

他开口时，声音也极其沙哑、生硬，带着令人感到不舒服的电流。原来那并非他自己的嗓音，而是通过机械人工声带发出的嗓音。

"原来这就是你心目中，我们的过去。"机械声带一板一眼、毫无起伏地发出声音，"池晏，你还是和从前一样，满口谎言，大言不惭。"

池晏看着他，轻笑道："我最亲爱的弟弟，你没有听说过一句话吗？历史，只是一个任人打扮的小姑娘。"

在听到"弟弟"这两个字的时候，陈松虞下意识地倒吸了一口冷气，她维持着镇定，对坐在监控屏幕前的人说："声音关掉吧。"

黑客希尔原本正一副看戏的表情，闻言发出恋恋不舍的一声："啊？"

陈松虞说："这是他的私事，你不会想听到的。"

希尔一激灵，终于反应了过来："哦，哦！好的！"

他手疾眼快地关闭了监听功能，只把摄影功能继续开着，屏幕也放到最大，以防万一——也不会再有万一了，局势已定，其他人都在外面守着，只等池晏的最后信号。

希尔又忍不住道："难怪呢，我还在纳闷，池先生怎么不在这个轮椅怪人刚现身的时候就抓住他，偏偏还要等他看完电影。原来是因为他们还有悄悄话要说啊。"

陈松虞笑了笑，没说什么，但她在心里纠正了希尔，是因为，他们都是这部电影的一部分。

当银幕上的沈妄和石青在对峙的时候，银幕下这对旧识亦是如此。甚至，他们连输赢的结果都一模一样。电影与现实，在这一刻重叠。真与假的命运，归为一体。

陈松虞终于明白为什么池晏要选择以一场电影试映会为饵，因为他早已猜到了幕后之人是谁。而他的弟弟一定也和他一样等待着这部电影的到来，等待着回忆重新照进现实。这是最好的诱饵。

陈松虞忍不住想，现实里的"石青"当年是如何侥幸地活了下来，处心积虑，蓄谋报复的；而池晏又是如何察觉到弟弟还活着的。这对兄弟现在在说些什么，他们究竟还有什么旧日的恩仇要了结。

不过这些都与她无关。

她只是有些懊恼，其实她早就该想到的，不是吗？

池晏，沈妄。名字就是真相。

她想起她最初随他来 S 星的时候，还抱着一个天真的初衷。她想要给池晏一个机会，她想要了解他的过去。

原来她早就已经了解过他了，原来池晏早就将自己的一生，完完整整地摊开在她面前。原来她在公爵府读到这个剧本的一刹那所产生的那种悸动，是因为，字里行间都是最真实的他。那个被地狱之火焚烧成灰的灵魂，在向她发出呼救。

陈松虞并非没有怀疑过，池晏为什么要拍这部电影，池晏的动机究竟是什么，可是心底里总是有个声音阻止自己想下去，阻止自己发现最后的真相。

或许这是她的自我保护机制在作祟，因为，等真相浮出水面的那一刻，她也会万劫不复，她再也无法离开他。

当一切结束的时候，池晏还没有离开那个座位。没有人知道在这座寂静的礼堂里，这对兄弟最后究竟说了些什么。监控录像里所看到的，也只是近乎静止的黑白默片。

电影还在继续，池晏摸出一颗薄荷糖，塞进嘴里。

"收拾一下。"他吩咐冲进来的人,"我再看一会儿。"

让最顶尖的星际雇佣兵代班清洁工,这是只有池晏才能发出的命令。但收到命令的人毫不迟疑地照做了,他们安静而高效地把被微型麻醉枪命中而昏迷倒地的几个人都抬走,并将礼堂收拾得很干净,然后无声地离开了。

不久,有人推门进来。轻盈的脚步声越来越近,终于在池晏旁边停了下来。

陈松虞问:"为什么不告诉我?"

没头没尾的一句话,但池晏知道她指的是什么。

"我说过了。"他笑了笑,"只是你没有听见。"

"那就是没有说。"陈松虞转过头来,直勾勾地看着他,"你看着我的眼睛,再说一次。"

银幕的微光勾勒出池晏侧脸的轮廓,再没有一个男人能像他一样,即使在黑暗之中,也如此耀眼。他慢慢地转过头来,用摄人心魄的眼,凝视着她:"好。"

接着,池晏慢慢地说出了答案,而她高悬的心脏,也在这一刻尘埃落定。

原来,他才是她真正的男主角。没有哪个导演会不爱自己电影里的主角。

不知是从哪一刻开始,谁先凑过来,谁先撬开了对方的唇,总之他们搂抱在一起,疯狂地汲取着对方的气息。

他的手指抚摸着她的颈项,又沿着她的脊背慢慢下滑。放映机的银色光线投射到她雪白的皮肤上,像大片大片绚烂的文身。池晏从未见过这样美的女人,她太美好了,她的温度,她的声音,她柔软的睫毛,她落在他喉结上的吻,都让他沉迷。当她凝视着他的时候,那双氤氲的眼睛望进他灵魂深处,令人想到靡丽的万花筒、最迷幻的霓虹灯影。

某一瞬间,陈松虞俯下身,贴近池晏的胸膛,去听他的心跳。那是凶猛的、近乎疯狂的跳动,和她一样,他们似乎永远都在同一频率。

她曾经是那样痛恨人类对于基因的崇拜,可是基因究竟是什么呢?生死关头的共感,灵魂深处的共鸣,也是基因造成的吗?对一个人最真切的感知、最深入骨髓的渴望,也是因为基因吗?

池晏曾经问过她,什么是她的信仰。那时她毫不犹豫地回答,是电影。

她倾尽了自己的全部完成了这部作品，也竭尽所能地去理解了一个人，去感知他，去塑造他，再没有谁曾与她这样靠近过，从身到心。而此刻，这个男人跳出了银幕，与她紧紧相拥。

她的电影，她的角色，将永远都是她身体里的一部分。

究竟是如何离开那座礼堂的，陈松虞已经忘记了。她只记得电影放了一遍又一遍，银幕上的画面最终变成绚烂的光斑，变得逐渐模糊不清。最后他们将衣服捡起来，仍然不忘交换几个断断续续的吻。

之后他们回了公司，从飞行器里出来，坐电梯登上顶楼。

陈松虞问："是去你的公寓吗？"

"是我们的公寓。"池晏纠正她。

陈松虞觉得好笑："好，是我们的公寓。"

剩下的话都被吞没在了绵长的吻里。

小小的玻璃盒里，一对男女变成了两道黄澄澄的剪影。在他们身后，无数张广告牌交相辉映。大千世界很快就变成了无关紧要的浮光掠影，而他们一路上升，恍如升到云端，脚踩柔软的云团，两人慢慢化成了空气里的粒子。

终于，电梯门开了。

陈松虞感觉，从电梯门通往公寓的这段路，是她一生中走过的最漫长的一条路。池晏直接将她抱了起来，用牙齿扯开她衬衫上的第一颗纽扣。衣物与皮肤摩擦时的声音和他扣住她后颈时不加掩饰的凶猛，都让她产生一种错觉——他们像两个疯狂的亡命之徒，像邦尼和克莱德，沿着无穷无尽的公路，穿越沙漠和戈壁，逃向黑暗，逃向梦的尽头。

"啪嗒"一声，公寓的门终于开了，又很快被关上，尘世被锁在了门外。落地窗外，城市的光线倾泻进来，暗红的、粉红的、金黄的……流光溢彩的夜都被搅乱了，化作最初的梦、最后的梦。整座公寓，都仿佛变成了玫瑰色的乐园。

接下来几天，陈松虞和池晏都请了假，他们关掉手机，与世隔绝。明明还有不少公务要处理，还有不少决定等待自己去做，但这些对此时此刻的他们来说都不重要了，没什么比感知、探索彼此更重要。

这天早晨，陈松虞醒来，终于痛定思痛，觉得自己不能再这样下去了。她按开了窗帘，又打算去拿手机，然而下一秒就被池晏按进怀里，被他紧实有力的手臂牢牢地禁锢住。

"再睡一会儿。"他将头埋进她的颈窝，干燥的唇落在她的脖子和发间，像清晨暖融融的光线。

假如再让他继续下去，这又会是荒废的一天。

陈松虞在他的怀抱里翻了个身，面对他，望着他的眼睛，问："为什么要延后电影的档期？"

当知道这部电影拍的是池晏本人的故事时，她就立刻明白了池晏筹拍这部电影的真实目的。他的出身始终是隐患，而这部电影的原型是他，所以影片必须在竞选期内上映，为他造势，越快越好。

"只是不想你那么累。"池晏说。

"那竞选怎么办？"

"无所谓了。"池晏轻轻吻了她一下，"你拍你喜欢的电影，不用跟我扯上关系。"

陈松虞沉默了片刻，从前她觉得他是个物尽其用的男人，简直精明到可怕。而她对此也能理解，甚至在某种程度上认同他的做法，因为这也是她自己习惯的处世之道。她相信人与人之间，只有用利益来维系的关系才最稳妥。

可原来早在她察觉以前，他已经愿意为她放弃这些原则。

"没关系，我觉得这样很好。"她对池晏说，"我不介意被你利用。"

他笑了出来。

陈松虞钩着他的脖子，认真地说："其实，与其说是被利用，我反倒觉得，我们是有着同样的目标。"

"哦，完美的合作伙伴？"池晏掀了掀眼皮。

"好了，不要记仇了。"陈松虞也笑了，"是缘分，我们很有缘。"

"嗯。"池晏满意了，又凑过来亲吻她的眼睛。

是缘分，也不只是缘分。

陈松虞突然心念一动，要告诉他吗，告诉他那个关于基因检测的秘密。

但在这个场合似乎太没有仪式感,于是她说:"等这部电影上映,我告诉你一件事。"

池晏只说"好",没有追问。

在跟张喆连续开了一段时间的视频会议之后,陈松虞终于受不了这样的低效,她决定动身回K星处理电影项目剩余的事宜。她来的时候只是临时起意,所以没带什么行李,离开时反而多了一丝牵绊。

在公寓里住着的这段时间,她零零散散地买了一些小东西,如今莫名地很想把它们带在身边。还有池晏办公室里的那些书,里面竟然有不少从前的文学和哲学领域的孤本,现在已经很难买到。

陈松虞站在书架前,心无旁骛地挑着书,池晏敲了敲门,走了进来,将好几个购物袋放在了办公桌上。

"路嘉石帮你买的伴手礼。"他说。

陈松虞诚恳地说:"太谢谢你们了。"

池晏轻笑一声:"谢我干什么?谢他就行了。"

礼物是给她爸爸、张喆和剧组其他人的。陈松虞从来不是很擅长这些人情往来,好在路嘉石自告奋勇帮她挑好了。池晏放完东西,还没有走,就站在办公桌后面,安静地看着她。

"一定要走吗?"他问。

陈松虞按捺下内心翻涌的情绪:"要走的。"

说着,她踮起脚尖,想去拿最高处的一本书。池晏走到她身后,毫不费力地将书拿了下来,放到她手心:"路嘉石说我没有尽到地主之谊。你来了这么久,我竟然都还没有陪你出去逛过。"

他们隔得很近,池晏温热的气息落到她耳后。

"没关系。"陈松虞转过身来,仰头看着他,伸手慢慢地摩挲他的侧脸,又带着池晏低下头来,和自己交换了一个辗转的吻,"我们都忙,以后还有时间。"

他将她按到书架上,让这个吻变得更深入,彻底剥夺她的呼吸。

"等这边的事情结束,我就去找你。"耳鬓厮磨之间,他低声说。

"你一定要来啊,我还要等你来参加首映礼呢,制片人。"

"好。"

突然"啪"的一声,一本书从书架上掉了下来,两人同时弯下腰去捡。

是一本名叫《野棕榈》的书。

陈松虞说:"真巧,我刚才还在找它。"

两个人的手同时碰到封面,也碰到彼此的皮肤。真是奇怪,他们明明已经习惯了彼此的身体,但是指腹相触的一瞬间,还是会产生一种如初见般的悸动。

他们同时抬起头来,相视而笑。即将离别的愁绪,也被某种温情脉脉所取代。

回 K 星之后,陈松虞要做的事情就多了起来。

在盯着后期的同时,陈松虞还陆陆续续地邀请了一些同行朋友来看片。大多数人的反馈都很好,但在她的强烈要求之下,朋友们还是提了一些细节上的意见。她相信好作品都是改出来的,所以也不厌其烦地斟酌和修改。

之后还有宣传和发行方面的工作,要做预告片、宣传物料。她隔三岔五就要跟对应的工作人员一起开会,确认宣发的方向和规模。

"其实陈导演,您不必急着在这个档期上映的。"在一次会议上,发行的主管提出建议,"一来,片子刚拿去送审,审查机构那边的办事效率您也明白,我们问了好几次,都没有个准话;二来,如果继续按照原定时间上映,这个片子就拿不到今年星际电影节的入围资格了。"

陈松虞蹙眉,端起旁边的玻璃杯,轻轻抿了一口。

主管继续说:"我们看过样片,都很喜欢,也很有信心。目前唯一的短板是影片的时长,您知道的,九十分钟,有点挑战观众的观影习惯了。所以假如片子能先进电影节的入围名单,宣传期的效果一定更好。我们这边跟院线经理谈后续合作时,也会更有底气,后期的排片也能更有优势。"

他使了个眼色,另一位同事立刻将提前拟订的方案投影了出来。方案里有非常详尽的优劣势分析,条理清晰,翻来覆去都指向了一个结论:像这样一部题材较为严肃的剧情片,在奖项的加持下才是最好卖的。

陈松虞看着屏幕上的数据，神情平静，不置一词。

过了会儿，张喆打破沉默："陈老师，你真的不考虑一下吗？我问了几个业内的前辈，他们都觉得你这部电影是很有拿奖的希望的。"

他和陈松虞一起经历了两年多以前的滑铁卢，所以也最懂她的心结。他认为，这会是一个前所未有的、一雪前耻的好机会。

"……错过的话，就实在太可惜了。"他说。

所有人都望着陈松虞，只听她嗓音坚定道："我们按原定档期上映，这件事就这样决定了，不必再议。"

陈松虞说完这句话，内心有点感慨。两年前在电影节的颁奖礼上，她是那样迷茫、耻辱和痛苦。可是就在刚才，当其他人试图说服自己的时候，当张喆说"你很有希望得奖"的时候，她的内心居然没有任何感觉。既没有胜利的喜悦，也没有报复的渴望，她发现她已经不在乎这些东西了。

她依然对拍电影充满热情，但是现在的她，已经不需要再靠任何奖项，或者票房成绩来证明自己。所有的这些条条框框，都是别人设定的标准。而现在，她自己才是唯一的标准。

其他人欲言又止地望着陈松虞，但看她的态度坚决，也没再说什么了。

"那就散了吧。"陈松虞说，"今天各位辛苦了，回去早点休息。"

她一边往会议室外走，一边打开了手机，手机上有新消息弹了出来。

池晏给自己打过好几通电话，后来又换成了文字消息。

池晏：**还在公司？**

已经是一个多小时以前的消息了。她望了一眼窗外，天早已全黑。

陈松虞：**开会，刚结束。**

最近她跟池晏时不时会通电话，多半是在晚上。白天两个人都忙，同时有空的时候并不是很多。就好像现在，他迟迟没回这条消息，想必是又被公务缠住了。她也没太在意，将手机揣回兜里。

张喆这时从她身后经过："陈老师，送你回家？"

"好。"

"现在住在哪里？"

"你知道的，老地方。"

陈松虞已经搬回了市中心自己住的那个小房子。她本来打算继续陪她爸住在郊区，但她要频繁开会，她爸心疼她每天来回跑那么远，主动提出让她搬回她自己的住处。

她记得当时父亲说："有空的时候，陪我去教堂里走一走就好了。"

父亲说这话的时候，仍然背对着她，后背习惯性地佝偻着，灯光将他后脑的银发照得很清楚。她从他耳后看出他戴着一副老花镜，不知他在看什么。

陈松虞回了声"好"。

过了片刻，她终于从眼熟的封面辨认出了他正在看的是哪本书。那是《魔灯》，她小时候常常会读的一部导演传记。某种程度上，也是她的电影启蒙之一。

陈松虞说："爸，你在看这个啊。"

父亲转过身，举起了手中的书，朝着她晃了晃。

陈松虞依稀记得，这本书封面的一角之前被她不小心撕坏了，现在它被父亲粘好了，仿佛完好如初。

"喏，我给你修好了。"他说，"没事的时候，我经常会翻翻你和你妈妈留在书架上的书，挺有意思的。"

"谢谢爸爸。"陈松虞走过去，轻轻抱住了他的背，"我会常常回来的。"

回家之后，陈松虞戴着耳机下楼去跑步。

最近她不自觉地开始减少在家的频率，不知道为什么，从前的她明明很享受独居生活，现在却开始感到不习惯。推开门的时候，总以为自己会在客厅见到另一个人。所以当视线触及空荡荡的房间，心里总好像缺了点什么。

好在运动能够分泌多巴胺，慢跑了一个小时后，她的心情畅快了很多。她微微喘着气，一边擦额头的汗，一边往家的方向走。刚走到公寓楼下，突然，她的脚步顿住了。昏黄的路灯下，池宴懒洋洋地倚靠在墙边，修长的双腿随意地交叠着。

听到声音，池晏抬起头来，冲她微微一笑。

"你没有接我的电话。"他的语气中有一点委屈。

陈松虞看到他手中拎着一瓶酒，她摘掉一边的耳机："我在跑步。"

运动之后，她的脸上泛起了健康的红晕。鼻尖的汗珠，被路灯照出了漂亮的浅金色。在这个时候，问他"你怎么会来"好像显得很多余，于是她说："你知道我现在在听什么吗？"

池晏挑了挑眉。

陈松虞朝他走过去，将另一只耳机递给他。耳机里，一个沙哑的女声唱着："They say all good boys go to heaven.But bad boys bring heaven to you."。

他将酒瓶塞进陈松虞手里，又把她横抱起来，踢开了公寓的门。

他最后说了一句"Let's go to heaven"。

一个空了的酒瓶，在床脚下滚了一圈，最后滚进了满地的衣物里。毛毯上的水痕，混合着烈酒的气息，一直蔓延到卧室，像塞壬的银尾一摆，留下一夜浮梦。

水流声时断时续地传到陈松虞的耳朵里，她翻了个身。

视野正对着窗户。现在太早了，街上几乎还没有人。陈松虞看着路灯一盏盏地灭掉，取而代之的是雾蒙蒙的晨光。在这个将明未明的时刻，天空呈现出一种浓墨重彩的深蓝。

花洒的声音终于停止了，浴室的门很快被推开，温暖的水蒸气顿时弥漫进房间。池晏温暖的身体凑了过来，光滑而微湿的皮肤，有种大理石般迷人的质感。

一个吻落在了她的后肩。

池晏说："吵醒你了吗？"

陈松虞转过身："没有，我的生物钟就是这样。"

池晏笑了笑："这么早。"

"是啊。"陈松虞眼神专注地看着他，像美术馆的观众在仰头欣赏一幅价值连城的作品。明明不是第一次见到，但是当他站在她的卧室里，这画面还是太过摄人心魄。

熹微的晨光照着眼前这具身体，令这具身体上的每一寸看起来都像上天握着米开朗琪罗的手所凿刻，有种登峰造极的美。他拿毛巾擦起了头发，同时坦然地接受她的注视。直到一滴水珠沿着他锋利的下颌落到她的脸上,慢慢地滑到脖子。

陈松虞心想,他一定是故意的。

池晏再一次弯下身,按住她的肩膀,细致地帮她舐去,仿佛唇间衔着世上最名贵的珍珠。

"今天请一天假好不好?"他低声说,"在家陪我。"

"……好。"

此刻他就是蛊惑人心的塞壬,剥夺了她的视觉和听觉,让她在这迷雾般的海上,只能听到他一人的歌声。

等他们真正起床的时候,太阳已经升得很高,她不得不拉上窗纱。

池晏去帮陈松虞倒咖啡。他背对着她,赤着上身,站在厨房。日光倾泻下来,照在他后背大片的文身和性感的腰线上。陈松虞见过很多顶级男模,但与池晏相比,似乎都差了点意思。这样一个人,却甘之如饴地站在她的小厨房里,帮她倒咖啡。

没过多久,池晏端着咖啡回来,将陈松虞从被子里捞起来。他帮她穿上白色睡裙——这条睡裙仿维多利亚时的款式,系到脖子的衣领和长袖袖口有着大量的蕾丝和褶皱。

"手伸出来。"他修长的手指拿着她领口细细的丝带,很认真地打了个漂亮的结。

陈松虞哈哈大笑了起来,为他仿佛在打扮小女生的诱哄语气。

陈松虞是后来才知道,池晏这趟过来是出个短差。为此他还推掉了许多工作,提前一天过来,只为给她一个惊喜。

"结果我在你家楼下站了半个多小时。"他说。

陈松虞说:"谁要你在我跑步的时候过来?"

"嗯,都是我不好。"池晏诚恳地说。

在大庭广众之下不能做什么,他就抬起陈松虞的手,轻轻吻了一下。华灯初上,他们牵着手在外面散步。这时信号灯变红,两人停下了脚步,驻足在一个车水马龙的十字路口。

这里是这个区的心脏地带，寸土寸金。鳞次栉比的高楼表面覆盖着不可计数的电子屏幕，正循环播放着商业广告。

　　"我每天跑步都会经过这里。"陈松虞随口道。

　　"嗯。"池晏抬起头，"S星也有类似的地方，在市中心。"

　　"所以？"

　　"如果你喜欢这样繁华的地带，我们可以在那里买一套房子。"池晏说，"这样你也可以天天看到这种景象。"

　　霓虹灯落进他的眼底，陈松虞的心跳漏了一拍。这时，伴随着一阵清脆的铃声，红灯终于转绿，他们被行人裹挟着往前走。

　　汹涌的人潮里，池晏忽然倾下身，在她耳边暧昧地说："话说回来，你知道的，你现在的那间公寓……实在太小了。"

　　陈松虞的声音很正经："我知道什么？我一点都不知道。"

　　她忍不住勾起嘴角，同时，也将他的手握得更紧。

　　这一刻，他们十指相扣，在繁华的街头散步，像一对最平凡的情侣一样。或许下一次，他们可以一起晨跑，一起遛狗。

　　她突然觉得，这的确是值得期待的生活。

第十八章
# 新的秩序

第二天天还没有亮,池晏就出门了。他几乎没发出什么声音,但陈松虞睡得很浅,还是短暂地醒了一会儿。迷迷糊糊中,感觉到那个已经走到门口的男人又折返回来,轻轻在她唇边印下一吻。

他有没有对自己说"早安",陈松虞不太记得了,只记得他低头时,衬衫领口有淡淡的大吉岭和白苔的香气。是很纯净的气息,像高山上的雪,慢慢地融化成一条冰河,弥漫在她长满玉树琼枝的梦境里。

不久,她被一个电话吵醒,是杨倚川打来的。杨公子盛情地邀请她今天去他家,参加他堂妹的成年生日派对。

陈松虞:"……你堂妹?我认识她吗?"

杨倚川说:"是这样的,陈老师,就……那一次的事情之后,我爸爸不是再也不许我玩乐队吗?但是这一次堂妹过生日,他总算松口了,我还把以前的几个朋友都叫回来了。不知道下次再有机会上台表演要等到什么时候,真的很希望你也能来。"

隔着手机,他声音里的那种真挚让人动容。

陈松虞沉默片刻后,说:"好,我会来。"

杨倚川欢呼了一声:"我待会儿就让人去接你!"他又神气十足地问她,"不问问我要唱哪几首歌吗?"

"等你给我惊喜。"陈松虞说,"我会带上摄影机,帮你再拍一次纪录片。"

虽然这样的场合,他们肯定会外聘一个拍摄团队,但她非常确信,杨倚川更期待她镜头下的自己。

再一次来到公爵府，陈松虞不得不承认，这是自己造访过的最有品位的府邸，甚至在这样的府邸面前，连品位这个词都显得太过庸俗。

在白天更能感受到这座宫殿的美与震撼。巨石堆砌出错落有致的高墙，精致而奢靡的金色庭院里，高大的棕榈树与柏树，掩映着祖母绿的幽深水池。陈松虞想现在就把摄影机拿出来，但还是按捺住了这失礼的想法。

服务生将她领了进去。客人们已经到了不少，大多集中在中庭和回廊。陈松虞一眼看过去，没找到杨倚川。她正打算找个角落打发时间，没想到已经被人认了出来。

先是几个同行和从前念书时的同学走过来跟她打招呼。有人预祝她新片大卖，有人则略嗔怪地问她怎么还没找自己看片。她只好开起空头支票来，说之后一定给对方送首映礼的票。

后来还有几个从没见过的贵族小姐找过来，一脸害羞地说是她的影迷，想要跟她合影。陈松虞没想到自己会这么受欢迎，使尽了自己为数不多的社交技巧，好不容易送走了这一拨人。她决定不等杨倚川了，打算找个地方先躲起来。

门口突然传来一阵喧闹声，是宴会的主角姗姗来迟。那是个很漂亮的小姑娘，被人簇拥着进场。她头戴一顶熠熠生辉的王冠，裙摆像花苞一样层层叠叠地撑开，但最动人的还是那张娇艳欲滴的面容。十八岁，真是含苞待放的年纪。

服务生举着托盘从旁边经过，陈松虞顺手拿了一杯无酒精鸡尾酒。她想，小公主和杨倚川长得并不怎么像，一身傲气倒是十分相似。不少人已经过去向她示好，但她的脸上始终不见半分笑意。

没多久，有人缓缓地走了进来。此人尽管笑容温和，但眼神仍然充满威慑力。所有人都敬畏地注视着他。

陈松虞想，这必然就是杨倚川的父亲了。

在公爵身后，还站着一个英俊的男人，他身形高大，西装革履，戴着黑色领结，胸口插一枝红玫瑰。这个男人气势迫人，即便是与公爵这样的大人物站在一起，也丝毫没有被压下去。

陈松虞微微一笑，仿佛鼻尖又嗅到了他衣襟上大吉岭和白苔的香气。她低头啜了一口鸡尾酒，薄荷与蓝莓的清香，在唇齿间蔓延开。她突然想起池晏说自己是过来出差时，的确有一丝语焉不详。

此刻，小公主提着裙摆，满脸欢喜地朝着那高大的男人跑过去，像一只蹦蹦跳跳的小鸟。方才的傲气已烟消云散，反倒是倾慕之情都写在了眼角眉梢。

陈松虞想，哦，什么出差，明明就是来陪小姑娘过生日了嘛。

隔着玫瑰与桃金娘怒放的花枝，陈松虞隐匿在回廊深处，远远地看着中庭里的这一幕——

百合花一般的少女仰起下巴，吐气如兰，她凑近高大的男人，对他说了句什么。

那画面很像是《迷失东京》的最后一个镜头，隔着茫茫人海，少女对老男人说了句什么，但那是一个秘密，无人知晓，连观众都无法窥探。

这叫没有异性缘吗？池晏也太有异性缘了吧。

陈松虞将剩下的小半杯鸡尾酒一饮而尽，继续观赏着。

秘密讲完了，小公主偷看着池晏，等待他的回应。她眼里灿若星辰，脖子上也染上了娇嫩的粉。

这本该是很赏心悦目的画面，但小公主对面的男人却后退了一步，保持着礼貌的社交距离。

突然之间，陈松虞产生了一种错觉。现在的自己，像在观看一部男才女貌的浪漫爱情片。影片的男主角，却是自己的秘密爱人。

不过她非常清楚这位影帝的真实面貌，他在银幕上优雅又克制，在银幕下却凶狠又狂野。

陈松虞的脑海中不由自主地浮现了一些旖旎的画面。她低下头，捏着细细的高脚杯，假装镇定地饮了一口鸡尾酒，却发觉酒杯已经空了。

她该继续站在这里，欣赏池晏左右逢源的社交表演呢，还是干脆去拿一杯新的酒，顺便跟他们打个招呼，制造一些突如其来的社交尴尬？

正在她犹豫的当口，手机响了起来，是张喆打来的。她将酒杯搁到一旁，不知为何，她产生了一种不好的预感，张喆知道她今天要做什么，如无必要，绝不会来电，所以这通电话多半不会是什么好事。

她随便找了个房间，推门进去。某种奇特的香气扑鼻而来，是乌木的沉香，混合着辛辣的东方香料的香味。与此同时，张喆的声音响了起来："陈老师，电影审查没通过。"

果然。

"怎么回事？"

"具体情况还不清楚，总之刚刚接到通知，公映申请被打回来了。现在发行的人在想办法问原因，但是那边的审查人员支支吾吾的，没准只是在变相找咱们要钱呢……"张喆在电话那端深深地叹了一口气。

帝国的戏剧审查委员会多么腐朽不堪，是坊间尽人皆知的传闻。在业内影视人员的酒局上，常常有导演酒过三巡，就开始吹嘘自己是如何凭借三寸不烂之舌，不花一分钱就打点好关系的。

陈松虞说："你先别瞎猜，让他们无论如何都要问出一个缘由，之后我们再来想办法。"

"好，"张喆应完，又说，"说起来，从前有李总在，至少这种事情是不需要担心的。"

他们的前老板李丛有一位做议员的好父亲，所以德丛影业出品的片子，在审查方面从来没栽过跟头。

陈松虞笑了笑："也只有这种时候用得上他了。"她突然一怔，下意识地说，"不对。"

"怎么了？"张喆问。

陈松虞说："如果那群人连李丛都不敢得罪，又怎么敢得罪杨倚川呢？"

张喆也反应过来："对啊！一个是议员，一个是公爵……奇怪了……"

并不奇怪，陈松虞心想，估计审查只是个由头，背后有人在故意捣鬼。

为什么？是不希望电影按照原本的档期上映，好在竞选的关键时刻，给池晏多泼一点脏水，还是想将这部电影彻底扼杀？

但陈松虞并不打算把这些事告诉张喆，反正也多说无益。她只是叮嘱："那你就让发行的人以杨倚川的名义去问。他们不敢不说的。"

"有道理！"

没过几分钟，他们就得到了反馈。前后态度反差之大，简直令人感到可笑。对方诚惶诚恐到直接分享了官方批文，并且一再强调，绝不是他们有意为难。

原来问题并不是出在审查上，反而事关更早时候的拍摄许可证。进贫民窟拍戏是需要许可证的，而现在不知为何，它被系统判定为作废。这些事从前都是池晏的人在处理，于是张喆掛酌道："要我去问问他吗？"

"不用了。"陈松虞想起自己方才见到的画面，"他现在很忙。"

"啊？"

"我知道那张许可证是怎么来的，是通过荣吕拿到的。"

"啊，我记得他在和尤老师秘密地打离婚官司……"

这样一来，事情似乎变得很简单，也许荣吕在通过这件事对尤应梦施压，增加自己的谈判筹码，或者也在用这种方式报复她和池晏。而审查委员会被夹在中间，两边都不想得罪，左右为难。

陈松虞说："这件事，你先瞒住尤应梦。如果她来问你，你就说没有这回事，是荣吕自己瞎说的。"

张喆立刻明白了陈老师的意思，她是不想给尤应梦施加别的压力了。他立刻答应下来："好的，我明白了。"

"我来想办法吧。"虽然不太愿意把杨倚川牵扯到这件事里，但是这个关头，向他求助是最有效的方式。陈松虞拿出手机，打算给他发条消息，没想到杨倚川刚好发了一条消息过来。

杨倚川：陈老师，你在哪里啊？到处都没看到你。

陈松虞：我刚才接了个电话，现在来找你吧。

陈松虞向杨倚川描述了自己现在的方位。这时她才发现，自己竟在无意中走进了一间如此华美的房间。天花板高得出奇，球形穹顶，有种宇宙般的深邃；墙壁与门柱上则贴满了彩色的鱼鳞瓷砖，有着如同深海里的珊瑚与礁石，在日光下折射出的迷人色泽。

门开了。抬头的一瞬间，陈松虞愣了一下。

"杨小姐？"

来的是那位小公主，杨竺萱。雪白的大裙摆像翻涌的海浪，随着她优雅的步伐，愈加灵动。她双手放在身前，摆出一副端庄姿态，让她看起来像一只骄矜的小天鹅。

"对。"她说，"刚才给你发消息的人是我。"

陈松虞笑道："找我有事？"

"我想跟你谈一下，我们之前见过的。"小公主又说，"在荣吕的宴会上，你让他出了个大洋相。"

陈松虞察觉到这位小公主来者不善，她说："没想到你会出席那种场合，杨小姐。"

"那种场合？"杨竺萱也笑了，"不要说得这么不堪，只是很普通的社交场合罢了。荣吕让他太太上去唱首歌有什么，她本来不就是干这行的吗？给大家表演，应该是她的荣幸。"

陈松虞脸上的笑意淡去："是不是她的荣幸，应该由她自己决定。"

"很遗憾，她没资格决定。"

这位漂亮的小公主脸上挂着嘲讽的笑容，说话的口气也很老成："我很钦佩你的勇气，但是你这样做毫无意义。她这种出身的人，能嫁给荣吕，是她能拥有的最好的出路。你毁了一桩完美的婚姻。"

尽管小公主说的是尤应梦，但她究竟是借尤应梦在贬低谁，不言而喻。而无论是在背后对别人指手画脚，还是这种拐弯抹角地指桑骂槐，都让陈松虞觉得无聊又无趣。

陈松虞扯了扯唇："那荣吕有没有给你看过我们的照片？"

杨竺萱脸色一白，"照片"二字，立刻勾起了她最深恶痛绝的回忆。浓郁的文身，摇曳的烛火，Chase将面前的女导演抱在桌上，与她唇舌相缠。她从来不知道那个向来西装革履的男人，脱掉循规蹈矩的衬衫，会这样野性不羁。只是一张照片，就勾起了她内心最深的欲念。

杨竺萱愤怒得眼睛发红，又忍不住产生更多幻想，既然陈松虞都可以，为什么自己不可以呢？为什么Chase怀里的女人，不能是她杨竺萱呢？

谁都想要摘下一朵带刺的野玫瑰。

这位千金小姐的脸白了又红，红了又白。她咬了咬唇，一脸不甘道："以前的事情，我可以既往不咎。我知道你们电影圈乱得很，什么剧组夫妻、露水情缘，都很常见。现在电影已经拍完了，我要求你立刻离开 Chase，永远不要再跟他见面。"

"哦。"陈松虞觉得很好笑，"凭什么啊？他长得这么帅，又有钱，让我离开他，你总得给我一点好处吧。"

小公主一脸骄矜，一字一句地说："你是在等着这部电影翻身吧？我听说，你们现在卡在了审查上，没办法上映呢。"

"杨小姐的消息很灵通。"

小公主俨然旗开得胜一般，露出了灿烂的笑："当然了。想必这对你而言，是很大的难题。但对我来说，这不过是一通电话就能解决的事情。你懂我的意思吧？"

陈松虞笑了笑："嗯，我懂的。这件事是你的手笔。"

杨竺萱一怔："我什么？"

"你和荣吕合作，对审查施压。"陈松虞嘴角扬起弧度，那弧度在杨竺萱看来简直刺眼，"这算什么？贼喊捉贼吗？"

杨竺萱的脸顿时涨得通红："我怎么可能……"

她想，这个原本根本不值得自己放在眼里的女人，真是可怕。对方安静地看着自己，漆黑的瞳孔仿佛一面毫无温度的镜子，她清楚地从里面看到了自己。她的那些小心机，在她眼中，根本无所遁形。

"是我。"她指尖一颤，恨恨地说，"就是我让他这么做的，那又如何？我可以，而你无能为力，这就是这个社会的游戏规则。如果我不松口，这部电影永远都别想上映。你别以为找我堂哥会有什么用，他早就被伯父养废了。"

既然被看穿了，干脆就把话都说开来。将这个世界真正的规则，说给这个不知天高地厚的女人听。仿佛这样一来，她就能再一次拥有主导权。

"你看看窗外那些人。"她笑得更加嘲讽，"他们心里根本就看不起 Chase，他们之所以和 Chase 说话，都只是看在伯父的面子上。单凭他自己，无论能力有多强，都跨不过阶级的天堑。阶级就是原罪，但如果他和我结婚，就再也没人敢私底下议论他的出身。只有我在他身边，他才能得到他想要的。而你们的结合，毫无意义。

"看清楚了吗？这就是我和你的差距。每个人一生下来，就注定了自己的位置。"杨竺萱抬起了下巴，王冠上的珠宝，慢慢地在她脸上投下一道阴影。

陈松虞闻言，只是不紧不慢道："既然你这么厉害，杨小姐，那我就祝福你们吧。"

"什么？"

面前的女导演，继续以一种不为所动的口吻说："谢谢你的……长篇大论，我深受启发。其实只要你可以帮我解决审查的问题，我完全不介意你跟Chase是什么关系。真的，男人嘛，有什么好争的。做我这份工作，别的好处没有，帅哥资源大把，富二代更别提了。说不好下次见面的时候，你就要喊我堂嫂呢。"

她微笑着对杨竺萱眨了眨眼。

杨竺萱先是一愣，接着愤怒地喊道："你休想！"

声音发出来后，她都被自己的失仪给吓到了，缓缓地吸了一口气，才慢慢平静下来："这……这是绝对不可能的，伯父不会允许的。"

"我就随便说说，你别这么激动。"

杨竺萱怀疑地看着陈松虞："你是堂哥请来的吧？你们俩到底什么关系？我过生日他干吗请你啊？你怎么这样，你到底……"

突然，一个低沉的嗓音打断了她们，那语气带着几分无奈："我都听见了。"

两人同时转过头，一个高大的男人站在门外，阳光勾勒出他侧脸的剪影，也将他胸前那枝红玫瑰照得更加娇艳欲滴。他骨节分明的手半悬在门上，显然他原本打算敲门，但这段对话的走向越来越诡异，让他不得不直接出声，打断两人的对话。

陈松虞眨了眨眼："是吗？你听到了多少？"

池晏似笑非笑地看着她："听到你说，你不介意我和别人在一起。还有，你想做别人的堂嫂。"

陈松虞察觉出他话里隐隐的占有欲。

池晏朝着她们走过来，杨竺萱的心渐渐地拧成了一团，因为池晏根本没有看她。他的眼神始终直勾勾地落在对面那个女人身上，她在他眼里就像是根本不存在的人,是空气。金枝玉叶在他口中,竟然只是一个轻飘飘的"别人"。她下意识地想要说些什么来唤起他的注意力,然而下一秒眼前发生的事情,令她彻底失语。

高大的男人走到了女导演面前,用手臂紧紧禁锢住她,低头堵住了她柔软的唇。这是一个极尽缠绵的吻,唇齿相依,呼吸交融。

近距离地旁观这个吻,杨竺萱感受到的震撼,远胜于那张模糊的照片。她觉得头皮发麻,仿佛浑身的汗毛都竖了起来——震惊,愤怒,尴尬,嫉恨,以及某种微妙的自卑。

她从未见过 Chase 用这样的眼神凝视过任何人,她以为他永远都是冰冷的,她以为任何人都得不到他,而她会近水楼台先得月,至少能用权势来留住他。但这一刻,他低垂着眼,望着陈松虞,眼神是如此专注,比他胸前的红玫瑰还要热烈,比从珐琅彩窗里落进的阳光还要温柔。

杨竺萱下意识地后退了几步,手指绞紧,几乎要掐出一道血痕来。她感觉自己好像被卷进了一场危险的大火中,火舌肆意地舔舐着她,令她浑身冒汗。然而温度再高,她的身体和心依然很冷。

良久之后,池晏终于结束了这个吻。他像一头餍足的猎豹,尝过了世上最甘美的味道。他看向杨竺萱,懒散道:"杨小姐,你刚才在跟我的未婚妻聊什么?"

对面的小公主还没给出反应,陈松虞先震惊了:"未婚妻?!……什么时候的事?我怎么不知道?"

池晏握着陈松虞纤细的胳膊,以一种不容反抗的姿势,将她按在自己的怀里,接着如变戏法般地拿出了一枚戒指,套上她指尖。

"亲爱的,现在你知道了。"他说。

那是一枚非常漂亮的戒指,完美地贴合她手指的尺寸。三克拉的粉钻在日光下熠熠生辉,像火烈鸟的羽翼,点缀在白皙的手指之间。显然这个男人蓄谋已久。

陈松虞愣在原地,这个转折实在很难令人马上反应过来。上一秒,池晏的爱慕者还在气势汹汹地向自己宣示主权;下一秒,他就走了进来,当着对方的面,直截了当地向她求婚。

池晏抬起她的手,在日光下端详:"我就知道你戴上会很好看。"他说着,低下头,隔着戒指,在她的指节上落下一吻。

"你……"陈松虞终于找回了自己的声音,"你是什么时候买的戒指?"

"很早了。由于太想你,想得发疯,只能去买个戒指来安慰自己,这才是我过来这一趟的真正原因。"

陈松虞几乎是机械地回答他:"哦,原来是这样。"

难得看到陈小姐露出如此迟钝的神情,实在很可爱。池晏不禁笑意更深,又用嘴唇碰了碰她的侧脸:"我们已经分别太久了,不是吗?"

阳光从彩色的鱼鳞瓷砖上反射过来,像月桂花冠一样温柔地萦绕着这一对浓情蜜意的爱侣。这是一场没有观众的订婚仪式,但依然如此甜蜜,如此庄重——不,他们也有一位宾客,此时这位小公主大概要崩溃了,她感觉自己像被人狠狠地扇了一巴掌,脸颊火辣辣的。

她对池晏说:"为什么?!你明明知道的,Chase,我们的匹配度……"

这正是她刚才在花园里迫不及待告诉池晏的事情。当时她刚从基因检测中心回来,而报告显示,她和池晏的基因匹配度高达 85%。

然而,池晏只是冷淡地说:"我知道了,但是这和我有什么关系呢?"

在听到 85% 这个数字的时候,陈松虞的第一反应是好笑。她知道池晏和自己一样,不可能再和第二个人有高于 60% 的匹配度,否则那根本有违于科学。

100% 的基因匹配度意味着什么?意味着双方都是绝对特殊的个体,有绝对的排他性,所以她和池晏根本不可能有除了彼此之外的第二种选择。

小公主看到的报告,根本就是伪造的,就好比尤应梦和荣吕之间的那场骗局。对于这些贵族而言,这种数据作假,显然并不是个例。

看着面前气势汹汹的杨竺萱,陈松虞有种直觉,小公主可能对此并不知情。对方是真心相信自己和池晏的匹配度有 85%,才会如此理直气壮地站在自己面前宣示主权。

陈松虞有些悲哀地看了一眼面前年轻的女孩。

要当面拆穿她吗?那好像太过残忍。她斜睨了池晏一眼,故意道:"对哦，你的戒指白买了。我可不是你合法的结婚对象。"

池晏将她的手指牢牢地攥着，他眼睛微眯，笑得很危险，凑到她耳边："亲爱的，戒指戴上去就不可以摘掉了。"

陈松虞在他的怀里无法动弹："那怎么办？"

"我们回S星。"

"你在邀请我私奔吗？"她忍着笑意问。

"私奔？为什么要私奔？全世界都应该祝福我们。我会彻底废除本星的基因检测制度，作为S星的总督。"

"……你现在还不是呢。"

"嗯，我会是的。"他轻吻她的掌心，"等我。"

一股暖流淌过陈松虞的心脏，她从没有听过比这更动听的承诺。为了自己，他愿意去建立一种新的秩序。

橙黄的阳光，照在五彩斑斓的印花瓷砖上，格外耀眼。她凝视着池晏的眼睛，觉得好像也没必要告诉他所谓的真相，就这样也很好。既然她不在乎，他也不在乎，那么就让他们去做这个新世界的开创者。

"好，我等你。"陈松虞说。

就在此时，走廊上响起了急匆匆的脚步声。

杨倚川没敲门闯了进来，他精心准备过，化了一个精致而隆重的舞台妆，完美凸显出五官的优势。

看清楚里面的三个人，他立马道："怎么你们都在这里啊？快回来，我们马上要开始了！"说完又一溜烟出去了。

杨竺萱的双眼早已彻底红了，她提着裙子，恨恨地看了他们一眼，然后背过身去。

"你们先出去。"小公主命令的语气中带有一丝哽咽。说完，她的眼泪夺眶而出。

陈松虞叹了一口气，上前给杨竺萱递了一张纸巾。

"别哭了，今天不是你的生日吗？"她轻声道，"十八岁生日快乐。"

谁要你假装好心了！杨竺萱几乎想要把心里的想法喊出来，但多年的礼教让她忍住了，于是，她满腔的愤懑和郁结都憋在心里，上不去也下不来。

今天她收到了许多祝福，但是她知道那些人的祝福都不纯粹。而陈松虞的这句祝福，却不带任何目的，于是她鬼使神差地接过了那张纸巾。

陈松虞笑了笑，没再说什么，拉着池晏一起离开了。他们走后，一切都归于寂静。杨竺萱抬起手，拭去脸上的泪痕。

她想，陈松虞说得没有错。今天是她的生日，是她的成人礼，但她收到的第一份礼物，却是一张冷冰冰的报告，而她还为此欣喜若狂。仿佛在这一天，真正值得被庆祝的并非她自己，并非她的诞生，而是她与另一个男人的未来，是她作为附属品的未来。为什么呢？

回到中庭，池晏看到陈松虞拿出了一台摄影机，对准了人群簇拥的舞台，开始专注地调整拍摄角度。

他仍然对"堂嫂"二字耿耿于怀，于是走了过去："你今天真是为了杨倚川来的？"

"不然呢？"陈松虞笑盈盈地说，"难道是为了专门来看你被公主表白的吗？"

池晏轻轻地咳嗽了一声，声音竟有一丝委屈："我是应公爵之约才来的，我也不知道她会对我说这些。"

"哦，公爵的要求。"陈松虞似笑非笑地看了他一眼，又转回头。

"不会有下次了，公爵也不行。"池晏贴到她身后，用拇指轻轻摩挲她的腰线。她发间的金色流苏耳环垂落下来，发出了轻微的声响。

陈松虞躲开他："不要打扰我工作。"

池晏失笑："这是哪门子工作？"

"我说是就是。"

这时杨倚川的乐队已经站到了花团簇锦的小舞台上。他很久都没有碰过麦克风了，但他的表现丝毫不怯场，与乐队其他人的配合也是默契十足。

宾客们纷纷往前站，想要离舞台更近一些，如此一来，陈松虞和池晏便落在了后头。反正也没人看着他们，池晏便放肆地用手臂环着她的腰，让她背靠着自己的胸膛。

"那就这样工作。"池晏说。

彼此的体温，隔着薄薄的衬衫，传递给对方。池晏从背后欣赏着陈松虞，她一贯品位良好，今天的装扮简约，随性的真丝白衬衫和黑色裹身长裙，将她的身体曲线勾勒得凹凸有致。

不过，缺乏了一点色彩。

池晏抽出自己胸前的那枝红玫瑰，在鼻尖轻轻一嗅。他想要用玫瑰花装扮她乌黑的发髻，想要亲吻她垂在脸颊旁的碎发。

她于他而言，有着致命的吸引力。一旦凝视着她，他就像扑火的飞蛾，情不自禁地想要离自己唯一的光源近一点，再近一点。但他知道自己不能再继续，否则陈小姐一定会推开自己，于是他强迫自己转移注意力去看台上的表演。

杨倚川正低着头在唱一支缠绵悱恻的情歌。离舞台最近也最显眼的观众，是他的父亲，公爵杨钦南。

池晏望着公爵大人硬朗的背影，腾出一只手，从托盘里取了一杯香槟，轻轻啜了一口。

他又想起了刚才发生的事——他此前从未留意过杨竺萱，当然现在更不会。世家小姐的示好，从来都不只与情爱有关，而是一种信号。

杨竺萱太年轻、太天真，她根本不知道自己没有选择伴侣的权利。这些家族的年轻小辈，其实都只是被推到前台的表演者，是被家族操纵的傀儡。悲哀的是，很多人终其一生，都看不清缠绕在自己关节上的那根无形的丝线。

池晏不由得生出某种警觉，公爵究竟想要做什么？只是抛出了一根联姻的橄榄枝吗，还是……另有深意？

池晏通过陈松虞的镜头，又看了一眼舞台。眼前的这一幕，令他想到了什么。

站在舞台上的杨倚川，台下为其拍摄纪录片的陈小姐，还有……远远注视着这一切的自己。所有的事情，都具有某种可怕的相似性。

慢慢地，记忆从阳光明媚的中庭花园，又回到了那个混乱的S星之夜，回到那座被阴谋所裹挟的剧场。

明明那座剧场早已付之一炬，但是从第一枚射出的激光弹开始，那里就已经留下了永远都不可能被掩盖的痕迹。

此时此刻，一切就像回到了最初。他们三个人，都站在了各自的位置上。这是偶然吗？

池晏隔着人群，凝望公爵的背影，这一次，他的目光里有着不加掩饰的凶狠和冷酷。

这个世界上根本不存在偶然，所有已经发生的事情，背后都有一只暗中推动的手。

陈松虞突然说："……你弄疼我了。"

原来是池晏方才陷入沉思，手臂不自觉地收紧，竟然勒紧了她的腰，她几乎要无法呼吸。

"抱歉。"池晏把手从她的衬衫里伸了进去，用指腹帮她按揉后腰。这个动作无关旖旎，只有温柔。在这样亲昵的肌肤相触里，他内心的躁动被慢慢抚平了，他做出了一个决定。

离开之前，池晏低头，用嘴唇碰了碰陈松虞的脖子。这原本只是一个单纯的告别吻，然而唇舌辗转之间，他感知着她的皮肤、她的体温，一下没忍住，用牙齿轻轻咬住她的锁骨。

"池晏！"陈松虞抬高音调，警告般地说。

池晏微笑道："抱歉，情难自禁。"

这是一个带着香槟气息的、暗红的咬痕，像玫瑰花瓣的文身，留在雪白的锁骨上。

池晏松开她，说："我有点事，待会儿再回来。"

说完，他拨开人群，走到了公爵身边。

"杨叔叔，有些话我想对您说。"

他从来都不是一个坐以待毙的人，这是最直接的试探。

杨钦南抬起头来，意味深长地看了他一眼——四目相对的瞬间，池晏的目光波澜不惊。但他后背的肌肉绷得很紧，呈现出蓄势待发之态。这是人在面临危险时的本能反应。

池晏想，不需要再试探了，这个眼神已经明明白白地告诉他，公爵的确知道了。

杨钦南知道自己那一夜对他的儿子做了什么,所以才会有今天的这一切,才会有这场生日宴,这场演出,这场来自杨竺萱的告白。对方到底是何时知道、通过哪种方式知道的,现在思考这些毫无意义。他唯一要确定的是,公爵的目的究竟是什么。

杨钦南不可能是在跟自己玩猫捉老鼠的游戏,这个男人,绝不会做任何多余的事。假如他真的想除掉自己,就不会让自己来赴宴。

短短一瞬,池晏的心思千回百转。也许,公爵也在试探自己。

最终池晏垂眸笑了笑,以一贯的谦恭语气,继续道:"等小川唱完这首歌,我们找个安静的地方说。"

杨钦南却说:"不必,现在就去吧。"

舞台上的杨公子,站在高高的象牙塔上,对台下的暗流涌动一无所知。他扭动着身躯,纵情歌唱着:"Take a chance on all the things you cannot see.Make a wish on all that lives within thee.If you are foolishly in love with me."。

在关上门的前一秒,池晏朝室外投去了一眼。在纷乱的人潮之中,他的目光准确无误地落在了陈小姐身上。尽管她的大半边脸都被摄影机遮住了,但他的记忆能够勾勒出她的五官,她的每一个细节。

阳光落在她柔软的发梢上,那是他魂牵梦萦的面容。

池晏突然再一次想起了自己做过的噩梦。

在那个梦里,他一败涂地,现在的他却觉得,他的敌人是谁,根本不重要,真正的敌人只有他自己。他唯一的恐惧,只有一个,那就是在自己的未来里,没有陈松虞。

假如陈小姐不在自己身边,即使他真正站到了最高处,人生也不知该何以为继。茕茕孑立的Chase,只能慢慢地变成疯子,将自己交给不可捉摸的、自我放逐的命运。

而现在,因为期待能与她一起走下去,所以未来对他而言,有了意义。

"Take a chance",他愿意为她,再冒一次险。

空旷的办公室里,阳光透过百叶窗落了进来。

杨钦南坐着,而池晏仍然站着。

阴影如同时间的裂缝,落在杨钦南深邃的眼眶与眉骨之间。

池晏坦诚地开了口:"对不起,杨叔叔,其实有一件事,我辜负了您。"


第二天池晏就要回 S 星。他在天还没有亮时就已经出了门,仿佛刻意不想跟陈松虞分别。

迷迷糊糊间,陈松虞感觉池晏又抬起了她的手,在她的指间留下一串细密的吻。最后,他的唇又轻轻落在了那枚璀璨夺目的订婚戒指上。

"审查的事我来解决。"半梦半醒之间,陈松虞听到池晏如是说。

她感到心安,抬手半搂住他的脖子,吻他的下巴。这个短暂的临别之吻,像路灯下的晨雾,氤氲在靛蓝的夜幕里。

没过几天,张喆告诉陈松虞,影片的审查通过了。

这样一来,尽管时间很紧张,影片还是能够如期上映。

后续的工作紧锣密鼓地展开,有一段时间陈松虞忙到都没空给池晏打电话,不过池晏同样也分身乏术,忙得喘不过气来。

在这期间,发生了一件令人意想不到的事情,荣吕倒台了。首先是他的病历被人匿名曝光,他那种罕见的基因缺陷——"爱无能症",被彻底地公之于众。他和尤应梦之间造假的基因匹配度,顿时引起哗然。

从前这对夫妻为基因检测中心出镜的那则公益宣传片,被大家拿出来反复挖苦。眼下此事的舆论风向彻底逆转,当初有多少人对此爱之深,现在就有多少人对此恨之切。

荣吕最初能够上位,倚仗的除了家世,就是他和尤应梦的基因匹配度。90%——这样罕见的高基因匹配度,足以令他成为帝国的楷模。假如他们能生个完美的孩子,那么他将在仕途上平步青云。没想到的是,他欺骗了全世界。原来所有人心目中的爱情神话,只是一个伪造的结果。

这件事曝光后,没有人能保得住荣吕,他只能灰溜溜地下台。


不久,尤应梦给陈松虞打电话,说要请她吃饭,庆祝自己的离婚官司大获全胜,从此彻底脱离苦海。

　　餐厅里,尤应梦看起来前所未有地轻松,她说:"从前他还总纠缠我不放,他的律师团也像一堆该死的苍蝇,一直在法庭上对我进行羞辱。"

　　"好在一切都结束了。"

　　"是啊,都结束了。我不稀罕他的钱,但一想到他被议会扫地出门,现在又要净身出户,就觉得非常痛快呢。"

　　陈松虞一边跟她聊天,一边打开了新闻页面。各路媒体全方位拍摄了荣吕从法院里走出来,被一大群反对者围堵时,那失魂落魄的模样。昔日的天之骄子,就这样变成了过街老鼠,还真是大快人心。

　　但这只是个开始,高楼大厦的倒塌,往往始于一粒最不起眼的微尘。很快,基因检测中心也因为这桩丑闻而陷入了前所未有的信任危机。

　　区区一个荣吕都能够瞒天过海,那值得被质疑的绝不仅仅是他一个人,而是他背后的机构和体制。

　　一时间,无数人在网络上实名递交请愿书并发起连署,要求彻查基因检测中心的数据造假事件。

　　基因匹配真的是为了帮助公民找到更合适的伴侣吗,还是说,这根本只是一场权贵的游戏?

　　民众到底要被愚弄到哪一天?

　　我们需要真相。我们有权得知真相。

　　压垮舆论的最后一根稻草,是"爱无能症",就算这是一种罕见病,0.1%的发病率,也绝不算低。如果全国有这么多人,穷其一生都不可能通过基因检测而找到合适的伴侣,那他们为什么没有自由恋爱的权利?为什么帝国要费尽心力地隐瞒"爱无能症"的存在?"基因检测"这项制度本身,究竟有没有存在的合理性?

　　这场浩浩汤汤的网络舆论浪潮,最终演变成了一场隐形的社会革命。基因检测中心外的好几条街区都迅速被抗议者所占领,他们将那栋庞大的建筑物围得水泄不通。检测中心的工作人员,无法踏足这栋建筑,基因检测被迫中止。

　　这群抗议者的数量太过庞大,行动力又太强,同时他们的表现也很文明，训练有素。作为公职人员的星际警察，是绝不可能在众目睽睽之下对民众发难的。两方被迫陷入了僵持。

　　基因检测中心迫于无奈，只能以内部整改的名义，宣布无限期暂停服务，希望公众的怒火能因此平息。

　　但公众的怒火，究竟哪一天才能真正地平息呢？

　　陈松虞从未见过如此盛况，即使是在八年前，因新《帝国婚姻法》的出台而引起轩然大波时，其影响力也不及现在的十分之一。她有种直觉，帝国的确是要变天了。不过这对他们的电影来说，是一件好事。

　　基因骗局的牺牲者尤应梦，被推上了一个前所未有的高度。她是无数人心目中的受害者，一个美丽而悲伤的时代符号。她能够在事情被曝光之前，主动提出与荣吕离婚，这让她成了民众心目中高举着反抗的火炬的新时代的自由女神。

　　另一个意料之外的获益者，则是陈松虞。她的处女作《基因迷恋》，原本只是一部相对小众的文艺片，却因为影片"反抗基因"的主题，开始被无数人推崇。不仅影片的网络播放量直线飙升，实体碟片也很快被卖到脱销，甚至在暗网上被炒出了百倍的高价。

　　随着越来越多的人开始了解陈松虞这位女导演，她彻底地出圈了。不仅因为她的作品，更因为她这个人。接下来网上则有更多对她往事的讨论——

　　为什么她只是因为支持长片，就要在星际电影节上遭受如此冷遇？

　　为什么她只是一部电影失败，就要被公司雪藏，被资本抛弃？

　　为什么时隔两年，她终于有机会东山再起，却在自己的新片发布会上，当众被男记者泼脏水？

　　在一篇盘点陈导演职业生涯的文章里，一条获得最高认同数的评论是这样写的：**这是一个歧视和暴力无处不在的时代。**

　　基因匹配制度只是一个切入点。受害者也不仅是女性，还有不被大众关注的贫民窟居民，以及被欺瞒的基因缺陷者，甚至被盲目的基因崇拜所愚弄的普通人……在某种意义上，帝国绝大多数的人，都长久地活在一种不公正的社会体制之下。

　　而现在，帝国长久以来的遮羞布终于被撕开了。

所有站在阴影里的人，都睁开眼睛，看清了这个社会的满目疮痍。支持陈松虞和尤应梦的新电影，也变成了革命的一部分。一张薄薄的电影票，也成为一种反抗的标志。

在日益高涨的呼声之中，终于等来了影片的首映礼。

没有人想到这部电影会有这样的时运。宣发最初对本片的票房预测是相当保守的，无论影片质量如何，题材和时长对当下的观众而言，门槛都太高。但现在，这是一部万众瞩目的作品。

人人都说小红靠捧，大红靠命。这就是他们的命，时代想要造神，而他们就是被选中的神。

陈松虞坐在后台的化妆室里，造型师在为她勾勒眼尾的最后一笔。镜子边缘一排冷白的灯光，照着这张光芒四射的脸。她很少会这样盛装出席活动，但今天是个特殊的日子，值得她如此隆重。

她穿着一条墨绿的真丝露背长裙，如此曼妙的剪裁，将她后背的曲线勾勒得凹凸有致。这太过摄人心魄的美，令造型师都不禁为之屏息。末了，造型师建议："陈老师，戒指要先摘掉吗？好像不是太搭。"

修长的手指上，那颗明亮的粉钻，像一颗温柔的星辰，散发着亦真亦幻的光。钻戒虽漂亮，却冲撞了这身严肃而浓郁的绿，显得有些突兀。

戒指的主人垂眸看了眼手机屏幕上的消息。

陈松虞：首映礼你会来吗？

池晏：我尽量。

陈松虞于是对造型师说："戴着吧。"

造型师便不再多言，完事后正要离开，陈松虞叫住了她："你有烟吗？"

造型师说："抱歉了陈老师，我不抽烟的。要不我出去帮您问问别人？"

"算了。"陈松虞说，"没事的，你去忙吧。"

造型师离开了，就在这时，一道熟悉的声音响起："我有。"

陈松虞没有转身，只是对着镜子里的池晏微微一笑道："你来了。"

池晏挑眉："你怎么好像一点都不高兴？"

"你这出狼来了的把戏，再玩可就没意思了。"

池晏朝她走过来，用手扶住她的手臂，弯下腰来，捏着她的下巴，与她交换了一个蜻蜓点水般的吻，之后才说："什么狼来了？"

陈松虞用指尖点了点手机屏幕："回回都假装冷淡，还不是狼来了吗？"

池晏也笑了："我以为，这是情趣。"

他的手覆上她的后背，用指腹一寸寸轻抚，又贴近她耳畔，轻声说："你今天很美。"

"谢谢。"陈松虞镇定地说，"你可以把烟给我了。不过你不是答应我戒烟了吗？"

"我是戒了。"

池晏看着镜子里的陈松虞，发现自己根本无法移开视线。这真是一条适合她的裙子，幽深而浓郁的色彩，衬得她后背的皮肤细腻、莹莹发亮。两根纤细的肩带，沿着她凹陷的脊柱沟，滑进后腰，让人不禁想入非非。

他低笑道："破戒的人是你，说好要一起戒烟的，现在被我抓到了。"

池晏一伸手臂，将陈松虞直接抱到了桌子上。陈松虞光洁的后背抵着冰凉的镜面，寒意入骨，她讶然地低呼了一声，声音立刻被他吞了下去。

这个吻给人的感觉像是在享用雨林里蓬勃的红毛丹，隔着密集的、金灿灿的毛刺，一口咬下去，就能尝到最柔软、最甜蜜的果肉。

舌尖相抵间，池晏将一颗小小的薄荷糖渡进她的嘴里。原来这就是他的烟，清冽的味道在口腔里炸开，她的眼睛微微睁大，短暂地清醒，然后又陷入更深的沉溺。

镜面上很快起了一层朦胧的水雾。真与假，虚与实，都伴随着薄荷叶的清甜，融化在唇舌之间。雪白的小腿从裙摆的开衩处伸出来，钩住他的腰，绿绸的褶皱，有种华光缎面般的美丽。

良久之后，他们才分开。池晏将手臂撑在镜子上，垂眸看着陈松虞。她微笑着，伸出拇指，用柔软的指腹摩挲他的唇，帮他擦去唇角残留的梅子色唇釉。

然后她转过头，看了看镜子里的自己："我的妆全花了，怎么办？"

池晏从旁边的化妆台上拿起了一支口红："我来帮你涂。"

"色号都不对。"

"那你教我。"

陈松虞笑得身体后仰，露出漂亮的锁骨和流畅的肩颈线条。

"你还是算了吧。"她毫不客气地说。

池晏的视线在她洁白的颈部逡巡，他又想吻她了，然而不能再破坏她的妆容，他只好低下头，用牙齿轻轻摩挲她的耳垂。他温热的气息喷在她耳后，像缭绕的雨雾，比任何一种高级香水都更让人迷恋。

过了一会儿，陈松虞用手托起池晏的脸。两人额头相抵，她看着他的眼睛，突然说："有一件事，我现在要告诉你。"

这完全是一时冲动，但是气氛到了这里，说出真相，似乎也是水到渠成——他听后会是什么反应？是狂喜，还是愤怒？她迟疑了片刻，却见他的眼里渐渐浮上一丝笑意。

他说："我已经知道了。"

陈松虞一怔："你说什么？"

她太错愕，眼睛不自觉地眨了眨，长睫颤动，眼睑上的金粉像是日落后的星辰。

池晏需要竭力克制自己，才能忍住不去吻这双美丽的眼睛，他语气柔和道："你要告诉我的事情，我已经知道了。亲爱的。"

陈松虞彻底失语，她凝视着池晏。他的眼神，他勾起的唇角，都在告诉她，他的确知道了。她含在舌尖的，那个关于他和她基因匹配度的秘密，他已经知道了，然而他此刻的反应是这样平静。她预想过无数次当他知道这个秘密时的情境，怎么也没想到他会这样波澜不惊。

"你是什么时候知道的？"她默默地吞了吞口水。

池晏抬手，轻轻抚上她的脸颊。

什么时候？当然是那一天，在公爵的花园里。

那一天，池晏做了正确的决定。

原来这一切，都是公爵给他出的一道选择题。如果他接受杨竺萱，那么他将和杨家彻底捆绑在一起。他们有牢不可破的共同利益，但他也只会是杨家的一条狗。可是，假如他选择向公爵坦白，他就通过了测试。

他，池晏，会成为杨钦南真正的继承人。

"如你所见，帝国已经腐朽不堪，日落终将到来。"那一天，公爵在书房里对他说，"我需要一把刀，来开启这个时代的明天。但这是一项太危险的事业，作为父亲，我是自私的。我不希望小川走上这条路，所以我刻意地引他远离这些。这些年来，我一直在寻找那个最合适的人选。"

公爵静静地看了一眼窗外的花园。室外所有的声音都被阻隔了，午后的室内寂静又昏暗。奄奄一息的日光，落在那张苍老的面庞上。

"直到你出现，Chase。第一次见你的时候，我就已经知道你的所作所为。别吃惊，你要知道，假如没有我的默许，你根本不可能靠近他。总之我渐渐确信，你就是我在等的那个人。你有野心，还有能与之相配的能力与心性。

"但我要找的不是一个战争机器，而是一个能改变未来的人——你必须相信点什么，才不会在这条路上迷失。你懂我的意思吗？

"如果你只懂得破坏，心中却无敬畏，那么你也不可能成大事。"杨钦南说，"每把刀，都该有自己的刀鞘。"

这是个睿智的人，虽然他的眼睛有些浑浊，可他的目光却锐利如鹰隼。

池晏想，以前的杨钦南，总是若有似无地在他面前释放一些软弱的信号，原来那都是他有意为之。现在这一刻，他所见到的，才是真正的公爵，是能够睥睨帝国的雄鹰。

他笑了笑："杨叔叔，我明白。"

他不需要再表态，因为，从站在书房起，从他听到这些话开始，他就已经别无选择。

真相从来都不是免费的。

杨钦南说得没有错，换作从前的池晏，根本不会相信公爵的话。或者说，他不会相信任何人。

杨家父子和他，这样微妙的三角关系，仿佛就是在影射他的少年时代。他经历过一次痛彻心扉的背叛，怎么可能再相信别人？

但现在的他，愿意再相信一次。因为他知道公爵不是石东，杨倚川更不是石青，他也已经走出了旧日的心魔。

现在的他不再只为他自己活着，所以他明白了公爵的想法，明白了这个世界上真正值得追逐的，不只有钱和权力，还有一些更重要的东西——比如改变一个国家，改变一个时代，甚至是铸就一个新的神。只有这些，才能让一个冷血动物，变得热血沸腾。

当然，他并不高尚，也永远不可能高尚，但是为了他的陈小姐，他愿意再试一次。

池晏没怎么犹豫，就做出了决定。杨钦南从他的眼神里读出了答案，面露满意之色，又同他交代了一些公事。对话结束后，池晏打算离开，又被公爵叫住了。

"哦，有件事情一直忘了告诉你。"坐在办公桌后的杨钦南笑了笑，"虽然我很欣赏你的胆识，但你对我的儿子做了那样的事，我不可能视若无睹。所以，很抱歉，年轻人，我也跟你开了一个小玩笑。"

池晏一怔。

"竺萱跟你的匹配度是假的。"杨钦南从书桌的抽屉里拿出了一张纸，"但这个，是真的。"

百叶窗的阴影，将这张纸分割成了无数个细细的长方形。因为离得并不远，纸上的每个字池晏都看得很清楚。那是一份陈旧的基因匹配检测报告。

**陈松虞——匹配对象——池晏**

**匹配度：100%**

"这个小姑娘很有意思，对自己够狠，跟你很像。"杨钦南微笑着向他道出了多年前的真相。

将基因匹配检测数据从核心数据库里删除，这是在陈松虞的能力范围内，最万无一失的做法。

她做得很好，成功地隐瞒了这么多年。但很可惜，数据总能找到备份，机器并非万能的。

杨钦南在找人彻查了池晏的过去后，就命人彻底销毁了这条匹配信息，这才是池晏三番五次派人去查，却始终查不出真相的原因。

甚至那份疑似"爱无能症"的体检报告，也是杨钦南为了误导他，而故意留下的线索。

"这是世上唯一一份备份报告。"杨钦南将它往前递了递，"现在，它是你的了。"

工作人员在外面敲门："陈导演，时间到了。"

房间里喁喁私语的两个人走了出去，他们手牵着手，像散步一般，慢慢地走到了舞台侧边的幕布后。

其他人已经站到了舞台上，他们听到尤应梦在向观众打招呼，满场的尖叫声，似乎要将千人放映厅的天花板掀翻。

池晏拍了拍陈松虞的手背："你该上去了。"

陈松虞转过身看着他："我还有最后几句话要对你说。"

"你说。"

明晃晃的舞台光，透过厚重的幕布，像暴风雨后第一缕从云层里穿透而下的光柱，影影绰绰地照着阴影里的两个人。

陈松虞说："你知道吗，很长时间以来，我都一直在想，基因匹配究竟意味着什么。"

一开始，她觉得那仅仅代表着，从十八岁开始，她会拥有一份关于自己的基因匹配检测报告，而报告上有一个毫无意义的数字。后来她认识了池晏。关于基因匹配的一切作用，都真实地发生在她身上。于是她以为这就像动物的求偶本能，是她需要克服的、糟糕的生理反应。

"直到现在，我才明白，理智和情感是根本没有办法分开的，这一切都是我身体的一部分。"她轻声道，"说到底，我害怕的是最真实的自己，我不想接纳的，也是自己最真实的那一面。"

周围嘈杂的声音像是慢慢消失了一般，仿佛全世界此刻只剩下她的说话声。

陈松虞发现自己竟然有点紧张。

真奇怪，经历了这么多大起大落的事情，数次在生死关头走过，她以为自己面对什么，都可以镇定自若。可当他们站在这昏暗的幕布后，当她将自己最笨拙、最隐秘的一面说给池晏听的时候，她还是会感到局促。

这真是一段糟糕的自我剖白，可她一定要说出来，既然刚才他已经抢走了她的台词，那么现在，她只能将这段最诚实、最朴实的独白回赠给他。还有全部的自己，都展现给他。

池晏抬起陈松虞的脸，温和地注视着她："我知道。"

他揽住她，手臂慢慢地收紧，他们像两根缠绕的藤蔓，热烈地拥抱着彼此。

在拿到那份基因匹配检测报告的时候，他唯一的反应，竟然是心疼。在那一刻，他理解了她的逃避、抗拒和恐惧，她只是不愿意接纳一种既定的命运。原来他们绕了这么大一条弯路，都是在对抗自己。

他闻着她发间的馨香，用开玩笑一般的口吻说："所以你一定也暗恋我很久了，对吧？"

"什么暗恋？你好自恋。"陈松虞被他逗笑了，但认真道，"不过我们真的浪费了很多时间。"

"没关系。"池晏下巴抵着她的额头，温柔道，"那份报告被我烧掉了。"

陈松虞一怔，池晏笑道："反正我们还有很多时间。我只知道，你是我爱的人。我想永远和你在一起。"

他并不打算告诉陈松虞，自己究竟与公爵结成了怎样的盟约，他也不打算告诉她，这段时间以来帝国的风起云涌，这场因基因而起的轩然大波，背后究竟是谁在操纵。

因为这只是划破长夜的第一步。

她值得生活在一个更好的时代。

台上的主持人在大喊："下面让我们来欢迎陈松虞导演——"

掌声雷动，即使隔着黑漆漆的帷幕，也能猜到帷幕另一边的放映厅里是怎样的盛况。所有人都站了起来，为她喝彩，欢呼，尖叫。这是她的时刻，她早该迎来这样的荣光。

池晏松开了她的手："好了，你真的该走了，去吧。"

他目送着这个光芒四射的女人，他爱的女人，提着墨绿的裙摆，一步步走上台阶。她是如此美，后背被光线照耀着，仿佛长出了一双羽翼。这就是陈松虞，她永远充满生命力，永远都在向前。

他心甘情愿地站在她的身后，站在黑暗里，目送她走向光明。

就在此时,陈松虞猝然转过身来,抓住了池晏的手。

"我们一起去。"她坚定地说。

那一刻她的笑容是如此灿烂,像有一朵这世界上最奇异、最热烈的花,从池晏的身体里长了出来,在他的胸膛盛放。

陈松虞掀开了帷幕,明亮的白光瞬间笼罩了池晏,他不由得闭上了眼。

池晏再睁眼时,视线一时恍惚,竟然分不清光辉究竟来自哪里,是头顶的追光灯,还是她璀璨的双眼。空气似乎也变得稀薄,他感觉自己像站在白雪皑皑的高山之巅,站在离天空最近的地方。

他抬头去仰望太阳,却发现,太阳已经在怀中了。

那是一个新世界,她和他,共同翻开了第一页。

番外一
# 昨夜星光

（1）

陈松虞已经完全忘记在那一天的首映礼上，自己究竟在舞台上说了些什么。唯独有一件事，她记得很清楚。

那是在放映开始前，所有人都聚在一起拍大合影。记者们蜂拥过来，围堵在舞台下。久违的名利场的纸醉金迷，在那一瞬间重新包围了她。快门声此起彼伏，闪光灯的白光格外晃眼，还有声嘶力竭的"请看左边""请看右边""再来一张"的呐喊。

陈松虞笑容得体地看着镜头，那种笑容是多年面对镜头而形成的肌肉记忆，以至于她当时已经能够想象到第二天出现在报道里的自己会是什么姿态。

一个记者突然大喊道："我们再来几张单人照好不好？"

这个提议得到了其他人的一致认可。

拍完了单人照片，又有人提议："来几张组合的吧！"

气氛正好，便没人拒绝。首先是杨倚川和尤应梦走了上去，接着江左也被喊上去了，最后是陈松虞。男演员们识趣地空出位置，最后台上只剩下陈松虞和尤应梦。

这一幕太过赏心悦目，白光织成一张密密的银网，她们就像站在光环里的雅典娜和阿尔忒弥斯，光彩夺目，令人屏息，不知谋杀了多少菲林。不光记者们，诸多观众也站了起来，将手机摄像头举得很高。

陈松虞继续对着镜头和黑压压的人群微笑。在这类场合里，导演的存在感向来不是很强,她早已习惯做个镶边的隐形人,从未想过自己也有被瞩目的一天。

就在这时,不知是谁又喊了一声:"Chase呢!也来一张吧!"

陈松虞的笑容僵住了。

其实陈松虞并没有刻意隐瞒自己和池晏的关系,但这段时间两人都太忙,根本没机会见面,更别提有合适的契机向身边的朋友们坦白自己的恋情。或许只有尤应梦察觉到了一点端倪,陈松虞记得,当自己从后台上来的时候,尤应梦曾意味深长地看了自己一眼。

那时候,池晏正站在帷幕后方的角落里。

陈松虞从没想过要在自己的电影首映礼上公开这件事,因为这显然会让所有人的注意力都转移到与电影无关的恋爱八卦上。她低头看了一眼手表,佯装无奈地对那位记者道:"呃,我们好像已经超时了。"

的确已经超了十多分钟。

影院经理此刻正站在台下——按理说他的任务应该是掐着时间,防止在影片放映前交流超时。但这个剧组、这部电影显然享有特权,于是他笑容满面地对陈松虞比了个手势,示意"您请继续"。

陈松虞彻底绝望了,尤应梦冲她暧昧地一笑,款款地走下了舞台。而池晏与尤应梦擦肩而过,慢条斯理地走了上来,在耀眼的追光灯下,走向陈松虞。

台下大多数观众都是第一次如此近距离地见到这位总督候选人,一时之间兴奋不已。尽管池晏并没有发言,只是淡淡地微笑着,一副不愿喧宾夺主的绅士姿态,但有些人,光是站在那里,就会是人群的焦点。

他有着堪比男模的身高,又有着这样一张引人注目的脸,男演员站在他面前,都会矮他一头。

尤其是当池晏走到陈导演身边站定的时候,现场爆发出了巨大的尖叫和欢呼,甚至有人吹起了口哨。记者们疯狂地按动快门,镜头霎时间仿佛自带一层冒着粉红泡泡的滤镜。

陈松虞和池晏对视一眼,台上说不出口的话,都藏在彼此意味深长的眼神里。他在用眼神表达"不愿意看到我吗",而她回"是的,你可以下去了",他只好表示"很遗憾,我已经上来了"。

池晏又朝她走近了一步，微微一笑，十分配合地揽住她的腰。她穿的这条绿裙子的腰间是裸露的设计，池晏修长的手指触碰到了她雪白光洁的皮肤。他的指腹不动声色地往下压了一下，像一尊金铜色的雕塑陷进新雪里，陈松虞呼吸一滞。

　　他们在众目睽睽下隐秘地调情，或许被拍到了，或许没有。池晏那只手又握成了拳，只有手腕处的一寸皮肤隐忍地与她的皮肤相触，摆出一个标准的绅士手。

　　陈松虞往旁边站了站。

　　记者仍然在高喊着："陈老师看下镜头！"

　　"麻烦两位多笑一笑吧！"

　　"可以再靠近一点吗？"

　　因为池晏刚才的动作，陈松虞的心跳一度很快。他的存在，就像一束火焰若有似无地撩拨着自己。但她的笑容始终不变，肩膀也始终挺得笔直，并没有让人看出任何端倪。

　　直到她突然听到池晏用低得不能再低的声音，在自己耳边说："好像在拍婚纱照，是吗？"

　　陈松虞低下头，确定自己的麦克风已经关了，然后站得离他远了一点，同时从牙缝里挤出了一句话："你不会以为，在公爵府里随便演场戏，就算求婚了吧？"

　　池晏突然侧过脸，极其专注地看着她。在近乎刺眼的闪光灯的围剿之下，男人的眼眸里露出一点温柔的光。他们没有任何肢体接触，却有种难言的暧昧。

　　镜头里，池晏的薄唇上下碰了碰，流连在她白玉般的侧脸旁，似乎说了句什么。此时真是光与暗、静与动的完美结合。

　　有记者大喊道："Chase，你们在说什么？"

　　池晏转过头来："一个秘密。"

　　"太过分了！哪有在舞台上说秘密的！"记者开始起哄，怂恿事件的另一位主角坦白。

　　陈松虞只是浅浅一笑，随便说了点漂亮话搪塞过去。

池晏刚才对她说的是:"你在说什么?我没听清。"

说话的同时,他的另一只手隐秘地背在身后,钩着她纤细的手腕,有意无意地摩挲着她的手指。他那带着茧的粗糙掌心,一寸寸抚过那被粉钻吻着的手指。他显然是故意的,用最引人误会的姿态,说着最不痛不痒的话。

但无论如何,这场超时了快半个小时的映前交流,终于能够画上一个令人心满意足的句号。台上的主创们一一走下舞台,回到观众席。工作人员此前特意给他们预留了座位。

尴尬的事情又发生了。

其他人都已经坐下了,轮到陈松虞和池晏的时候,却只剩下一个座位。

引他们过来的那位工作人员一脸尴尬地说:"实在抱歉,之前没想到Chase会来,所以少留了一个位置。你们稍等一下,我看看怎么再腾出个位置来。"

池晏和陈松虞都表示了理解,池晏故意在陈松虞耳边轻声道:"要不要坐我腿上看?"

陈松虞瞪了他一眼,池晏立即改口:"反过来也行。"

陈松虞:"……"

"你怎么不跪在我脚边看呢?"她幽幽地说。

周围的观众不知道两人又在小声说些什么,但都好奇地盯着他们,甚至有人举起了手机,偷偷地拍起照来。有人忘记关掉快门声,有"咔嚓咔嚓"的声音响起。

这两人在众人的眼皮子底下公然地说着悄悄话,真是太会玩了。

池晏仍然微笑着在低声和陈松虞说话:"我说过,我只有在求婚的时候才会下跪。"

他的声音像一个秘密的飓风眼,围绕在陈松虞的耳郭旁,仿佛要拖着陈松虞往下坠落:"你在暗示什么吗,亲爱的?"

陈松虞嘴角微勾,转过身来,笑盈盈地看着他:"你在说什么?我没听清。"

最后没等工作人员的处理,陈松虞和坐在过道旁的一个观众换了座位,池晏仍然在她身边,却纡尊降贵地坐到过道的台阶上。

他那一身高定西装与将就的坐姿天然有种矛盾感,并且由于影院的椅子太高,陈松虞需要俯视他。她忍俊不禁地对他说:"我打赌你这辈子都没有坐在台阶上看过电影。"

池晏懒洋洋地解开了西装的扣子,长腿一伸,随意地交叠着。他笑了笑:"亲爱的,认识你之后,我做的以前没做过的事情还少吗?"

放映厅里的灯光慢慢暗下去,银幕上开始播放映前的贴片广告。

由于冷气开得太大,陈松虞忍不住打了个喷嚏,手臂上起了一层细小的鸡皮疙瘩。池晏将外套脱下来,披在她肩上。陈松虞闻到他衣领上熟悉的淡淡香气,大吉岭和白苔。

银屏上,电影开始播放。

陈松虞和池晏都曾在不同的场合里看过这部电影。

对陈松虞而言,她曾在封闭的剪辑室里,一帧一帧地反复调整和斟酌影片的细节,对其中的每一个镜头,她早已烂熟于心。这是她的工作里并不那么美好的一部分,枯燥,重复,不太需要创造和灵感,更需要时间和耐心。

对池晏而言,他第一次看这部影片时,并不那么愉悦。当时他等待已久的猎物就蛰伏在身后的黑暗里,所以银幕上的画面始终被一种山雨欲来的情绪所笼罩。

但在这一刻,他们回忆起的,却是在那个空旷的礼堂里,他们在银幕下紧紧相拥的画面。

在那个光影迷幻的电影院,在爆米花甜蜜的香气之中,在不断循环的电影画面里,银幕上浮动的光线仿佛变成了海上翻涌的浪,在他们的视野里上下起伏着。

于是眼前的对白、镜头,都变成了记忆里滴落的汗水、急促的呼吸、交叠的皮肤,最终又变成了某种难言的渴望。

然而无论脑海中的回忆多么令人心猿意马,此刻陈松虞都正襟危坐着,她抬着头,一本正经地望着银幕。

手背突然被人轻轻一碰,是很柔软的触感。她下意识低头,影影绰绰地看到了一抹红,在昏暗的光线中,这抹色彩显得如此鲜亮。是池晏将胸前的红玫瑰，悄悄塞进了她的手中。

首映礼的直播结束后，有人在网上上传了一段模糊的视频。

这段视频的背景音是欢快的吉他舞曲，画面里是一对男女在广场上跳舞。他们紧紧拥抱着，额头抵着额头，仿佛随时都要吻下去。昏黄的路灯，将他们耳鬓厮磨的影子拉得很长。

视频的上传者配了这样一段话：这是我有一天下班后在回家的路上无意中拍到的，当时我的心情好丧，但是看到这一幕，瞬间被治愈了。因为实在太美好了，好像一部偶像剧。刚才看了直播，我才发现！！！这两个人不就是……

（2）

内莉进电影院的时候，手中拎着一大杯双倍浓缩咖啡，因为她很担心自己在看电影的中途睡着了。作为陈导演的粉丝，她第一时间抢了电影票以作支持，但对于陈导演所偏好的"长片"这一形式，她并不能保证自己一定感兴趣。

九十分钟，这时长真是令人望而生畏，现在已经很少有人在大银幕上看一部超过六十分钟的电影。

短视频的流行是从流媒体时代开始的。二十一世纪初期，观众们开始喜欢用手机看短视频来填满自己的碎片时间。渐渐地，人们的观影习惯便发生了改变。既然五分钟就能获得娱乐上的满足，为什么还要浪费两小时呢？

对创作者来说，也是如此。既然五分钟的视频就能获得上亿的点击量，那么为什么还要花几个月甚至几年，去吃力不讨好地拍摄一部电影长片呢？

那是一个浮躁且冷酷的时代，流量和效率才是王道。于是这场关于电影的革命，自下而上地无声进行。最终潜移默化地，重新定义了自一八九五年以来所形成的电影的概念，绝大部分观众开始适应新时代的电影叙事。

好莱坞的经典三幕剧模式被彻底摒弃了，交代—危机—高潮，现在只剩下危机和高潮，甚至有的连危机都没有，只有高潮。没人再有耐心去了解故事背景，去见证一个角色从弱到强，更别说去感知一个复杂的情景，一种微妙的情绪。

生命是有限的，而信息是无穷的。既然如此，那一切就简单一点，再简单一点。用最快的时间，吸引观众的眼球，让观众在最短的叙事时长里，获得最大化的感官刺激。

世界慢慢变得不再是创作引导着思考，而是娱乐侵袭了大脑。

内莉是从被围堵的基因检测中心赶过来的。她看着手里的这张电影票，想到前几天，她依靠自己超强的手速，同时开着五个抢票插件，成功地抢到了这张陈导演新作首映礼的电影票时的场景。

"抢到了！"她开心地大叫道。

她周围的同伴们，一脸沮丧地举起了手机，购票页面上只有明晃晃的"已售罄"三个大字。

后来他们听说暗网上有人把这场首映礼的票炒到原价三十倍的黄牛价，同伴们笑着对内莉说"你抢到的这张电影票，都够我抢一张'顶流'的演唱会门票了"。

内莉成功检票进了剧院内部。

这是K星目前仅剩的一座千人大剧院，观众区分别坐落在三层楼上。内莉的这张票对应的座位在二楼。一眼望过去，视野里都是黑压压的人头，人们坐在自己的座位上，兴奋地交头接耳。

很快主创们一一上台，轮流发言，内莉随着人群一起鼓掌，一起放肆尖叫。

将气氛带到最高潮的，是合照环节。当陈导演和Chase站在台上的时候，内莉再一次高声叫了出来，同时举起了手机拍照。终于，她拍到了一张很满意的照片。

照片里，高大的男人微微低头，笑看着身边的女导演。

明明他没有做什么特别的事情，他们俩甚至没有任何肢体接触，那个男人不过摆出了一个耐心倾听的姿势。但那一刻，在场的数千人都被他们之间涌动的情愫所感染了。

谁都不知道他们说了什么，那是一个属于他们的秘密。

电影开场前，她迫不及待地将这张照片发给了自己的朋友。

内莉：你看我拍到了什么！

之后她就将手机塞回了包里。

帝国在知识产权的维护上一向很严格。电影开始前也会有专门的贴片广告来提醒观众，根据《帝国电影产业促进法》规定，对正在放映的电影进行拍摄、录音或录影都是违犯行为，一旦被发现就会被处以高额罚款。

即便如此，也很少有人能忍住在看电影途中不玩手机，不跟人聊天，尤其是，这部电影还有九十分钟。

但直到看了快一半的时候，内莉才意识到，自己根本没怎么碰过那杯事先买好的咖啡。随着电影渐入佳境，她被这个故事深深地吸引了。

影片以一种极其精妙的双线叙事贯穿始终，整个故事围绕一个神秘而英俊的男人展开。过去的沈妄和现在的沈妄，在贫民窟的悲惨往事与在金钱帝国的杀伐果决，分明是磁铁冰冷的两极，却迸发着火山熔浆般的高温。影片的节奏紧凑得让人喘不过气，与此同时，有一个悬念始终隐藏在一环扣一环的剧情背后——沈妄究竟是一个怎样的人？

他的过往与现在，像一块又一块尖锐的镜面碎片，被有条不紊地拼凑成一面镜子。每个人或多或少都能从他身上找到自己的影子，找到自己曾行走在黑暗中苦苦挣扎的过往。

直到影片结尾，在一段大师级的交叉蒙太奇和闪回里，一直堆叠着的、矛盾而复杂的情绪，终于被推上了最高峰。这个男人的悲恸和荣光，都被时代的光辉所照耀着，也被时代的浪潮所推动着。

内莉感觉浑身的血液都像要沸腾起来。

原来看一部电影，会让人感到如此心潮澎湃。

九十分钟就这样过去了吗？那这一定是她度过的最值得的九十分钟。手机不断地在膝盖上的手提包里振动，她却置若罔闻，只是目不转睛地望着银幕，因为根本不舍得错过影片的任何一秒。

银幕上，海上的落日慢慢沉入铅灰色的大海。然后画面陷入一片漆黑，一行字浮现出来——

**导演：陈松虞**

影厅里的一千多人，都静静地凝视着这几个字，陷入了沉默。黑暗之中，不知是谁先站了起来，放映机的光线照得他脸上的泪珠像钻石般熠熠生辉。接着是第二个人、第三个人……渐渐地，在场的所有观众都站了起来。掌声持续了将近一分钟，都快要将这座影院给掀翻。雷鸣般的掌声里，夹杂着不知是谁的呼喊："太好了！"

主创们再一次站上台，向观众深深地鞠躬致谢。好几个演员的脸上，仍然残留着泪痕。

内莉的手掌拍得通红，她泪眼蒙眬地盯着舞台上的人。她想，陈导演一定非常爱自己的角色，她一定将自己全部精力都投入了这部电影里。只有这样，才能塑造出沈妄这样一个人。

她就像从泥泞里拽出森森白骨，再填上血肉和皮肤，最后将自己的心脏掏出来，塞进那具空洞的躯壳——于是沈妄活了过来，共享她的心跳，和她一起热烈地活着。

内莉打开手机，想要和朋友分享自己此刻排山倒海般的情绪。

没想到朋友在几分钟前给自己分享了一个视频链接，她点进去，眼睛不自觉睁大了。

手机屏幕上，是谁大半夜在广场上相拥而舞，一目了然。此刻的舞台上，这两个人并排站着，池晏大多数时候都低着头，漫不经心地听着其他人讲话。只有在轮到陈松虞发言时，他才会抬起头来，侧目看向她。

内莉看视频的过程中，朋友又发来一句话：恭喜你，拍到真的了。

公众人物的恋情被曝光，通常会以什么方式？

即使在这个时代，好像也并没有太多创意可言，还是那老一套。被无人机偷拍到两人坐同一架飞行器，在同一家高级餐厅吃饭，进入同一间私人公寓或者别墅。也有极少数直接晒大尺度的亲密照的，当然这多半是在自我炒作了。

但是这个视频中的陈松虞和Chase，简直浪漫到极致，恋爱综艺的金牌制作人都未必想得出这样的桥段。

视频下方的评论区热闹非凡。

狗粮吃撑了：天啊，这两位真以为自己是素人在约会啊？

没有世俗的欲望：感谢男女菩萨深夜出街普度众生。

资深磕学家：不不不，从视频里就能看出来，当时这两个人还在暧昧阶段。

我命运般的猪咪：发生了什么？？？

资深磕学家：看肢体语言，看眼神，这就是双方刚刚坠入爱河，还在互相试探阶段时会有的反应。

流泪猫猫头：大师专业！那大师能不能再分析一下刚才的直播？！

资深磕学家：还用分析？你看他们的手啊。


雪白的指尖在手机屏幕上滑动着，陈松虞低头看着手机，目光晦暗。

作为事件的女主角，她得知这一情况时，比其他人早了也没几分钟。此时影片正在出片尾字幕，张喆弓着腰过来，一脸尴尬地给她看了网上的视频。

视频从发出到现在，一小时不到，播放量竟然已经破了千万。陈松虞从座位上站起来，瞪了池晏一眼，将外套脱下来扔到他身上，才假装若无其事地走上台，走完了映后流程。

结束之后，观众们开始有序退场，却发现影院已经被无人机给包围了。

近来由于社会动荡，娱乐圈也变得气势低迷，一桩轰动的恋情被曝光，大家的情绪都高涨了起来，所以此刻媒体记者们都等着事件的男女主角出来给点回应。

可男女主角这会儿还懒洋洋地坐在后台，一个在玩戒指，一个在嚼薄荷糖。池晏吃着薄荷糖，声音含糊地说："不是我。"

陈松虞说："我知道。"

倒不是真害怕外面的记者，想脱身总是有办法的，但是谁都不喜欢自己被这样"围攻"。

她并不觉得自己有向外人公开个人私生活的义务，毕竟她的工作是拍电影，不是满足公众对自己的好奇心。

"还是先出去吧。"池晏站过来，"别在这里干耗着了。"

陈松虞诧异地抬头看了他一眼。他说的"出去"，是指走 VIP 通道躲开记者出去。她原本还以为他会迫不及待地站到那群人面前，将他们的关系昭告天下。

"干吗这样看我？"池晏笑了笑，"很意外吗？"

203

"嗯,很意外。"

池晏的笑意更深:"刚才在台上我就发现了,其实……做陈导演的地下情人也很有乐趣,不是吗?"

陈松虞刚要说什么,鼻子有点痒,扭头打了个喷嚏。

池晏重新将外套披到她肩上:"你最近肯定没有睡好吧。"

他低头凑近的时候,她也直勾勾地盯着他。头顶的一缕光线打到他脸上,很清楚地照出了他眼下的一圈淡青。

"你不也是吗?"陈松虞说。

显而易见,未来的总督大人为了能够赶回来参加首映礼,一定又提前处理了不少工作。

池晏调侃道:"没办法,做地下情人,是很辛苦的。"

"好吧,给你一点奖励。"陈松虞伸出两根手指,在他的下巴上点了点,像逗猫一样。

池晏情不自禁地捧住她的脸,吻了上去。起先只是唇舌间的试探,很快就变成了难舍难分的交缠。

分开的一刻,他们看着彼此的眼睛,忽然不约而同道:

"说吧。"

"不想说就算了。"

两人说完,皆是一怔,接着又哈哈大笑了起来。

"我不否认,我的确很想立刻告诉全世界,你是我的。"池晏郑重地说,"但如果你觉得现在不是合适的时机,我并不介意再等一等。"

"说吧。"陈松虞还是那两个字,说完,自己就忍不住笑了,"我允许你转到地上来了。"

曲终人散的放映厅外,导演和制片人终于出现了,无人机上的摄像头将画面实时输送给手机屏幕前看直播的观众。

来了来了!

终于来了!

再等下去我孩子都生完了!

直播的镜头极其敏锐地调整方向，对准了女导演那双漂亮的手。特写镜头将画面继续放大，直到一枚造型复古而典雅的钻戒占据了画面的绝大部分。

我看到了什么！

厉害啊！

灯光下，陈松虞的手指瓷白而修长，像某种叶瓣狭长的花，熠熠生辉的粉钻则像花朵徐徐绽开后露出的蕊心。

镜头里，另一只宽厚的手，拾起了这朵花，牢牢地握在掌心。屏幕后无数屏息观看的观众，此时都呆住了，为这大大方方、毫不掩饰的姿态。显然，这就是他们的回应，无声却有力。

镜头上移，Chase很绅士地将陈松虞肩头往下滑的西装外套提了上去，两人之间的亲密溢于言表。

"你准备好了吗？"池晏微笑着问她。

陈松虞勾了勾嘴角："什么？"

他浅浅一笑："无论贫穷还是富有，健康还是疾病，你都会永远留在我身边。"

陈松虞："……"这分明是结婚时的宣誓词。

她懒得理他，转身对着镜头粲然一笑。

无人机安静了片刻，接着无线广播里记者们连珠炮般的问题迸发了出来。

"请问两位看过视频吗？视频里是本人吗？"

"你们真的在一起了吗？"

"陈导演戴的是订婚戒指吗？"

"方便透露一下两位的基因匹配度吗？"

在一众保镖的护卫之下，两人无动于衷地往外走着。听到最后一个问题，陈松虞停下了脚步，转过头来。白花花的闪光灯，将黑夜都照成了白昼，也让这张美丽的脸更加笑靥如花，只是这笑容里又隐含一丝狡黠。

"我们的基因匹配度有100%，你信吗？"陈松虞说。

看直播的观众一瞬间炸开了锅。

100%？开什么玩笑？真的有基因匹配如此完美的情侣吗？这可是都市传说！

真的假的？

不可能吧，我从来没听说过会有基因匹配度是100%的伴侣。

拜托，这可是陈松虞啊！！！她怎么可能？？？《基因迷恋》的名言有没有人出来背诵一下的？！

科代表来了麻烦大家让一下。

没人再关注"科代表"的发言，因为池晏在众目睽睽之下，又牵起了陈松虞的手。

"只是开个玩笑。"池晏微微一笑，"我们当然是自由恋爱。"

网友们又傻眼了。

……会玩。

配一脸。

自由恋爱！真好啊！

说完，两人就不再回头，径直走进了飞行器。池晏亲自拉开了舱门，用手护着陈松虞的头。高跟鞋踩进去的一瞬间，细细的鞋跟深陷进飞行器里的羊毛地毯里，西装又不小心滑了下来。

光洁的皮肤，平直的肩，性感的肩胛骨，雪白的后背，都被深邃的墨绿照映着，在闪光灯的照耀下，漂亮得晃眼。

池晏跟在她身后，慢条斯理地关上门。单面茶色玻璃窗上映出外面暴风骤雨般的白光，闪光灯的攻势太猛烈，但这已经与他们无关。

池晏毫不在意地将陈松虞昂贵的西装外套扯开，将一个滚烫而急迫的吻，落在她的后颈。

番外二
# 共享荣光

（1）

星际电影节每年都是在 K 星的一座海滨小岛上举行。

每年到了这个时候，全世界的电影工作者就会蜂拥而来，这座小岛也因此变成了灯火通明的海上明珠。

电影明星本来一个个都光鲜靓丽的，在这里却如海滩边的碎玻璃，颇为寻常了。在海鲜餐厅毫无形象地大快朵颐的，可能是影坛当红明星；下楼去买一罐啤酒，身边排队的也可能是知名大导演；在酒店搭电梯，都有可能被一个得奖的热门剧组的主创们所包围。

入夜后，大多数人都涌向了海边的露天放映区和通宵达旦的庆功派对。海边咖啡厅里的人变得少了起来，年轻的服务员也适时地将桌上的咖啡单换成了酒单。

此时咖啡厅的墙上，正在投影晚间新闻。

突然有一个醉醺醺的男人站到投影前，不屑地说："无聊！谁关心这些！"

他用力地戳着触控板，切换了频道。画面飞快转换，令人眼花缭乱。显然他并不是真的想看电视，只不过是醉了在撒酒疯。为数不多的几个客人都纷纷抬头看他。服务员也叹了一口气。

突然有一只手轻轻拍了拍那人的后背："劳驾，可以将频道调回去吗？"是一个女人的声音。

男人的手还停在触控板上，他嗤笑道："什么啊？新闻有什么好看的？"

他转过头，视线触及一张面无表情的脸。原来这女人竟然比自己还高，足够俯视自己。她穿着一件简单的黑T恤，五官大部分都被隐藏在鸭舌帽的阴影下，只有阴影里那双黑亮的眼睛格外锐利。

　　被这样的目光注视，男人被酒精麻痹的大脑好像清醒了几分。他感觉这个女人有点眼熟，应该不是他得罪得起的人。他把到了嘴边的骂骂咧咧的话吞了回去，"哼"了一声，按了返回键，头也不回地走了。

　　陈松虞望着对方落荒而逃的背影，笑道："多谢。"

　　她又坐回了角落里，服务员过来加水，一脸感激地小声对她说："刚才真是太感谢您了，陈导演。这家伙就住在附近，一喝多了就喜欢过来闹，我们每次都得应付他半天。"

　　陈松虞微笑道："这没什么，我本来也是要看新闻的。"

　　服务员下意识回头看了一眼。

　　新闻里正在播放的是S星大选的相关新闻："今天是S星的全民投票日。选民已在指定地点完成投票，他们将选出五百位选举人……三天后就是大选日……获得半数以上选举人选票的候选人，即可当选本届S星总督。"

　　这只是一段枯燥无趣的新闻，新闻里也没有Chase的身影，但陈导演看得极其专注。

　　服务员却觉得自己嗑到了，她回到吧台后，迫不及待地拿手机偷偷拍了张照，给朋友发了过去。

　　小艾：他们是真的！这就是爱情！

　　此刻距离陈松虞的新电影《灰烬以后》上映，已经过去了两个月。

　　首映礼过后，影片的口碑就被彻底引爆。此片从一部风口浪尖的话题之作，变成了众人交口称赞的年度好片。

　　随着影片正式上映，一系列电影有关的纪录也都被刷新了——预售纪录，开画纪录，单日票房纪录，甚至连票房监测的手机软件的下载量都冲上了应用商店第一名。

　　虽然今年尚未结束，但是《灰烬以后》已经以一骑绝尘的票房成绩，锁定了年度票房冠军。随着影片的密钥被无限期延长，变成长线放映，有不少专业人士预测，它将有希望打破十年来的电影票房纪录。

无形中，这成了一场集体的狂欢，每个买了电影票的人都是缔造神话的一部分。在高涨的呼声中，星际电影节的组委会也不得不为它破了例。原本影片上映时间太早，时间上并不符合电影节送审规则，组委会却主动向陈松虞发了邀请函。最终这部电影凭借八项提名，成为本届电影节的最大热门影片。

如果在一年以前，不会有人相信，一位青年女导演的作品，竟然能够获得如此殊荣。但是"陈松虞"这三个字，再一次改写了帝国当代电影史。所有人都为她感到高兴，只有一个人颇有微词，那就是池晏。

因为星际电影节的颁奖典礼，恰好和S星的总督大选日在同一天。这对他们彼此而言，都是非常有纪念意义的一天。但是很遗憾，他们没办法面对面庆祝。

陈松虞回想起池晏在临别时那近乎哀怨的神情，几乎想要笑出来。其实自她从S星回来，他们就一直处于分居两地的状态，几乎没有完整地一起过过一个周末。这对一对热恋中的伴侣而言，的确太过煎熬了。

又过了一会儿，她低头看手表，快到晚上看展映电影的时间了。于是她结了账，将背包里的嘉宾证拿出来，慢慢往外走。

咖啡馆临近海边沙滩上的电影节露天放映区，露天放映区这边的电影已经开始播放了，投影上飘忽的光线，照亮了沙滩上一片黑压压的人头。游客们仰头看着银幕，沉浸在电影的世界里。

银幕上放的正是陈松虞的《灰烬以后》。

由于这部电影已经公映，主办方就没有再将它安排到主竞赛展映里，只每晚在海边露天放映区放映一场。

陈松虞驻足看了一阵，突然听到有一个声音喊道："陈导演！"

她转过头，看到咖啡馆里的那位年轻服务员小艾追了出来。女孩气喘吁吁地跑过来，鼓起勇气道："陈……陈老师，我……"

小艾看着陈松虞，满脸涨得通红，眼睛却是亮晶晶的。

陈松虞道："慢慢说。"

在陈松虞温和的注视下，小艾觉得自己的心好像被一团温暖的火所照耀着，她深吸一口气，一字一句地说："是这样的，陈导演，其实我是个学生，也是个影迷，现在是电影节期间嘛，就来这边打工了。我……我的梦想是成为一名编剧，我想请您看一看我写的剧本，可以吗？"

小艾颤抖着举起手中的阅读器，递到陈松虞面前。她心想，这是自己这辈子做过最大胆的事情。

一个新人，居然敢向陈松虞这样的导演当面递剧本。

陈松虞的导演生涯正是如日中天的时候，此刻手边说不定堆了上百个剧本，每天不知道有多少人在向她献殷勤，有多少个大项目向她抛出橄榄枝。什么本子她拿不到？又怎么可能浪费时间去看一个学生作品……

但小艾还是想要试一试，不仅因为她是陈导演忠实的粉丝，她被陈导演拍的电影故事所打动，更因为，她觉得陈松虞和大部分的电影人都不一样。

她之所以会选择在电影节期间来这儿打工，就是想要趁此机会观察观察这些电影圈的人。短短几天下来，她已经感到幻灭。

原来大多数在镜头里衣冠楚楚的导演、制片人和编剧，私底下每天不是在咖啡馆里夸夸其谈地聊什么"几十个亿的项目"，就是从各种庆功宴里出来，互相搂搂抱抱，喝得烂醉如泥。

只有陈导演，每天都坐在这里，安静地喝咖啡、看剧本，到了展映的时间，就从背包里拿出嘉宾证，往电影院走——她和那些浮躁的圈内人都不同，她是真的在享受电影节的气氛，也是真的为了看电影而来。也只有这样的人，才能拍出优秀的电影。

小艾继续说："我非常喜欢您的《基因迷恋》，看过至少五遍，哦对，我的剧本也是一个爱情故事……"

她不敢抬头，害怕看到陈导演露出不感兴趣的表情。

然而，一双手从自己手中将阅读器接了过去。动作很轻柔，是十分郑重的姿态。

"谢谢你喜欢我的电影。"陈松虞说，"也谢谢你愿意相信我。"

小艾抬起头，怔怔地看着面前的女导演："您真的愿意看看吗？"

"当然。"

一种难以形容的狂喜席卷了小艾的内心，她几乎要喜极而泣了："谢……谢谢您！"

"这没什么，举手之劳。"陈松虞对她眨了眨眼，珍而重之地将阅读器抱在怀里。

此时，霓虹与大海，交织成一片瑰丽的光，照耀着眼前这张美丽的脸。小艾心想，她会永远记住这一刻。

那时她并不知道，自己的命运也将因此改变。

帝国最负盛名的女编剧之一，陈导演的御用搭档，曾在这家寂寂无闻的海边咖啡馆里打过工。


三天后，星际电影节的颁奖典礼如期而至。

剧组所有参加典礼的人都坐在一辆礼宾车里。尤应梦坐在陈松虞身边，她再一次拿出了镜子，仔细地审视自己完美的妆容。显而易见，不管见识过怎样的大风大浪，在这种体现了对电影人最高褒奖的场合，任何人难免还是会有些紧张。

尤应梦看陈松虞认真地捧着一个阅读器，疑惑问道："你在看什么？"

"一个小姑娘发给我的剧本。"

"……我还以为你会更关心 Chase 的竞选。"

算一算时间，大概竞选结果也出来了。但此刻车里的人都太紧张，谁也无心去看新闻。

陈松虞笑了笑，翻开下一页，云淡风轻地说："我觉得竞选的结果已经没有任何悬念了。"

尤应梦看了一眼窗外，红毯上乌压压一片，人头攒动。排山倒海般的尖叫声和快门声远胜于首映礼的时候。遍布的镜头，充满迷恋的注视，都变成了最亮的镁光灯。

这是星际电影节的颁奖典礼红毯，是世界上最昂贵也最受瞩目的红毯。而此时此刻，在场所有人的目光都汇聚在了即将打开的车门上——这辆压轴出场的黑色礼宾车里，坐着今年颁奖季的最大赢家。

"你说得对。"尤应梦说，"就和这个颁奖典礼的结果一样，没有任何悬念了。"

车门开了。此刻这个顶尖的名利场，化成一条长得没有尽头的红毯，被他们踩在脚下。眼前的路那么红，红得热烈，红得触目惊心。

他们一直走到红毯尽头，站在嘉宾的签名板前。剧组主创人员在此排开，配合各家媒体拍照。经过这段攻势猛烈的宣传期，他们都已经练就了一身在媒体面前应对自如的本事。闪光灯明明暗暗，众人的表情和仪态始终无懈可击，还时不时低头对旁边的人说几句玩笑话。

他们在红毯这里待的时间比预计长了一些，一方面是媒体不肯放人，另一方面则是因为主持人还在与上一个剧组的人交谈。趁等待的时候，记者们见缝插针地对着众人抛出连珠炮一般的问题。

"陈导演，您现在有什么话想对 Chase 说吗？"

"如果这次拿到大奖，您最想与谁分享？"

"即将成为总督府的女主人了，请问您现在是什么心情？"

旁边的人听到这些问题，都半是同情半是揶揄地看向陈松虞。

陈松虞镇定地站着，她暗暗地想，这就是恋情公开后最大的烦恼。当然，她并不后悔公开了自己和池晏的关系。这段时间里，他们收到了各种各样的祝福，这是一件非常美好的事。

哪怕《灰烬以后》刚刚打破了五年内帝国电影票房纪录，作为一名女导演，这些记者抛向她的问题，也永远都离不开恋爱、结婚、夫妻生活这类话题。

哦，还有——

"两位打算什么时候要孩子啊？"一名男记者大喊道。

陈松虞和尤应梦交换了一个眼神。

最终陈松虞假装什么都没有听见，只是淡淡地笑着，转过身去，在电子签名板上以手为笔，行云流水地留下了自己的名字。

她转身时，恰好露出雪白的脖子和后背，这美景又谋杀一片菲林。她今夜穿的是一条剪裁大胆的亮片礼服裙。除了那枚订婚戒指，她没戴其他珠宝，脖子和手腕一片素净，因为裙子上已镶满钻石，流光溢彩。

裙子的面料是极其罕见的柔软织物，服帖地包裹着她高挑纤瘦的身形，勾勒出旖旎的腰臀曲线，又若隐若现地露出了两条笔直的腿。在大片闪光灯的照耀下，裙身呈现出极其迷人的光泽，仿佛波光粼粼的湖面。裙底的一双银色的尖头高跟鞋，则像曳地的莲花，随着她一步步往前走，像在耀眼的银河里一圈圈地绽放。

男主持人满面笑容地迎了过来。

在将所有人都夸了一番之后,他玩笑般地对陈松虞说道:"陈导演,好像您每一次出席公众场合,都会打扮得格外……性感,有问过 Chase 的意见吗?"

"我穿什么,为什么要问他的意见呢?"陈松虞嘴角一挑,笑得非常好看,"我能够在这样的场合,尽情展现自己,他也会为我骄傲。"

这话说得非常得体,既恭维了电影节,又不动声色地暗讽了男主持人话里的轻视意味。

最后男主持人说:"是,今夜您就是绝对的主角。"

此时的 S 星,池晏懒洋洋地坐在后台,看着直播里两人的对话,轻嗤了一声。

公投进入了最后环节,局势已经非常明显。这一届总督之位会花落谁家,不言而喻。当然,选举委员会的投票还在有条不紊地继续。在场的其他人都紧张得脸色发白,甚至胃部都开始痉挛。只有池晏看起来极其松弛,居然还把路嘉石的手机抢了过去,打开了星际电影节的直播。

路嘉石在旁边凑热闹地看着,闻言笑道:"K 星这些人都好无聊啊。嫂子怎么不说,这条裙子就是你送过去的?"

的确如此。陈松虞原本并不想再穿一条露背的裙子,会和首映礼时穿的那一身有些重复。但她不知道当时那抹惊艳的后背,给池晏留下了多么深刻的印象。于是在这次颁奖典礼的前一周,这一整套就被送到了陈松虞手中。

裙子、珠宝、鞋子,一应俱全。盒子里还附有一张卡片,上面用漂亮的花体字写着:

And the songbirds are singing like they know this chorus.

陈松虞原本定好了衣服,但当这条裙子被她穿上身的瞬间,周围的人都被惊艳得说不出话来。相比之下,原定的那条礼服就黯然失色了。

"这也太适合您了。"造型师惊叹道,"太完美了,真是为您量身打造的。"

另一个人将没有署名的盒子翻来覆去地拿起来看,忍不住好奇地问:"这是谁送来的裙子呀？"

陈松虞说："是Chase。"

"哇！"

当然，这些收到裙子后的细节都是陈松虞在电话里跟池晏讲的。

此刻，池晏低垂着眼，专注地看着直播镜头里的陈松虞。这条裙子果然和他想的一样，很适合她。

不，比他想象中的还要美，独一无二的美。

池晏伸手，手指缓慢地描摹着直播投影里那光洁的后背，又不敢真的碰到，怕惊扰了那一段美丽的幻影。只能隔着空气，去感知她。

旁边的路嘉石仍然在不停地碎碎念："嫂子为什么不说？为什么不说？快说啊！"

池晏淡淡地说："因为他们不配知道。"

（2）

陈松虞对星际电影节的整个颁奖流程已经非常熟悉。

和往年不同的是，今年她坐在一个很优越的位置。电影节的轮值主席就坐在她的左手边，文化部部长夫妻两人则坐在她正前方。落座时，双方还言笑晏晏地打了个招呼。这当然也是一种潜在的殊荣。

每一年都是从技术奖项开始颁发。《灰烬以后》得的第一个奖就是最佳剪辑奖。公布结果的一瞬间，掌声轰动，同时，这一奖项的颁布，也透露出一个信息——在场的人都熟知一条潜规则，历来星际电影节的最佳剪辑奖和最佳影片奖都是同一得主。换而言之，《灰烬以后》几乎已经锁定了今年的最高奖项。

被好运砸中的阿奇，难以置信地站了起来。他想要将陈松虞也拉上去，但对方只是笑着摇了摇头，轻轻推了一下他的后背。

上了台，站在话筒前，阿奇像抚摸着阿拉丁的神灯一般，抚摸着奖杯说："不知道这个杯子值多少钱呢？"

台下的人都很善意地笑了起来，陈松虞也忍俊不禁。

"谢谢大家，这是我第一次来到颁奖典礼的现场，见到了好多明星。其实我本来不打算来，连这套西装都是临时在机场买的。如果不是陈导演强烈要求的话，我原本计划今晚一边跟新女朋友约会，一边看电视的……对不起，我有点语无伦次了。"

阿奇深吸一口气，终于收起了玩笑话。他扯了扯自己的衣领，继续道："我想要说的是，陈老师，谢谢你。没有你的话，我现在大概还在开酒吧，混日子，随便给人剪点视频，也可能什么都没剪。总之，还一直觉得自己怀才不遇，做着有朝一日一夜成名的春秋大梦。

"你是我见过最有天赋，也最努力的人。是你教会我，没有人会把机会递到你手上，想要做什么，你就要自己去争取。因为你，我现在才会站在这里。"

他一说完，现场掌声雷动。这些掌声既是给阿奇的，也是给陈松虞的。此刻阿奇站在台上，一脸踌躇满志，再也不见昔日的吊儿郎当的神情。

陈松虞突然想起他们第一次见面的时候，这个人在空气污浊的黄昏里，拉开了卧室的门。那时他们双方都只是抱着试一试的心态，他们谁都没有想到，会取得今天的成绩。

之后影片还拿了两个技术奖项。江左和杨倚川共同竞争了最佳新人奖，最终主持人喊出了杨倚川的名字，但江左并未气馁，反而真心实意地为对方感到高兴。

真正将气氛推到高潮的，是尤应梦获得了最佳女配角奖。许多观众都站了起来，热切地注视着她。本该为尤应梦颁奖的上届影帝也主动从台上走了下来，弯腰帮她提着裙子。

这是一条极其隆重的礼裙，裙摆像一朵硕大而饱满的黄金月季，在台阶上一层层绽开它稠密的花瓣。尤应梦从影帝手中接过奖杯，莞尔一笑。

"我没有想到自己会拿奖。"她说，"大家都知道，我在这里拿过两次最佳女主角，但对我而言，都没有这一次的意义重要。我今年三十岁。曾经有个人对我说，女演员职业寿命中的黄金期最多到三十岁，再往后走只有下坡路，嫁给他是最好的选择。我曾一度以为他是对的，这就是我的命，直到我遇到了这部电影。"

她转头，轻轻吻了吻手中的奖杯。

"我要感谢这部电影，当然，更要感谢那个拉我一把的人。现在回想起来，很多时候，我们缺少的并不是改变生活的能力，而是改变生活的勇气。谢谢你，松虞，你永远是我最好的朋友。"

讲到这儿，她的声音变得哽咽。一滴泪如钻石一般，滑过她白皙的脸庞。

尤应梦最后说："松虞，我等你上台。"

实际上，所有人都在等陈松虞上台。

颁布最佳影片奖的时候，大家都还记得之前最佳剪辑奖的得主是谁，结果早已毫无悬念，台下的人也都已准备好了掌声和尖叫。

但没有想到，这个奖偏偏爆冷给了另一部电影——这也是星际电影节史上第一次，最佳剪辑奖和最佳影片奖花落两头。

当镜头对准赢家的时候，剧组大部分人都一脸震惊和难以置信，只有导演很沉稳。他是功成名就的业内大拿，但是片子本身质量平平，本以为只是提名得个安慰，没想到这次能拿到奖杯。致辞的时候，他看着陈松虞的方向，情真意切地说："在我看来，这个奖不应该给我。它应该交到更有天赋的年轻人手中。"

此刻，《灰烬以后》剧组绝大部分的人，看似若无其事，但一些小动作仍然暴露了他们内心的失落。

只有陈松虞本人才是真正的波澜不惊，她一边鼓掌，一边笑着向台上的获奖者点头致意，表示感谢。

冥冥之中，陈松虞已经猜到这个奖不会属于自己。题材、过于惹眼的票房成绩，以及电影原本并不具备参评资格……太多的因素都在无形中形成了掣肘。最重要的原因是，星际电影节作为全世界最高级别的电影节，审美一向保守和主流。之前她的长片就曾铩羽而归，假如现在她的另一部长片获奖，有悖于之前的评定标准。

但是当她再一次沦为陪跑者坐在台下时，心境也已经和两年前截然不同。她能够坐在这里平静而坦诚地为他人喝彩，是因为她真的不在乎。她甚至低头看了看手表，算了算时间，或许这时池晏该发表总督的获胜感言了。真好奇他会说些什么，也许她该假装跑去洗手间一趟，去看他的直播。

这个念头一旦冒出来，就很难从大脑里移除。哪怕这意味着要惊动身边的主席，她也依然用手指轻轻搭上了前排的椅背，打算寻找一个合适的时机，悄悄起身溜走。

就在这时候，会场的灯光突然暗了下去，一支乐队跳上了舞台，熟悉的迷幻电子乐响起，台上站着不知何时换了一身打扮的杨倚川。

原来组委会竟然邀请了他的乐队来做表演嘉宾。陈松虞只好暂时打消了离席的念头，继续看下去。

唱到一半，打在杨倚川身上的聚光灯又消失了，角落里有一个人从阴影里走出来，是江左。他将外套一脱，上身只穿着一件单薄的白衬衫，开始跳一支现代舞。

舞台化作了一幅深深浅浅的水墨画，而他的身体则是一支自由的画笔，肆意、舒展，充满随心所欲的律动和惊人的感染力。不愧是曾让无数人疯狂的偶像，他的确有这本钱。

这两人的配合实在太默契，绝非一朝一夕就能达到的。陈松虞想到了什么，往旁边一看，果然其他人脸上都没有任何惊讶。

"你们都知道？"她问张喆。

"他们练了很久。"张喆说，"就是想给你一个惊喜。"

陈松虞望着舞台，露出了真切的笑容，她很认真地说："谢谢，这对我来说，比拿奖更重要。"

看来，无论是否得奖，这个夜晚注定会属于《灰烬以后》剧组。每一个人，都以各自的方式，在这个舞台上大放异彩。但最终，所有的聚光灯，其实都只为一个人亮起。

陈松虞看得太专注，甚至都没有注意到自己左手边的座位什么时候空了。直到灯光再一次亮起，本该坐在身边的主席站到了舞台上，微笑着说："下面由我来颁布本届星际电影节的最后一个奖项，最佳导演奖。"

巨大的投影里，依次播放了被提名的五部电影的片花。在场的所有人都仰头屏息，凝视着每部电影的精彩片段。

当再一次轮到《灰烬以后》时，播放的片段竟然是陈松虞亲自拍摄的那场文身戏。无人知道镜头里的文身与后背属于谁，只有陈松虞知道。这是陈松虞和池晏之间的秘密。

银幕上的画面滋生出一种微妙的亲密感，陈松虞不禁也产生了某种奇怪的错觉——这一刻，池晏就像在她身边。他始终以这样的方式，陪伴着她。

接下来主席所说的话，似乎也毫不令人感到意外了："获得最佳导演的是……陈松虞。"

在听到"陈松虞"这三个字的一瞬间，先前陈松虞待过的那家海边咖啡馆里也爆发出一声尖叫。

"出什么事了吗？"厨房里有人跑了出来。

"得奖了！"小艾兴奋道，"陈松虞！最佳导演！"

"看你这激动的样子，还以为得奖的是你呢。"对方调侃道。

小艾说："你不明白，这么多年来，一共只有五位女导演获得过最佳导演奖的提名。而陈导演，是第一位真正拿到这个奖的女性。"

对方一怔，接着才道："第一个？真的假的……"

小艾说："是真的，千真万确。"

作为一个电影爱好者，她比谁都更清楚，这个行业对女性，尤其是对女性导演而言，有一道隐形的天花板，它始终存在，甚至存在于每个行业，存在每个看似不起眼的细节里。所以，陈导演再一次创造了历史纪录。

当然，陈松虞本来就值这个奖项，比任何人都更值这个奖项。这是星际电影节向她致以的最高敬意。

奇怪的是，明明从座位到舞台只有几百米的距离，现在走起来却如此漫长。或许是因为沿途的每一个人都起身和她拥抱，为她送上祝福。

这一路，她曾费力地踮着脚尖，踩过许多尖刀，但最终回望的时候，视线所及，只剩下满地的繁花。

终于到了舞台上，她手捧着沉甸甸的奖杯，感谢剧组里的每一个人，她甚至不需要看草稿，就能流畅地说出每一个工作人员的名字。

这或许是史上最冗长的一次获奖感言，但全场的人都以无尽的耐心，聆听着她说出来的每一个要感谢的人的姓名，因为她值得，这个剧组值得。

最后陈松虞说："我还想要感谢一个人，尽管今天他并不在这里。这部电影是我和他共同创作的作品，很长时间以来，我以为电影就是我人生的全部，是他将我从银幕的另一端拉了回来，是他告诉我，我的生命里，除了电影，还能有更多美好的东西。

"谢谢你，Chase，你是我的创作母题。"

颁奖典礼结束后，小艾和她的女同事仍然坐在投影前，将陈松虞最后一段获奖感言反复回看。

"你是我的创作母题。"同事的眼睛都红了，感慨道，"这是我听到过的最美的情话了。"

小艾说："我也是。"

当陈松虞在领奖台上，说出爱人的名字的时候，流露出了那样动人的神情。那一刻自己所看到的，是比雪山更纯净，比月光更摄人心魄的光芒。

同事说："他们一定非常相爱，真好啊。"

"肯定的呀。"

因为颁奖典礼的举办，店里今夜的打烊时间延后了许多。尽管典礼已经结束了，还有人在忙收尾工作，派对也仍在继续，时不时有记者或者其他工作人员打着哈欠进来买热美式。当然，等咖啡的时间里，为大多数人所津津乐道的，仍然是最终抱得大奖的陈松虞和她最后的那句隔空表白。

"拿了这个奖，她是不是就该回去结婚了？"

"……不会跟当初的尤应梦一样吧？"

"那怎么能叫一样！人家可是真的嫁给爱情！"

"不过也是，该拿的都拿了，她还能有什么遗憾。回家享福挺好的。"

小艾默默地听着，心情有些郁结。不知从何时起，她真正崇拜的对象，从这对恩爱的情侣，慢慢地转移到了陈导演一个人身上。

陈松虞是她想要成为的人，是她的人生楷模。可是，万一陈松虞也会和尤应梦做出一样的选择呢？

小艾的眉头拧着，不敢再想下去，闷闷不乐地低着头。突然，她的头顶有响起一道声音："一杯 Espresso（蒸馏咖啡），谢谢。"

这声音很好听，低沉而慵懒。小艾"哦"了声，没有抬头看对方的脸。

低头做咖啡的过程之中，她听到对方的手机在不断地振动。咖啡做完，她将杯子放到柜台上："您的咖啡好了。"

"谢谢。"

一只修长的手握住杯身。这只手太好看了，像艺术品。

小艾顺着手的方向往上看，在看到那张脸的瞬间，她愣住了。她大脑里唯一的想法是，原来 Chase 本人比镜头里还要英俊一百倍。果然只有这样的人，才配得上陈导演。

池晏从她的目光里，察觉到她认出了自己。他微微一笑，对她比了个"嘘"的手势，然后端着咖啡，匆匆推门离去。

小艾怔怔地望着那宽阔而挺拔的后背，慢慢消失在黑暗里。

夜晚的海风将 Chase 卡其色的风衣吹得猎猎作响，极其飘逸。小艾终于反应过来，池晏来找陈松虞了！

可是，Chase 怎么会出现在这里？！

小艾急迫地打开了新闻频道。

竞选结果出来得比想象中要早很多——由于两位候选人的票数悬殊，S 星大选以前所未有的高效落下了帷幕，S 星的百姓们迎来了自己的新总督。早在星际电影节颁奖典礼开始不久的时候，Chase 已经在总督山前，发表了一场简短而有力的演讲。显然，演讲结束后，他便马不停蹄地搭乘飞船，来到了位于 K 星的这座偏远的海岛。

难怪他需要咖啡。

小艾回忆着，对方的面容尽管英俊非凡，但在明晃晃的白炽灯之下，眉眼间仍然难掩一丝风尘仆仆的疲倦。

小艾打开了他的演讲回放。

Chase 果然一如既往地风度翩翩，他是个完美的演说家，但是他最让人心动的，并非他的演讲，而是演讲结束后，一个路人所拍摄的视频里的他。

在路人拍摄的视频里，激动的选民和记者堵住了 Chase 离开的路。Chase 低头看了看表，说："谢谢大家，我要说的就是这些。现在，请允许我先行退场，去追逐我的月亮了。"

在几近疯狂的掌声里，这个男人毫无留恋地离开了总督山。看到这里，小艾在他那双深邃而明亮的眼睛里，看到了和陈导演一模一样的光彩。她突然觉得，自己的担忧是多余的。

在这一夜，这对爱侣都不约而同地向对方表白了。

她是他的月亮，他是她的创作母题。所以，他们始终是平等的。小艾觉得自己根本不应该用世俗的想法去担心在这段关系里谁会牺牲得多一点，真正的爱侣之间才不会有高低和输赢，只有爱和尊重。

假如不是这样，他们也不会在一起。只有这样的陈导演，和这样的 Chase 才最相配，他们天生就是一对。当然，如果一定要计较天平两端，谁站得更低的话，至少先赶来的人，是他，对吗？好像这已经是一种答案。

小艾望着浓雾般的黑夜，莫名有些热泪盈眶。

今晚注定是个不眠之夜。

那对有情人，一定可以找到彼此。

番外三
# 池晏视角

池晏回到 S 星后，接到了时任总督梁严的祝贺电话，对方在电话里正式承认了自己的败选。

一周后，池晏按照流程，前往总督府，与梁严进行了一次礼节性会晤。尽管此时梁严已在竞选中落败，但在过渡期间，名义上他仍是总督，只是权力受到了诸多限制。

这场会晤称得上暗流涌动。表面上，两人和和气气，宾主尽欢，梁严也尽心尽力地为自己的继任者讲解了诸多事宜，实则在一些小细节上，他都在不动声色地给池晏使绊子。

例如从进门起，梁严就故意让池晏干等了快二十分钟，在与池晏说话的时候，他又频频打断池晏。而池晏并未计较这些，梁严心中诧异之余，腰杆也渐渐挺直了。他觉得这家伙或许也不过如此。

最后站在行政办公室里，梁严表示自己另有要事在身，或许无法参加新总督的就职典礼。

这显然很失礼，但池晏并不怎么放在心上，他沉默着，环视这间富丽堂皇的办公室。

一切都和他梦中的情境毫无区别。一张桃花心木材质的长桌，正对着四季盛放的玫瑰花园，深红的墙壁上，尽是浮雕、名画和巨幅挂毯。

池晏侧过头，看着站在面前的中年男人，淡笑着用指节敲了敲办公桌："这张桌子好像有点空了，是吗？"

梁严一怔。这桌上本该有个古董花瓶，被他带回了府邸把玩，又在盛怒之下，失手把它砸了——他自觉这事做得不够体面，从未对任何人提及。池晏怎么会知道？

梁严不禁感到凛然。这个年轻人嘴角含笑，看起来漫不经心，原来这一整天下来，他并非在忍耐，而是不屑。整个 S 星都已经是他的，何必再跟自己计较些不足为道的小事？

之后，梁严没敢再造次，只能本分做事。会晤很快结束，两人慢慢往外走。恰好内务管家过来，恭敬地问池晏，是否需要另外安排陈小姐来总督山参观。

"找她干什么？"池晏说，"她很忙。"

"但她是未来的女主人……"

按往常的规矩，总督府的装潢风格是否需要调整，该购置什么新家具，这些事都该由女主人来操持。

池晏又说："不用。这种小事不要打扰她。"

内务管家低下头："是，是的。"

内务管家内心并不觉得这是小事，认为这只是总督大人的托词，毕竟两人还未结婚，那位陈小姐，也还不算正式的女主人。他还想再说些什么，却听到池晏继续道："未来我们也不会住在这里。"

内务管家愣住了。

不住总督府？这太没规矩了，从来没有哪一任总督开过这个先河。不过内务管家并不敢真的将没规矩挂在嘴边，踌躇了半天，才说："那么安保问题……"

"对我而言，这也不是问题。"池晏说这句话时，很平静地看了梁严一眼。

这淡淡的一眼，让梁严在一瞬间毛骨悚然。他仿佛站在冰面上，听到了冰破碎的"咔嚓"声。

梁严心想，原来他全部知道了。他知道自己曾计划在大选夜派人出去制造混乱，给他泼脏水；也知道当他在集会上遇袭的时候，自己故意让星际警察睁一只眼闭一只眼，拖延救援时机。

但此时此刻，他们仍然能够心平气和地站在一起交接工作。

梁严从未见过哪个年轻人有这样深的城府，突然间他只觉得庆幸，幸好自己不曾真正做过什么。否则一朝倒台，等待他的，又会是怎样疯狂的报复？

即使梁严不再使绊子，池晏又有雷霆手段，总督这个位子仍然是不好坐的，池晏一度忙得几夜都不能合眼，因为梁严扔给他的是一个烂摊子。也因为他们所面临的，是一个空前紧张和严峻的时代，无论对 S 星，还是 K 星，都是如此。

经过多轮谈判，K 星长达数月的动荡总算告一段落。基因检测中心元气大伤，不仅彻底失了民心，还成了高层眼中的弃子。为了能尽快平息民愤，他们只能推几个人出来做牺牲品。

胡主任就是背负着骂名，被辞退的人之一。

他本是名校毕业的天之骄子，一路顺风顺水，凭借自己的本事，做到了基因检测中心的中层。他也隐约知道身边有些同事私下里在做些什么勾当，但他向来对此不齿。

没有想到，大船倾覆的时候，因为自己无权无势，便成了第一个被推下水的人。从前他有多么受人欢迎，现在就受多少冷眼。他整天只能坐在家里喝闷酒。

妻子早已带着孩子回了娘家。他们本来也是因为基因匹配度合格才结婚的，根本没什么感情基础。

某天晚上，他接到一个陌生电话。

电话里，一个冷淡的嗓音响起来："胡主任？"

"别这么叫我，我早就不是什么主任了。"他颓然地说。

"你可以是。"对方笑了一声，"如果你愿意接受我的邀请。"

"什么邀请？"

暗夜里，这低沉的声音听起来像魔鬼的邀请，格外蛊惑人心。

"商业检测。"对方说。

接下来，对方解释了自己的来意。原来给他打电话的，竟然是现任 S 星总督。

对方称在考虑建立一个全新的基因检测中心，并邀请他去 S 星就职。

不同于 K 星的强制检测，这座新的基因检测中心，将完全作为一家商业机构而成立。付费提供服务，并且仅作为一项技术参考，为公民提供建议。

池晏说："我尊敬你作为科学家的操守，但是你我都很清楚，任何技术都不可能十全十美。

"即使在生物学上，你们认定检测结果能够绝对准确，也不可能只靠生物学里的基因来决定两个人是否真正匹配。所以，这不应该是一项标准。但它的确可以是一种选择。"

胡主任坐在漆黑的房间里，紧紧地握着电话，手边还有一堆空酒瓶。但不知何时，他已经酒醒了。这位年轻政客虽然语调缓慢，说出的话却让他大为震撼。对方的一字一句，都在无意中正中靶心，令他豁然开朗，也令他突然想起了另一件事。

胡主任落魄后，万万没有想到还肯向自己伸出援手的人，并非自己的家人或爱人，反而是一位已故同门师妹的丈夫和女儿。

师妹的女儿是个女导演，由于自身基因有缺陷，所以他帮着安排过几次内部体检。

除此之外，以他作为主任的权限，也做不了别的什么了。

说到底，其实他并未帮过这一家人什么大忙。

师妹的丈夫陈先生了解到他的糟糕境况，竟然还愿意拉他一把，多次邀请他去自己家里吃饭、喝酒、聊天。他偶尔会在陈先生的家里见到师妹的女儿，不过这位陈导演工作忙，很少出现，多数时候只有他和陈先生。

某天夜里，两个失意的中年男人都喝得烂醉如泥。胡主任醉醺醺地揪着陈先生的衣领，大喊道："基因检测有什么错?! 这明明是一门伟大的科学！它帮助了多少人，它改变了这个时代！"

陈先生也用力地打了个酒嗝："是啊，假如没有基因检测，我怎么可能娶到一个……这么好的老婆……她那么好……"

说完这句话，陈先生就重重地趴倒在桌上，不再说话了。起先胡主任以为他是睡着了，没想到没多久，却隐隐听到了他的啜泣声。慢慢地，啜泣又变成了号啕大哭。

"我有罪。"陈先生痛哭流涕地说，"我们明明从来不吵架，可是为什么那天晚上，我偏偏说出了那些最恶毒的话？

"我知道，我只是恨自己太无能，没有办法给她们更好的未来。可是为什么话说出口时，反而成了伤人的刀子？

"后来我想要挽回，但她就这样走了……如果不是为了松松，我早该跟她一起去了，去地下求她原谅……"

这些话说得没头没尾，胡主任到最后也没太听明白。再加上他自己也喝醉了，浑浑噩噩的，就对这些话没太放在心上。

直到此刻，Chase 的话，让这段记忆突然变得清晰起来。胡主任彻底明白过来，当时陈先生说的那些话，不是说给自己听的，只是一个男人在酒醉后，无意识地揭开了自己的伤疤。

或许陈先生的某一部分，已经随着妻子而去了，但过去那些懊悔不已的事情仍然在他脑海里挥之不去，在每一个孤寂的夜晚，无穷无尽地审判他的过错。

婚姻是需要经营的，基因匹配度再高的夫妻，也不会永远恩爱，也有可能闹到离婚的地步。

说到底，两个人再相似，他们仍然是不同的个体，要一起生活，就要互相包容、妥协和磨合，这是一生的学问。基因匹配是一条捷径，但并不是万能钥匙，更不应当成为一道绳索，捆住夫妻二人。

Chase 说得没有错，技术永远不可能十全十美。技术是死的，人却是活的。到底该怎么做才能将效益最大化，只取决于谁在用，如何用。

此刻，胡主任的嘴唇颤了颤，轻声道："我听说，你在 S 星名下有一个很美的科技园区……"

池晏微笑道："当然，欢迎你来。"

胡主任握着手机的手指紧了又紧，眼眶盈满热泪。

他的事业和信念都被帝国摧毁了，但 Chase 给了他第二次机会。于是他像一根枯木，又长出了新枝。

在挂电话之前，他突然想起来，这个男人并非只是 S 星的总督。他也看过电视，知道 Chase 和陈导演的恋情。这人还是师妹的未来女婿。

胡主任犹豫了一阵，说："我还有一个问题，你和松虞……"

池晏笑道："我们怎么了？"

对面的人沉默着，池晏在耐心地等待胡主任的回答。

他知道以胡主任的权限，并不会知道他和陈松虞的基因匹配实情。因此在胡主任的认知里，旧友的女儿仍然患有基因缺陷，患"爱无能症"，他好奇对方会说些什么。

"没什么，祝你们幸福。"最终胡主任只是叹息了一声，"有时间的话，去看一看她爸爸吧。他一直很想见你。"

池晏勾了勾嘴角："我知道了。"

电话挂断了。

权力交接阶段，池晏尚不能入驻总督府。因此，此刻他仍然独自坐在公司顶层的办公室里，俯视着方才被胡主任赞美过的科技园区。在这沉寂的夜晚，窗外的灯光恍如漆黑大海上的灯塔。

池晏的眼前，再一次出现那张纸——属于他和陈松虞的真正的基因检测报告。

**陈松虞——匹配对象——池晏**

**匹配度：100%**

100%。它本该象征着完美的基因匹配，但它又如此刺眼。

池晏想起了那天在公爵府，公爵坐在办公桌后，将这张纸向前推了推："现在，它是你的了。"

当时池晏的内心惊涛骇浪，面上也只是笑了笑："多谢杨叔叔。"

他将薄薄的纸叠起来，妥善地收好，重新推开门，回到了喧闹的花园。阳光普照，日光照耀着花园里的喷泉，折射出一道靡丽的彩虹。

他一眼就看到了陈松虞，她站在人群之外，举着摄影机，心无旁骛地拍摄。他慢慢地走过去，从背后抱住她。

他心潮澎湃，连指尖都在微微发抖，但陈松虞对此毫无察觉，只是很自然地在他的怀里动了动，换了个更舒适的姿势。这依恋的动作，无声地抚慰了他躁动不安的心。

"你去做什么了？"她问。

"公爵找我有点事。"池晏用下巴蹭了蹭她的发顶,声音很平静。

"不是要招你做女婿吧?"陈松虞开玩笑地说,"哎,不对,他和杨小姐这关系,那我该怎么称呼你?我都分不清了。"

"傻瓜。当然不是了。"池晏淡淡笑道,"我都说过,我有未婚妻了。"

陈松虞没说话,耳朵却红了。

池晏又侧过头去,轻轻吻她的耳郭。她本能地想要躲开,但并没有成功,因为他太坚持。

"……别闹了。"她喃喃道。

池晏不说话,只是继续吻她。

背靠着他的胸膛,陈松虞疑心自己感知到了他紊乱的心跳,但怎么可能?这可是池晏。大概只是现场的鼓点太过狂躁了吧。

然而陈松虞没有想到,狂躁的鼓点会彻夜鸣响。

池晏如同不肯鸣金收兵的战士,只顾无尽地征伐,一直厮杀到最后一秒。直到血和肉都拆吃入腹了,仍然不肯善罢甘休,似乎连骨头都要抽出来,每一寸都刻上他的文身。

最后陈松虞只能将这理解为离别前的不舍,毕竟他明天一早就要回S星。于是她搂着他汗津津的胳膊,安抚地说:"好啦,很快就会再见的。"

池晏没有说话,她不知道,黑暗里,他是以怎样复杂的心情在审视自己。像灵魂脱出了肉身,却还挣不开无形的丝线,而深陷在尘世里,如此矛盾,如此挣扎。他早该想到的,他们这样契合,从身到心。所以,根本没有第二种答案。

可是,她竟然骗了他这么久。

他曾一次次地查证,都找不到结果。他觉得自己的心就像从云端被抛下来,又被涨潮的海水所浸透。上天入地,再没有第二个人会带给他这样的体验,令他心跳如擂鼓。

他真是个傻子。

池晏拨开陈松虞湿漉漉的头发,凝视着眼前这张脸。月色下,她像脱了蚌壳的珍珠一样白,可是他发现自己甚至不忍心去碰她,不忍心令这张脸上出现一丝一毫的为难。

于是他只是淡淡地问她:"最近电影准备得如何?"

陈松虞很认真地回答:"剪辑又调整过了,比你之前看的版本要好,配乐或许也要改一改,最近在做宣传物料和预告片……"

池晏被逗笑了,因为她这仿佛在汇报工作的严谨态度。她不知道自己讲起电影的时候,眼睛亮晶晶的样子有多么迷人。

"总之,我还是打算按照原定的档期上映。"她说。

"嗯。"池晏低声道,"我记得你之前对我说,上映的时候,要告诉我一件事?"

陈松虞笑了笑:"是啊。"

"提前告诉我好不好?"

"不好。"陈松虞一口回绝。

"为什么?"

"仪式感啊,要留到最后。"

仪式感。这个词真好听。

"好吧。"池晏笑了笑,"那就以后再说。"

"我等你。"

"嗯。"

池晏想,他从来都不是一个好人,但他所有的耐心和温柔,都留给了他面前的这个女人。

他知道对她而言,基因并不美好,反而是种枷锁,所以他愿意等,等到她真正向他敞开心扉的那一天。

回S星后的某一天下午,池晏抽空来到一座教堂后的墓地。墓地尽头有块干干净净的墓碑,上面并没有写名字。

他弯下腰,放上一束鲜花。

"我找到了那个人。"他说,"我们的基因匹配度有100%。你看到了吗,我亲爱的姐姐?"

他缓慢地擦去了墓碑上的灰尘,又将一张纸从口袋里拿出来,仔仔细细地展平褶皱,将它平摊在墓碑前。

"可是我也早已发现,其实我不需要这张报告来证明我对她的感情。我想

229

要的是人,不是一个数字。这个数字真的重要吗?如果他爱你,就不会连个名分都不肯给你,更不会让你在他和我之间做选择。"

他笑了笑,将打火机拿出来,点燃了检测报告的一角,动作毫不迟疑。火舌飞快地往上蹿,很快就吞噬了那确认无误的数字。

100%的检测结果,被付之一炬。一切都化成灰烬,被风吹散了。

他慢慢地站起来。

"但我会娶她。"池晏说,"我们会永远在一起,因为我爱她。"

## 番外四
# 更好的时代

一个多月后,陈松虞参加了池晏的就职典礼。

她并没有坐在事先预留的贵宾席位上,而是以一个普通观众的身份,挤在观礼的人群里。从这个角度仰望池晏,她更能感受到与有荣焉。

这个高大的男人,器宇轩昂地站在台阶上,发表着一场令全世界瞩目的演说。阳光穿透巨大的象牙白穹隆顶,照耀着那张英俊的脸和他身后飘扬的旗帜。他的声音被各种音响设备无限放大,每一个音节都充满了感染力。

最后,他神情恳切,声音沉稳而有力地说:"让我们共同书写这个国家的未来。因为我们爱的人,值得生活在更好的时代。"

在所有人无比激动的尖叫和欢呼声里,陈松虞默默地拉下了帽子,她不愿让镜头拍到自己热泪盈眶的时刻。她知道,这句话亦是他给她的承诺。他们都要生活在更好的时代。

当天晚上,就职典礼结束后,将会在总督府里举办一场盛大的舞会。这是S星最隆重的舞会,觥筹交错,衣香鬓影。出席的不仅有社会各界名流,甚至有诸多来自K星的高官,包括公爵大人都特意赶来捧场。

前任总督梁严尽管并不情愿,也还是携妻子来到了现场。然而一进来他就气得脸色发白,因为不久之前,梁严在这座府邸里举办过告别派对,令他没有想到的是,当时婉拒了他的邀请的人,现在居然都盛装出现在了这里。

"这小子的面子就这么大!"梁严脸上还挂着笑容,却仍然不忘从牙缝里挤出挤对的话。

自败选以来,他在家里就常常是这副态度,妻子早已习惯。

"你说话小心点。"妻子紧张地四处张望,"是不是马上要跳第一支舞了?"

"是的。"梁严看了一眼手表。

第一支舞应当由总督和总督夫人来带领。按照传统,这也是总督配偶首次在公众面前正式亮相的场合,但是⋯⋯

"Chase 好像没结婚吧?"妻子小声道,"前几天还有贵族千金找我问他的联系方式。真是的,我哪有。"

"他有个女朋友。"梁严说。

"哦,想起来了。不过在这种场合,女朋友可没资格上去吧?"梁夫人隐约记得,当初他们的恋情被曝光的时候,还曾在网上引起一阵轰动。

梁严说:"谁知道现在她还是不是他的女朋友呢?下午在就职典礼上都没看到她。"

"⋯⋯那我懂了。"梁夫人抿唇一笑,尽在不言中。

"毛头小子一个,家事都一团乱,还谈什么国事。"梁严从鼻孔里"哼"了一声。可惜他忘了,自己的这位继任者,从来都是离经叛道。

不久,一对璧人出现在舞台上。灯光从仿罗马万神殿的圆形穹顶处倾泻而下,将台上的两位主角照耀得如同奥林匹斯山上的神明。

因光线有些晃眼,梁严第一眼并没有看清楚两人的脸,但是他听到妻子小声感叹:"很般配啊。"

这对般配的男女滑进舞池里,音乐声响起。梁严这才发现,被 Chase 挽在手臂的⋯⋯还真是他那位女朋友。

陈小姐今夜实在是光彩照人,身穿一条象牙白丝绸晚礼服,搭同色披风,既婀娜又雍容。她的乌发里藏着一条若隐若现的银河,原来是闪烁的钻石发饰。

她整个人都透着一种恰好到处的沉稳和风度。

即使挑剔如梁严,也说不出一句"没资格"。这当然就是总督夫人该有的风姿。尽管以事实而论,陈松虞还不是总督夫人。

这段时间池晏和陈松虞都忙得昏天暗地,结婚的事情只好往后延。

因为抽不出更多的时间,他们没有事先排练过这支舞。对于就职典礼的策划者们来说,这可真是令人焦头烂额。从前还从来没有哪对总督夫妻,不排练就敢上台跳第一支舞,更何况他们根本还没有宣誓结婚——这两人真是开了太多的先河。

此刻策划者们提心吊胆地看着舞台上的他们,期盼着不要半途出什么岔子。毕竟当初在总督和陈小姐恋情曝光的那则视频里,他们的舞技可不能称得上好。

在这样万众瞩目的时刻,只有舞台上的主角,心境一如既往地平和,舞姿也很从容。

池晏的手扶住陈松虞的腰,陈松虞的手则款款落在他肩上。两人跳着舞,思绪也不约而同地回到了在广场上的那一夜。那时他们在街头,在路灯下,毫无章法地相拥而舞。那好像也不是在跳舞,而是在以身体小心翼翼地试探和感知彼此的存在。

而现在……

"这音乐好平淡。"陈松虞忍不住抱怨道。

"是啊。"池晏也浅浅勾唇,"简直无趣。"

这要是让就职典礼的策划者们听到,就要气死了。就职庆典上的音乐,自然应该庄严大气。

当真正滑进舞池,陈松虞和池晏都有些惊讶。他们发现,原来彼此的真实舞技,比想象中要好多了。台下无比紧张的策划人们,见两人的动作如行云流水,终于松了一口气。

两位主角对视一眼,眼神里噼里啪啦,火花四溅。他们再一次笑了起来,莫名地有了几分棋逢对手的竞争意味。庄重的背景音乐,并没有束缚住他们。

他们和对方较着劲儿,一支舞跳得像是在打仗,彼此都拿出看家本事,像是一定要争个高下出来。

双人舞里,本该有一个人主导,另一个人配合。但这支舞里,根本找不到谁是主导者、谁是配合方,他们双方都有着自己的节拍。然而在狂乱的变奏之中,和缓与激烈,竟然恰好达成了某种完美的和谐共鸣。"这么会跳舞?"

池晏轻轻伸手，抬起陈松虞的下巴。

陈松虞笑得优雅："你也不差。"

池晏眉心一挑，高抬起手。陈松虞的裙摆旋开，像是层层绽放的高山雪莲。

"当初你可不是这样说的。"他又道。

"我说什么了？"

"你说我……跳得太烂了。"

"谁要你故意藏拙？"

"你不也是？"

"那是要让着你。"陈松虞笑着说，"好啊，没想到你这么记仇。"

两人手臂张开，又交叉，完成了一个高难度的动作。再次搂在一起时，他们鼻尖相触，耳鬓厮磨。

"不是记仇。"池晏深深望进她眼底，"是跟你有关的事情，我都不想忘，也不敢忘。"

陈松虞搂着他的脖子。突然间，她觉得很遗憾，此刻在大庭广众之下，她不能给他一个吻。从对方的眼神里，她也读到了相同的遗憾，于是两人都笑了起来。

这支舞跳完，其他人都被深深地震撼了，没想到会看到这样高水准的一支舞。

更难得的是，看着这两个人跳舞，心情会变得愉快——一支舞罢了，竟然有这样的感染力。

不知是谁小声道："这是史上最经典的一支开场舞了吧？"

"真没想到，之前还以为他们分手了……"

"我赌他们明天就要出结婚声明。"

"还需要另外官宣？你不看看这是什么场合？都跳成这样了，还用官宣吗？"

"是啊，没准人家就是低调呢。"

"……"

自从上一次大选时候的隔空表白后，这对情侣就变得异常低调。一个在电影宣传期结束后,就彻底消失在公众视线里;另一个尽管频频接受记者提问,但被问及私生活的时候,始终只是微笑着含糊回应。

理所当然地,外界对他们的关系,有了许多捕风捉影的猜测。但现在,凭借这一支情意绵绵的开场舞,谣言都不攻自破。

舞会中途例行放起烟火。众人也都短暂地离开礼堂,站在外面的台阶上观赏礼花。庆祝的焰火,点亮了总督山上方的天空。姹紫嫣红,绚烂至极。

陈松虞仰着头,专注地看着天空。五光十色的光影,渐次在她眼底绽开,令她沉浸在这片光的海洋里。

池晏站在她身边,手臂还环在她腰上。在热闹的礼炮声里,他低下头,对她说:"明天我有一天假。"

"嗯?"陈松虞转过头来。

"我们去市政厅登记好不好?"

她的眼睛被烟火照得尤其明亮,现在这双眼慢慢地弯了起来,像被星火簇拥的一轮新月。

"好啊。"她含笑道。

第二天,两人乔装打扮后,戴着帽子和口罩,出现在了市政厅。他们和这里的其他未婚夫妻一样,守规矩地排队,在自动柜台上填写电子表格,提交资料,缴纳结婚注册费。

好在现在这些手续都是由 AI 来处理。假如换成柜台职员来办理,在两人摘下鸭舌帽、对准镜头确认身份的时候,对方一定会投来惊诧的眼神。但此时只有智能语音一板一眼地提醒道:"由于配偶中有一方非本星居民,请返回上级操作页,缴纳额外申请费。"

两人看了对方一眼,同时感受到某种荒诞,陈松虞笑问:"怎么还有这种规定?"

"梁严定的。"池晏也笑,将页面点了回去,"拍脑袋的规矩。"

"你赶紧废掉。"

"当然了。"池晏转过头来,很遗憾地对她说,"你要是愿意早点搬过来,我们就能省掉这笔钱了。"

陈松虞白他一眼，抢先一步输入了自己的电子账户："又不花你的钱。"

池晏纠正："是用我们的共同财产。"

"你进入角色这么快的？"

"当然，我等这一天很久了。"

AI 开始处理材料。等待下一步的过程中，池晏帮陈松虞拉上了口罩，又将她圈在怀里。最终隔着口罩，准确无误地在她的唇上轻轻落下一个吻。

这个隔着口罩的吻，令陈松虞心口一颤。她眉眼弯弯，嘴角在口罩的遮挡下隐秘地往上翘。

池晏的眼底也浮现出一丝笑意，那笑容比窗外的阳光更明亮。

完成了 AI 办理的资料审核流程，他们接下来还是难免要与真人打交道。两人坐在走廊的长凳上，继续排队，等着去办公室见法官。

陈松虞小声打趣道："你上一次这么排队，是在十年前吗？"

池晏笑了笑："十年前我也没这么排过。"

"那真是委屈你了。"

"我很开心。"池晏轻轻捏了捏她的手指。

他很乐于和她一起做这些，抛开所有名人的光环，像世间任何一对平凡夫妻那样，填表格排队。

从走廊的落地窗往外看，这仍然是天气极好的一天。天空蓝得像是刚洗净的缎面，被滚烫的阳光熨得平整而温暖。走廊里坐满了喁喁私语的爱侣，每个人的快乐都难以言表。

池晏突然意识到，或许这也是一种乐趣。就好像人们总喜欢在满座的电影院里看电影，当旁人都在大笑的时候，他们跟着一起笑，似乎会变得更幸福。快乐是一种可以传染的情绪。

他转过头，微笑着看陈松虞。

陈松虞有些懊恼地说："原来他们都是有备而来。"

"嗯？"

环顾四周，池晏才发现的确如此。这些来办理结婚登记的人，有的手捧着鲜花，有的背包里露出了香槟的软木塞，有的甚至直接穿着一套隆重的婚纱过来。与这些喜气洋洋的小情侣相比,他们显得太稀松平常。显然两人的心思都花在了如何伪装自己,不被路人发现上。

池晏笑道:"算了,毕竟是第一次,没什么经验。"

陈松虞白他一眼:"你还想有第二次啊?"

"你愿意的话,我们再来领十次结婚证书都可以。"

陈松虞被他逗笑了:"要那么多干吗?"

"挂在墙上,当纪念品。"池晏很自然地说。

陈松虞也一本正经地提议道:"那就挂在你总督府的行政办公室怎么样?"

"好啊,让所有人都知道,我是你的。"

最后还是陈松虞先败下阵来:"太可怕了,你别说了。"

她一边哈哈大笑,一边隔着口罩去捂他的嘴。池晏伺机捉住她的手腕,在她的指尖上留下比阳光更温暖的吻。这一刻,他们笑着闹着,和平凡夫妻没有任何区别。

片刻之后,屏幕里终于出现了他们的号码。

两人走进办公室。

"池晏,陈松虞。"法官在念出这两个人名字的时候,还没有意识到自己接待的是两位怎样的人物。

直到他看到眼前的小情侣摘下口罩和帽子,他彻底呆住了:"你们……"

法官的大脑就像宕机了一样。

陈松虞朝法官点了点头:"您好。"

法官深吸一口气,心想:我今天真是中了头彩,竟然有机会服务总督大人,还是在这样毫无征兆的情况下。

"那么,按照流程,我需要向两位确认一些信息。"他清了清嗓子,强装镇定。

首先是重新核实了最基础的个人信息,这让陈松虞发现池晏早已将她的公民 ID 倒背如流。

陈松虞看向他:"你背这个干吗?"

池晏眨了眨眼:"这不是一个丈夫应该做的吗?"

陈松虞说:"你是 AI 吗?我连自己的手机号码都不记得。"

237

池晏笑着揉了揉她的头发。平时，他很少会对她做这样的动作，掌心落下的一瞬间，她竟然觉得很温馨。

"我记得就好了。"他说。

接下来的一个问题主要是判断婚姻双方是否自愿结婚。看到两人如此旁若无人地秀恩爱，答案已经很清楚，但法官还是如常问道："请问两位是怎么认识的？"

池晏和陈松虞交换了一个颇为微妙的笑容。笑过之后，陈松虞意味深长地推了推池晏："你说。"

于是池晏轻描淡写地说："在楼梯间抽烟认识的。"

陈松虞："……"真敢说啊。

"我说得不对吗？"池晏转头看她，故意问道。

陈松虞从牙缝里挤出几个字："太对了。"

法官下意识地说："二位可真有缘分，不过，抽烟有害健康……"

池晏道："嗯，我已经戒了。"

"那……那就好。"

池晏又补充道："因为她。"

"……法官又没问你这个。"陈松虞将一颗薄荷糖塞进他嘴里。

法官继续问道："那么二位的基因匹配度可以透露一下吗？"

虽然在 S 星基因检测并非强制，但民众仍然将其视为一项重要的参考指标。两人对视一眼，异口同声地回答："不可以。"

"……好的。"

法官继续查阅两人方才提交的资料，推了推眼镜，接着问道："两位是没有将婚前协议带过来吗？"

"嗯？"池晏说，"我们没有签那种东西。"

法官又是一怔。没签婚前协议？现在不签协议的富人夫妻很少了。

实际上，在他的经验里，现在大部分的富人夫妻不仅极其热衷于签婚前协议，协议里的条款，也是千奇百怪，令人咋舌。里面不仅涉及离婚后的财产分配安排，还有婚姻生活里对伴侣的各种约束，条条框框，事无巨细。眼前这两人倒是挺特立独行。

其实陈松虞之前的确考虑过是否应该签个婚前协议，她并不觉得这有什么。她也知道池晏的幕僚向他提过这方面的建议，但是被他拒绝了。

"你在侮辱我。"他当时眯着眼睛危险地看着陈松虞。

"这是在保护你。"陈松虞感到好笑，"你比我有钱。我跟你离婚，我就赚了。"

"首先，我们并不会离婚。"池晏将她揽进怀里，"其次，假如真有那一天，我希望你能过得很好。这是你应得的。"

陈松虞说："我靠自己也可以过得很好……"但剩下的话都被吞进吻里。

"我知道你可以照顾好自己。"良久之后，池晏在她耳畔叹息道，"但我不喜欢你和我算得这么清楚。我的一切都是你的。"

思绪回到这间办公室。

池晏问法官："还有别的要问的吗？"

池晏的声音很冷淡，法官从中听出了一丝不耐烦。对旁人，池晏的确一向没什么耐心。

法官不禁替自己捏了一把汗，小心翼翼道："是的，大人，还有最后一个问题。两位的婚礼仪式打算在何时何地举办？"

听到"婚礼"二字，双方皆是一怔。

法官解释道："是这样的，结婚证书需要由仪式上的证婚人来签署，才能生效。"

陈松虞问："那如果我们不打算办婚礼，该怎么做？"

……不办婚礼？法官傻眼了。

这两个人是怎么回事？总督结婚不应该普天同庆吗？不办婚礼，也不签婚前协议，难道只领个证？！

这两人还真就是来领个证。

对陈松虞而言，连结婚都无可无不可，婚礼这种麻烦事，当然更是能省则省。她向来觉得，结婚只是两个人之间的事。至于仪式感，那是他们给彼此的，并不是靠旁人的围观和喝彩来得到的。

池晏对结婚的执念，其实也只是"名分"而已。后来陈松虞多少也猜到了，那与他的姐姐有关。对池晏而言，结婚不仅是形式，更是对伴侣最大的尊重。

于是两人一拍即合，来市政厅领证，婚礼就免了。

法官吞了吞口水，再次确认面前两人是真的没有要举办婚礼的打算。

陈松虞说："真的。没兴趣，没时间。"

池晏附和道："我听她的。"

法官说："既然如此，那么按照流程，我们需要进行一个简短的宣誓仪式。"

其他还坐在外面的走廊上的人，听到了开门的声音，不约而同地转过头去。他们的第一反应当然是惊讶，怎么这么快？这两个人的效率好像格外高一些。接着他们发现事情并没有这么简单，因为法官竟然跟着这对情侣一起走了出来，态度还尤其恭敬。

"等等。"终于有人发现了，"这不是……"

因为陈松虞和池晏都摘了帽子和口罩，所以他们立刻被认了出来。

"这不是我们的总督吗？！"

其他人都瞠目结舌。原来总督结婚也要来市政厅排队？不对，原来他们今天才领证吗？！他们昨天不还在总督山跳舞？

在众人惊愕的眼神中，池晏风度翩翩地比了个"嘘"的手势。

"欢迎大家来参加我们的婚礼。"他甚至很有幽默感地加了这样一句。

陈松虞也微笑："记得要帮我们保密。"

两人的姿态落落大方，走廊上的其他人还真觉得自己变成了某个重大机密的一部分。他们遏制住了自己想要尖叫的欲望，只是默默地、热切地注视着这对天造地设的爱人。

"那我们开始吧。"法官默默地擦了擦头上的汗，他万万没有想到，自己就这样变成了总督大人的证婚人。

这便是 S 星的规则，假如来领证的夫妻不打算办婚礼，那么他们就要在市政厅的走廊上公开举行一个小的宣誓仪式，由法官来做见证。四舍五入，这也算是个婚礼了。有证婚人，有宾客，还有肆意的阳光。

陈松虞突然有些遗憾："早知道会这样，我就穿得认真一点了。"

池晏说："你怎样都好看。"

陈松虞白了他一眼，走到台阶之下，将手机递给了离他们最近的一对情侣："劳驾，可以帮我们拍个视频吗？"

那对情侣受宠若惊地接过了手机，其中的女孩子目不转睛地望着陈松虞，只觉得近距离看这位陈导演，比在电视上看到的要惊艳太多。

池晏跟陈松虞咬耳朵："留作纪念吗，好主意。"

"你想多了。"她无情地说，"我只是要拍下来发给我爸爸。"

"那顺便发我一份。"

"不给。"

池晏沉默了一秒，突然来了一句："求你了。"这低沉的声音，本该是冷冽的，此刻却充满了温度，像阳光从缝隙里照进来，令人心口一暖。

陈松虞没说话。

池晏又说："你的耳朵红了。"

"发你就是了。"她推了推他，"快回去！"

池晏低低地笑出声来。

这天下午，陈松虞的父亲收到了这段视频，以及一句留言：**爸爸，我结婚了**。

陈父先是一愣，接着才用颤抖的手点开了视频。能够看出这段视频的拍摄者有多么业余，镜头时不时会晃一下，拍摄的角度也很奇怪，甚至还有人在镜头后窃窃私语。

"这也太配了。"

"为什么比我自己结婚还激动？"

"以后我要跟我孙子说，你爷爷给总督拍过……"

"别废话了，开始了！"

"好好好。"

仪式正式开始了，过程很简洁，没有那些冗长的宣誓词，只有简单的几句话。

"池晏，你是否愿意接纳陈松虞为你的妻子？"

"我愿意。"

"陈松虞,你是否愿意承认池晏为你的丈夫?"

"我愿意。"

整个仪式只花了不到十秒。法官不是很专业,声线有些微微发抖。两位当事人也不严肃,像是在街头闲逛的一对普通情侣,穿着两件宽松的黑T恤,逛着逛着就过来把证领了。

但那一刻,其他人都鸦雀无声地望着他们在洒满阳光的走廊上,交换着最简短、最永恒的誓言。

陈松虞和池晏微笑着望着对方,仿佛对方就是自己的全世界。原来真正相爱的人,眼角眉梢都是爱意,这是根本无法掩饰的。

陈父在这一刻老泪纵横,他拿着手机的双手忍不住地颤抖。即使视线已经模糊不清,他还是将已播完的视频,又拉回到开头。

"一定会幸福的。"他喃喃道。

他知道他的女儿一定会幸福的,因为她已经找到了最适合她的伴侣。那是个能够和她并肩作战,也与她步调一致的人。

番外五
# 这就是夫妻

我第一次见到陈松虞,是在一个艺术展上。

展览的票是导师给我的,我们熬了几个通宵,才做完一个电影史论项目。为表感谢,她将这张相当珍贵的票送给了我。

"机会难得。"她说,"展览不日就会结束,你抓紧去看一看。"

在此之前,我对这个艺术展早有耳闻,它由 Song Foundation 赞助。近年来,这个由 S 星现任总督所创立的基金会,不仅扶持了相当一部分的女性创作者,还与各大影像资料馆合作,对上世纪的艺术作品进行保存、整理、修复和重新展示。

在这个名为"失去的艺术"的艺术展览里,展出的正是基金会近年来的修复成果——本时代以前的独立电影、绘画、音乐和摄影作品。

据说总督夫人陈松虞不仅是导演,也是一位骨灰级影迷,尤其痴迷于老电影。为此,我的不少同学都深信这次的展览又是一次"总督大人献给妻子的礼物"。

或许正因为这一爱情神话的光环,展览门票早在开票日就售罄,后来在暗网的市场上也相当抢手。一直到我过安检之前,还有人问我:"有多余的票吗?高价收。"

有一瞬间,我的确动摇了。

其实,我不应该来看展览的,我还有一些私事要去处理。

简单来说,我要结婚了。置办婚房、选择婚礼地点、拍摄婚纱照、做婚前体检、做财产公证……婚礼前期的筹备事宜总是烦琐、无趣并且消磨意志的。好在我的未婚夫在这方面温和耐心,他体谅我在毕业期间的繁忙,帮我揽下了大部分事情。

朋友们都很羡慕我,但在内心深处,我对结婚一事,总还有些犹豫。

今天来看展,虽然嘴上对未婚夫说"不能辜负导师的一番好意",但我知道,自己只是在逃避与他见面。

这样的我,说是软弱也好,自私也好……归根结底,每个人心底,都有自己不愿正视的一面。

在看展的过程中,我被一个名为"感伤之旅"的摄影集所吸引。其创作者是一位在二十世纪末声名大噪的摄影师。他拍摄的主角是一位美丽的女人,她在镜头里自然、舒展、生机勃勃,很生活化。这让我确信,她并非一位明星或模特。

一直看到后面,我才发现,这女人是他的妻子。

他们结婚二十多年。之后,她患上癌症。摄影师就开始拍摄妻子消瘦的脸、病床上被自己紧握的手和他在离开医院回家时必须途经的一个小女孩的纸板像。

那画面既落寞,又有种介于生与死之间的诡异。

最后,他的镜头记录了妻子的葬礼。她在遗像里仍然年轻、美丽而高不可攀;她沉睡在棺椁里,无数盛放的鲜花将她簇拥。

他甚至拍摄了妻子被火化后的烟,那烟顺着黑色的烟管,缓缓飘向晦暗的天空;他也拍摄了自己在妻子的葬礼上穿过的白衬衫,葬礼之后,就被孤零零地挂在家里。

看到这里,我突然听到有人吸鼻子的声音。我想,大庭广众之下,这可真失态啊。接着我才意识到,那声音是我自己发出来的。我哭了。

我背过身,逃一般地离开,无暇再去看旁边的注解。但我用余光匆匆一瞥,还是看到一行小字写着"癌症,在当时的医疗水平下,普遍被人们视为绝症"。

今时今日,高超的医疗水平让大部分绝症都不复存在,包括癌症。即使如此,一对夫妻就一定能白头到老吗?我并不相信。

或许骨子里，我是个悲观主义者。

我走向下一个展厅，却收到了未婚夫发来的信息：*基因检测报告出来了。* 后面附了一张报告的图片。

我吃了一惊。在现任总督的大力推动下，基因检测在 S 星已经完全商业化了。

从前，所有新生儿的基因信息都会被收录进基因检测系统的数据库，也正是凭借这种方式，帝国才能够实现全民基因检测。但现在，帝国不再强制公民提供这项隐私数据。只有未婚伴侣自愿向基因检测中心提交基因信息，才能得到双方的匹配报告。而无论结果及格与否，都不会对情侣双方注册结婚造成太大影响。

基因检测，成了一种变相的婚前检查。

当然，基因匹配度高的两人才能拥有幸福婚姻的想法，仍然根深蒂固地存在于大多数人的观念里。所以这项检测对情侣们来说颇为权威，也仍然会有不少人因为检测出来的基因匹配度过低，而直接在基因检测中心门外分道扬镳。

从未婚夫这简洁的口吻里，我无法判断出我们的匹配结果究竟如何。但我似乎并不愿意查看这张报告。我在期待什么呢？期待检测的结果会是 90%，80%，还是……不及格？

我还来不及厘清自己的思绪，他就打了电话过来。这下没有办法了，我快步走向楼梯间。

这栋大楼被修复过，据说它的前身是一个被烧毁的剧院，所以保留了楼梯间这种颇有年代感的设计。

门拉开的瞬间，我点击接受了来电请求。然而眼前的情形，令我惊得手机都快掉出去，我竟然看到两个人在楼梯间接吻。

光线昏暗，他们跪坐在地上，周围的空气都仿佛静止了。这画面像被加了重重噪点的电影海报。

一个高大的男人，单手捧着女人的脸，他将她禁锢在自己的怀抱里。而女人背靠着墙壁，仰着头，一只手与男人的另一只手十指相扣。

听到动静后，女人似乎想要转头，却被男人凶狠地咬住了嘴唇。

听筒里的声音喋喋不休，却一个字都没有经过我的耳朵。我只觉得自己的脸一下子烧了起来，心脏都要从胸膛里蹦出来。

"对……对不起！"我匆忙道歉，接着"砰"的一声关上了门。

不远处有人惊愕地看着我。我顾不上他们，刚才那一幕还印在脑海，我仍然脸颊发烫，仓促地找了把椅子坐下来。

未婚夫问："你在跟谁道歉？"

我卡壳了片刻，才说："抱歉，我还有事，先挂了。"

"好的。"挂掉电话时，我听到他用如此温和的声音回答我。他一向如此温柔。

我坐在原地，打开了我们的基因匹配检测报告，看见了那个数字是70%。原来如此，一个无功无过的数字，正如我按部就班的、水到渠成的人生。我该高兴吗？我应该高兴的。但不知为何，我仍然感到怅然若失。

我又想起了楼梯间里的那对男女，他们一定很相爱，至少比我和我的未婚夫更相爱。

几天后的一个晚上，导师突然问我："你是不是养过狗？"

我虽然觉得奇怪，但还是回答："是的。"

"太好了，我都问了一圈了。"导师如释重负地说，"我有朋友也养了一只狗，她临时要出一趟差，走得很急，可以请你帮忙照顾几天她的狗吗？"

"当然可以。"我说。

见到那只白色法斗的一瞬间，我明白了为什么导师要请我帮这个忙。现在的宠物店已经全智能化了，但这只狗显然年纪太大，主人并不放心将它交给AI照看。

不过，在我的童年时期，家里曾经养过三只狗，所以这对我来说倒没什么难度。

我和它一起度过了相当愉快的一周。这只名为布努埃尔的法斗性情温顺可爱，只是因为年纪太大，总爱趴在沙发上睡觉。

未婚夫偶尔也会过来陪我一起照顾它。我和他共同在花园里遛狗的时候，我突然感觉自己对和他结婚这件事，好像没有那么抵触了。

一周后，原主人来接它时，我甚至有些不舍，但我也好奇它的主人是谁。在这个时代,大多数人都没有耐心养宠物。但这个人显然将布努埃尔当成了自己的家人,才将它照顾得这么好。

接着,我见到了陈松虞。我愣在原地,之前怎么也没想到,她就是导师的那位朋友。

然后我恍惚地想起来,哦,是的,总督夫人好像的确养了宠物——一只漂亮的白色法斗。

天哪,这可是总督夫人,她竟然站在我面前,我该说什么?

陈松虞是所有职业女性的楷模。她拍摄的电影曾经打破无数纪录,她创立了星际女性电影节,她一手推动星际电影工会的改革,第一次加入了维护女性从业者权益的条例……

她从未因为家庭而放弃自己的事业,她和总督是全世界最著名的丁克夫妻。

但他们的确是一对幸福的夫妻。

去年,为了庆祝她的四十岁生日,总督不仅签署了在任十几年来的第一张特赦令,还在总督山放了整整一周的烟花。大选日都没这么夸张。

话说回来,总督似乎从来没有庆祝过自己的生日。

总之,陈松虞,她应该是一个不可触碰的谜语,一个高高在上的偶像。我没想到,她本人会这么平易近人,并且……比任何影像资料里都更美。

她似乎没什么距离感,只要站在那里,就令人感到如沐春风。在我的大脑仍然处于宕机状态时,她已经朝我走过来,态度温和地向我道谢。

"布努埃尔没有麻烦你吧?"陈松虞问我。

我连连摇头。

"那就好。"她莞尔一笑。

那一刻,我想:她实在有双很美的眼睛。

她并没有立刻离开,反而和我聊了一些关于布努埃尔的事情。或许她也看出来,我很喜欢它。

没过多久,一个穿黑西装的人出现,在她耳边说了句什么。之后,她对我露出一个有些苦恼的笑容:"我丈夫催我回家了,他今天难得休半天假。"

我实在不知道该说些什么,毕竟她的丈夫是总督先生。

她转过身，又突然想到了什么，回过头对我说："对了，那天没吓到你吧？"

我一怔："哪天？"

"展览那天，在楼梯间，我看你当时好像吓得不轻。"她露出一个有些狡黠的笑，"非常抱歉，我都跟他说别这样了，只是那个地方对我们两个人来说，恰好有着非常特殊的意义。"

我呆住了。

"不，不，我没有……"

那竟然是他们？一时之间，我又脸红心跳、手足无措起来。我根本没认出他们来，那看起来像一对年轻的、如胶似漆的情侣，而她和总督结婚十几年了吧？

陈松虞笑着朝我挥了挥手，就跨上了飞行器。

后来的一段时间，我仍然在有条不紊地筹备婚礼。父母得知了我们的基因匹配度，都松了一口气。他们还是老一辈的想法，认为只要匹配度能够及格，我们就一定会幸福美满。

但在约定去市政厅登记的前一夜，我失眠了。

我不知道自己在害怕什么，我的心底总有一个声音……一个令我感到矛盾的声音。

就在这时，我突然接到一个陌生号码的来电。平常我一般会毫不犹豫地挂断，或许因为这个时机太特殊，我竟鬼使神差地选择了接通。

电话那端，响起一个冷静而沉稳的声音："我是陈松虞。"

我一愣："陈……陈老师？"

"很抱歉深夜打扰你。布努埃尔走了，你想来看它最后一面吗？"

我的手指紧了紧。

"好。"我说。

深夜太过安静，我甚至听到自己吞咽口水的声音。其实，我并不应该感到意外。布努埃尔今年十三岁，在法斗里，已经算高寿。况且，每一个养狗的人，都总要面对这一天，这是命中注定的分别。

但不知为何，在坐飞行器去往陈松虞家的路上，我仍然感到悲伤又惶恐。我难以想象，那个美丽而温柔的女人，要如何承受这样的打击。

到达他们家以后，我看到陈松虞坐在花园里，小小的布努埃尔躺在她怀里，像一团柔软的云。她身后，有个高大的男人微微揽着她，不知在和她低声说些什么。

我猜那就是总督。

这画面其实是很温情的，但我只觉得胸口很闷，像是被什么东西堵住了。

我走到她身边。布努埃尔看起来好像只是睡着了，它还是和平时一样，懒洋洋的，那么可爱，睡在自己"母亲"的怀里。

悲恸的心情涌上心头，我想起我们共度的那一周。那段时间那么快乐，像童话，也那么脆弱，像泡沫。也许世界上所有美好的事情都是这样，会在某一瞬间碎掉。

突然间，我再也无法控制自己的情绪。我哭了。

一只手温柔地碰了碰我的脸。

"别难过。"陈松虞说。

我睁大了眼睛，泪眼蒙眬地看着她，竟然是她在安慰我。我吸了吸鼻子，不知为什么，突然回忆起那个艺术展，那位记录了妻子的死亡的摄影师。

"我们……为布努埃尔举办一个葬礼好不好？"我小心翼翼地提议。

我感到她身后的男人看了我一眼。那是唯一一次，他将目光落在我身上。

"好。"陈松虞低声道。

于是，布努埃尔就这样躺在了一个小小的、黑色的棺椁里。我们将花园里盛放的鲜花摘了下来，用它们填满了棺椁里的每一个缝隙。我想，布努埃尔会喜欢的。就这样和春天的花园，和大自然的花香葬在一起。

陈松虞的动作很慢，也很沉默。我看到她的手在发抖，但她没有落泪。总督始终一言不发地站在她身后，微微揽着自己的妻子。他站在阴影里，我从未看清他的脸，只是偶尔匆匆一瞥，看到他锋利又硬朗的侧脸轮廓。

在传闻里，他是个可怕的男人，是强势的政客，甚至无人敢直视他的眼睛。但此时此刻，他只是一个沉默的丈夫，是陈松虞唯一的支撑。因为有他在，所以她还能平静地、有条不紊地接受另一个家庭成员的离去。

原来，这就是夫妻。

我突然觉得自己好像明白了什么。

第二天，我如约出现在了市政厅的门口。未婚夫见到我的时候，重重地松了一口气。

"不知道为什么，总有些担心，怕你不会出现。"他握住我的手。

"好在你还是来了，不过，你看起来气色不太好，昨天没睡好吗？"他又关切地摸了摸我的脸。

"不，没什么的。"我微笑着说。

昨天我整夜没睡。

直到黎明时分，陈松虞的保镖才将我送回家。在上飞行器之前，我曾最后问她："早知道会有失去布努埃尔的一天，你后悔当初养它吗？"

其实，这是我自己的心结。一首歌会听腻，一趟列车会到站，每一位并肩的同路人，也总会分别。每一段关系，都注定要走向分离。

骨子里，我是个悲观主义者。在开始以前，我已经看到结局。于是接下来的每一天，都变成了忐忑不安的倒计时。

她笑了笑，对我说："不，我不后悔。"

"……为什么？"

"因为这就是人生。会得到，也会失去，但至少我们曾拥有过彼此。"

那是我最后一次见到陈松虞。

原本，我想要给她寄一张婚礼请柬。但很快我从新闻里看到，她丈夫的任期将满。卸任S星总督后，他会回到K星，或许会成为一名议员。显然，这是一次高升。对于这位不过四十出头的政客而言，他的未来，他们的未来，光明的坦途才刚刚开始。

那一夜发生的事情，是只属于我们三个人的秘密。只有我知道，他们的某一部分，已经永远被埋葬在了S星。

我也渐渐学会了释怀。诚如陈松虞所言，这就是人生，会得到也会失去。

他们会永远是一对幸福的夫妻。

我从未见过像那样相爱的人。

而我……我不知道自己的未来会是如何。
但至少现在的我,也是幸福的。
这就足够了。